KB095246

백두 천지 품으로

일곱 번의 백두 여정
민족, 통일, 역사,
인연에 관한 이야기

백두 천지 품으로

임덕수 지음

좋은땅

목차

5차 성산 백두 여정

6차 성산 백두 여정

7차 성산 백두 여정

책을 내면서

동해물과 백두산이 마르고 닳도록. 애국가 첫머리에 나오는 말이다.

나는 초등학교에 다니던 시절, 애국가를 부를 적마다 늘 궁금했다. 동해 바다와 백두산은 어디에 어떤 모습으로 존재하며 우리와 그리고 나와는 어떤 관계인가? 중학교, 고등학교 때도 마찬가지였다. 사람들은 왜 동해 바다와 백두산을 우리 한민족의 상징이고 혼이라고 할까?

그 궁금증을 풀기 위하여 대학에 들어가자마자 동해 바다부터 찾았다. 경포와 낙산 그리고 청간에서 일망무제 광대무변의 검푸른 동해 바다와 그 수평선 끝에서 불끈 솟아오르는 일출을 보았다. 그때의 희열과 환희가 나에게는 희망이자 이상으로 굳게 자리 잡았다.

그 후 20여 년의 세월이 흐르는 동안 백두산은 여전히 간절함과 그리움의 대상이었다. 가 볼 수 없는 곳에 있었기 때문이었을까? 백두산은 내게는 현실의 세계와 동떨어진 상상의 세계로만 남아 있었다. 시간이 흐르면서 백두산에 대한 간절함과 그리움은 깊은 의문과 의구심으로 변했고, 그것은 다시 승화되어서 지극한 사모의 정과 애달픈 그리움으로 가슴속을 파고들었다.

그러다 한중수교로 백두산 문이 활짝 열렸다. 내 나이 지천명(知天命)에 꿈에도 그리던 백두산을 마침내 찾았다. 백두천지 앞에 우뚝 서니 가슴은 떨리고 목이 메어 왔고 두 눈에서는 뜨거운 눈물이 주르륵 흘러내렸다. 아! 하는 탄식과 함께 나는 오랫동안 외경해 왔던 황홀하고 거룩한 백두천지님을 마주했다. 푸른 서기가 하늘에서 흘러 내려와 백두 영봉으로, 영봉에서 다시 천지로, 그런가 하면 천지에서 치솟아 오르는 서기는 영봉을 타고 다시 하늘로 오르며 하늘과 영봉, 천지는 온통 상서로운 기운으로 가득 찼다. 아! 신비스럽고 참으로 신성하구나!

그 후 지금까지 30년간 일곱 번이나 백두 천지를 찾았다. 백두 천지와 단군신화, 민족과 통일, 역사에 관한 이야기로부터 영산을 오르고 내리며 맺었던 크고 작은 인연들, 그들과 얽히고설키며 경험했던 정의, 용기, 우정 그리고 민족, 통일, 역사에 관한 나의 감상까지 기록으로 남기고 싶어 필을 들었다.

나의 사랑하는 손주들아! 할아버지가 남기는 이 책을 부디 정독해 주렴. 조금 더 욕심을 부려 보자. 내 손주들 또래의 청소년들과 청년들이 그네들의 가치관을 정립하고 세상을 알아가는 과정에서 이 책을 접하고 어느 구절에선가 삶의 지혜와 마음의 윤활유를 얻는다면 더없는 영광이겠다. 팔순이 넘은 나이에 다시금 필을 들 수 있게끔 용기를 준 아내와 아들, 두 딸들에게 감사를 표한다.

2023년 5월 고성 애끼미 요지우(瑤池寓)에서 저자가

1차
성산 백두 여정

백두를 만나다

1945년 제2차 세계대전이 미국과 소련을 중심으로 한 연합국의 승리로 끝나자 곧이어 세계는 미소 양대 진영으로 갈렸다. 이러한 세계 질서의 크나큰 재편과정에서 미소에 의해 38선이 획정되고, 이제 막 일제 식민지에서 벗어난 한반도의 남쪽엔 미국 주도의 체제가, 북쪽엔 소련 주도의 체제가 들어서며 본의 아니게 남북으로 분단되고 말았다. 대한민국은 미국을 중심으로 한 자유민주주의 진영으로 귀속되면서 당시 장개석(將介石)이 이끄는 중화민국(臺灣)과 국교를 맺고 1992년 8월 수교 전까지 대륙의 중화인민공화국(中國)과는 적대적인 관계로 있었다. 중국과 외교 관계를 수립하면서 자연스레 대만과는 단교하게 됐고, 중국으로의 인적, 물적 교류가 봇물 터지면서 대륙으로의 진출이 본격적으로 시작됐다.

당시 나는 강원도 속초에 자리한 동우(東佑)대학 교수로 재직하면서 평화통일정책자문위원으로 활동하고 있었다. 한중수교와 함께 불어온 훈풍을 타고 속초시와 중국 길림(吉林)성 연변(延邊) 조선족자치주 훈춘(琿春)시 정부가 자매결연을 체결했고 그 즉시 훈춘시 정부는 속초시 평통자문위원들을 초청하기에 이르렀다.

우리 일행은 상해(上海)를 거쳐 북경(北京), 다시 장춘(長

春)으로, 여기서 연길(延吉)과 용정(龍井), 화룡(和龍)을 거쳐 백두산(白頭山)을 찾아보고 훈춘을 방문하는 일정표를 짰다. 그런데 용정을 지나 화룡에 이르는 산 고개에서 자동차가 고장이 나면서 두세 시간을 지체하고 말았다. 이도백하(二道白河)를 지나 성산(聖山) 백두산 입구에 이르니 어느새 오후 늦은 시간이 되었다. 일행은 백두산에 오르는 것을 포기하고 멀리서나마 성산 백두 연봉만 우러러보다가 온천욕만 하는 것으로 결정했다. 하지만 나는 온천욕 대신 두 시간 안에 서둘러 백두산 정상을 다녀오기로 마음먹고 혼자 오르기 시작했다. 당시 장백폭포(長白瀑布) 좌측으로 오르는 길은 오솔길로 경사도 심하고 구불구불 군데군데 낙석도 심하고 마치 토끼 길과 다름없었다. 험하고 거친 길을 산악 마라톤을 한다는 마음으로 달려 오르기 시작했다. 미끄러지고 자빠지고 다시 일어나 또 뛰고. 다리는 천근만근, 가슴은 답답하고, 숨쉬기가 힘들고, 땀은 비 오듯 흐르고, 결국 다리엔 쥐가 났다. 그래도 억지로 다리를 끌면서 엉금엉금 기어오르기를 여러 차례.

약 1시간 정도 헐떡이면서 오르자 드디어 앞이 탁 터지면서 백두 연봉과 천지가 한눈에 들어왔다. 저녁 붉은 노을이 주변을 감싸 안고 나를 맞아 준다. 아! 백두 성산이여! 천지여! 붉은 노을을 안고 나는 백두 천지 앞에 우뚝 섰다. 책과 영상물을 통해서는 자주 봐 왔지만 그렇게도 간절하게 그립고 보고 싶었던 성산 백두와 천지를 오늘 비로소 일순일견하자 눈 속에, 머릿속에, 가슴속에 자리 잡는 그 거룩한 모습. 황홀하고 신비롭고 장엄했다. 가슴은 울컥하고 목이 메면서 두 눈에서는 뜨거운 눈물이 주르륵 흘렀다. 저절로 무릎이 꿇어지고 고개가 숙여졌다.

"천지가 열리면서 산과 강이 자리 잡고 하늘의 아드님이신 환웅 천왕이 인간을 홍익하기에 가장 좋은 터전인 이곳 백두 천지로 강림하여 한반도와 남북 만주, 그리고 연해주 일대에 자손 한민족(韓民族)을 잉태, 출생, 화육한 지 어언 5천 년이다. 우리 한민족 생명의 원천이며 민족혼과 민족정신이 녹아내린 이곳 백두 천지는 7천만 한민족의 성지이다. 감사하고 고맙다. 할아버님이 강림하신 이곳 성지에 저 같은 백면서생도 자손이라고 따뜻한 손짓으로 불러 주시며 품속에 안아 주시니 감격스럽고 또 감격스럽습니다."

한참 후에 정신을 차리고 고개를 들어 푸른 하늘과 푸른 백두 영봉 그리고 천지를 한동안 우러러보았다. "아! 참으로 외경스럽고 장엄하고 신비롭고 황홀합니다. 지금 저의 가슴속 심장은 울컥울컥 고동치고 두 눈에는 감격의 눈물이 또다시 차오르고 온몸에 전율이 흐릅니다. 위대하고 거룩한 백두천지님!" 나는 한동안 멍하니 푸른 기운이 감도는 백두 영봉과 노을이 쏟아지는 천지를 보고 또 보았다. 천지 가에 무릎을 꿇고 고개 숙여 천지수를 한 움큼 떠서 머리에 바르고 세 움큼의 천지수를 떠서 벌컥벌컥 마시고 나서 비로소 백두천지님께 소원을 빌기 시작했다.

"하늘님의 뜻을 받들어 환웅 천왕이 성지인 이곳에 강림하시고 그 아들 단군왕검의 자손들이 고조선, 고구려, 발해까지 4천 년의 긴 역사 속에서 홍익의 큰 뜻으로 웅대하고 찬란한 민족문화를 영위해 왔습니다. 그 후 지금으로부터 1천 년 전에 어떤 연유인지는 몰라도 그 광대한 터전을 모두 잃고 조그마한 한반도에서 겨우 삶을 이어 가고 있습니다. 게다가 부끄럽고 창피해서 말씀드리기 싫습니다마는 이 작은 한반도조차 지금은 남과 북으로 분단되어 형제들끼리 총을 겨누며 싸우고 있습니다. 백두천지님이시여! 크나큰 원력으로 분단된 조국을 통일시켜 한반도에서만이라도 통일 민족국가를 만들어 주십시오. 그리고 이념대립과 지역 간 갈등, 세대 간 충돌, 노사 간 반목, 가진 자와 못 가진 자 간의 암투와 질시, 남녀 양성 간의 대결 등등 작금의 우리 한민족은 혼란과 혼돈의 극치입니다. 참으로 답답하고 한심스럽습니다. 백두천지님! 모든 7천만 한민족 각각 성원들에게 불호령을 내려 주십시오!"

간곡한 호소를 마치고 고개를 들고 주변을 살펴보니 중국 현지인들 몇몇이 텐트를 치고 주변을 서성이고 있었다. 당시만 해도 나의 중국어 실력은 간신히 '니하오(你好)!' 하는 정도. 나는 손가락으로 내 가슴을 가리키며 "워쓰한궈런(我是韓國人)!" 하니 그들은 "쩐더(眞的)! 하오하오(好好)! 쭈허닌(祝賀您)!" 한다. 나는 그들과 손을 흔들며 인사를 하고 노을이 짙어지는 백두 천지에 머리 숙여 작별하고 천지 호수가 토해내는 달문에서 천지 성수 2병을 떠서 배낭에 넣고 하산 길을 재촉했다. 백두 온천 지구에서 일행들이 몸을 담그는 동안 약 2시간 정도 천지에 다녀오겠다고 약속하고 홀로 천지에 올랐던 터라 발걸음을 재촉할 수밖에 없었다. 급한 마음에 산악 마라톤을 하듯 뛰어다녔다. 백두 천지에 오를 때는 발걸음이 가벼웠었는데 하산하는 지금은 천근만근 한 걸음 한 걸음이 무겁기만 하다.

머릿속도 이런저런 상념으로 복잡했다. 우리 한민족의 분단과 통일이라는 거대한 담론들, 어느 것 하나 시원하게 풀어지는 것이 없다. 국내외 정치 상황과 사회 경제 현안들, 문화적 위기까지 뭐 하나 시원하게 잘 풀리는 것이 없다. 정치적, 사회적으로는 각 세력 간 대립과 반목, 갈등과 혼란, 극한투쟁, 경제 현실에서도 생산과 분배, 소비구조의 불합리와 불공정, 문화 부문에서는 주체성 없는 외래문화의 범람과 모방, 이 모든 어려움에 대해 백면서생인 내가 아무리 근심, 걱정한들 무엇 하나 시정되고 고쳐질 수나 있을까? 그래 봐야 식자우환(識字憂患)일 뿐인 것을. 무거운 발걸음을 재촉하며 애써 민족 찬가와 통일의 노래를 소리 높여 부르고 나니 발걸음이 조금은 가벼워진다. 내친김에 백두 천지의 황홀경과 신비스러움을 담은 이런저런 자작곡들까지 흥얼거리며 한참을 내려왔다.

미련이 남아 또다시 뒤돌아 백두 영봉을 올려다보니 영봉들은 저 멀리 아득하고 천지는 보이지 않는다. 두 손 모아 머리 숙여 인사를 하는데 또다시 나도 모르게 뜨거운 눈물이 흘렀다. 한참을 더 내려오니 요란한 천둥소리가 들려 오른쪽을 쳐다보니 두 줄기 장백폭포다. 희뿌연 물기둥이 굉음을 내며 사정없이 아래로 내리꽂힌다. 나도 모르게 뒤돌아 백두 영봉을 보니 그 일대가 온통 주황빛으로 가득했다. 굉음을 내는 저 우람한 장백폭포는 천지수가 달문을 통하여 이리저리 구불구불 흘러오다가 흑풍구(黑風口) 절벽을 만나 폭포가 되어 떨어지면서 이도백하를 만들고, 이도백하는 한민족사와는 떼어 놓을 수 없는 저 유명한 송화강(松花江)의 근원을 이룬다.

나는 장백폭포를 뒤로하고 일행이 기다리고 있는 온천 지구에 도착했는데 벌써 모두들 차에 타서 내가 내려오기를 기다리고 있었단다. 약속했던 두 시간이 조금 넘었다. 참으로 미안하고 죄송했다. 차에 오르면서 죄송하다고 거수경례하니 모두가 파안대소하며 왁자지껄하다. 그것도 잠시, 내가 배낭 속에서 물 한 병을 꺼내어 한 모금씩 마셔 보라고 내어 주니 모두가 대환영이다. 나는 우쭐하여 이 천지 성수는 내가 떠온 것이 아니고 백두산신과 천지용왕님이 선물하신 것이니 큰절하고 마시라고 하니 웃음꽃이 차 안에 가득했다. 잠시 후 버스는 출발했고 일행 중 가장 연장자분이 마이크를 잡더니 나더러 백두산과 천지를 설명해 달란다. 흥분한 채 보고 느낀 것을 두서없이 감정을 실어 설명하다 보니 어느새 버스는 어둠이 깔리는 장백산장에 다다르고 있었다.

숙소에 들어 저녁을 먹고 산장 주변을 산책하는데 으스스 추위가 느껴졌다. 곧장 숙소에 들어가 잠을 청하였으나 잠은 오지 않고 온갖 상념들이 다시금 머릿속을 짓누른다. 남북 분단이 아닌 통일이 되었으면 굳이 이곳 중국까지 와서 산장에 숙소를 정할 필요가 없지 않은가. 백두 천지에 오를 때에도 내려온 지금도 우리 땅 함경도 개마고원을 거쳐 삼지연 어느 산장에서 잠을 청했을 터인데 참으로 씁쓸했다. 남북은 어찌하여 분단되었으며 통일은 언제 될 것인가. 속초에서 동해북부선 기차를 타고 원산, 함흥을 거쳐 북청-이원-단천 그리고 마식령산맥을 넘어 백암, 개마고원, 삼지연을 경유하여 백두 천지에 오를 수 있는데 참으로 야속하구나. 분단의 슬픔이 새삼 밀려온다. 분단의 원인과 책임을 논하자니 한숨만 나오지만 그래도 가장 분명한 속죄양은 정치 이념과 체제의 갈등이 아니겠는가? 민주주의와 공산주의, 자본주의와 사회주의, 각각이 얼마나 다르고 어느 쪽이 더 우수한지는 차치하고 서로 어

우려져 평화롭고 행복하게 잘 살아가면 그만 아닌가?

민족에 대하여

민족을 한마디로 정의하는 것은 결코 쉬운 일이 아니다. 우리 한민족(韓民族)은 수천 년 전 백두산을 중심으로 하여 형성된 집단이다. 피를 함께 나누어 수천 년을 살다 보니 생김새와 기질은 비슷해졌고 언어와 풍속을 같이 나누면서 일정한 문화체계를 형성하게 되었다. 이것은 민족을 구성하는 자연적 요소이며 객관적 요인이다. 하지만 이런 자연발생적이며 객관적인 것들을 공유했다는 이유만으로 같은 민족이라고 할 수 없다. 민족을 구성하는 더 중요하고 결정적인 것은 주관적인 요인들이다. 백두산을 중심으로 형성된 한민족의 일원이라는 소속감과 자부심을 갖고 민족의식, 민족정신을 일깨우며 살아가다 보면 자기도 모르게 애국심과 공동체 의식이 발현되는데 이런 것이 바로 주관적인 요인이다. 혈연적 근친 의식에 바탕을 두고 공동의 사회, 경제적 생활을 영위하며 동일한 언어와 문화, 심리적 기반에서 오랜 기간에 걸쳐 형성된 공동체를 민족국가(Nation State)라고 한다.

인류 문화사를 연구하는 학자들은 세계에서 애국심과 공동체 의식이 가장 강한 민족국가로 이스라엘과 독일을 꼽곤 한다. 이 두 민족은 수많은 역경과 고통 속에서도 애국심과 공동체 의식으로 모든 것을 극복하고 세계 일류 국가를 이루었다. 이들처럼 우리도 세계에서 으뜸가는 강한 나라, 모두가 닮고 싶고 존경하는 민족국가가 되어야 하지 않을까? 그 첩경이 바로 민족의식, 민족정신, 그리고 애국심과 공동체 의식의 함양이다.

미국 하버드대학에서 박사학위를 받고 중앙정보국(CIA) 부국장과 조지타운대 교수를 역임한 레이 클라인(Ray Cline)의 이른바 '국력방정식'이 생각난다. 국력(National Power)은 객관적 요소와 주관적 요소를 결합해 평가하는데, 객관적 요소는 국토의 크기, 인구수, 자원, 경제력, 군사력 등 외형적인 것들이고, 주관적 요소는 민족정신, 애국심, 공동체 의식, 전략과 같은 내면적, 정신적인 것들이다. 아무리 객관적이고 외형적인 요소가 크고 많아도 주관적이고 내면적인 요소가 결핍되거나 부족하면 일등 국가가 될 수 없다는 이론이다.

아주 재미있는 논리인데 그가 말한 국력 계산법은 다음과 같다.

$$P = (C + E + M) \times (S + W)$$

먼저 앞의 항목을 보자. C는 국토면적과 인구 등 자연적 조건, E는 경제력, M은 군사력, 다시 말해 객관적인 요소들이다. 다음은 뒤에 있는 항목인데 S는 전략, W는 국민의 의지를 뜻하는 주관적인 요소들이다. 한마디로 국력은 객관적인 요소와 주관적 요소의 곱이라는 얘기인데 객관적인 요소가 아무리 거대하더라도 주관적, 정신적 조건인 전략과 의지가 제로라면 국력은 결국 제로가 된다. 객관적인 요소는 아무리 작은 나라라도 제로가 될 수는 없지만, 주관적인 요소는 아무리 큰 나라라도 제로가 될 수 있다. 이것이 클라인의 국력방정식의 핵심이다. 지난 세기 중동전쟁 즉, 6일 전쟁은 그 분명한 증거다. 이집트를 포함한 중동국가들이 그 광대한 국토와 인구수, 자원, 경제력, 군사력 등 객관적 지표들에서 이스라엘을 수십 배나 압도했지만 결국 그 작은 나라 앞에 무릎을 꿇고 말았다. 최강국이던 미국이 베트남에서 사실상 패하고 철수했던 이유도 바로 주관적이고 내면적 요인들이 결핍되어 부족했기 때문이다. 민족의식, 민족정신, 애국심, 공동체 의식 등 정신적 가치들이 얼마나 중요한지를 새삼 깨닫게 해 준다.

우리 한민족은 객관적 요인들로는 크게 내세울 것이 없으나 주관적 요소들은 매우 강하고 크기 때문에 얼마든지 일등 국가가 될 수 있다. 지금까지 우리 민족이 살아온 역사가 이를 증명하고 있지 않은가. 7천만 한민족 모두 민족정신과 민족애로 똘똘 뭉쳐 떨쳐 일어날 때가 되었다. 국운이 상승기로 접어들었다. 민족애와 민족정신을 함양하고 실천하여 일등 국가로 비약하여 세계 80억 인류를 지도하고 이끌어 가는 모범국가가 되어 보자.

통일에 대하여

'우리의 소원은 통일… 통일이여 오라'라는 통일의 노래가 있듯이 우리 모두 간절히 바라고 원하는 것이 있다면 그것은 아마도 민족통일일 것이다. 1945년 8월 일제의 식민 통치에서 벗어난 환희의 기쁨이 채 가시기도 전에 38선을 경계로 남쪽에서는 미국을 파트너로 하는 이승만 민주 정부가, 북쪽에서는 소련의 지원을 받는 김일성 공산정권이 수립되면서 남북이 분단됐다. 5년 후인 1950년 동족상잔인 6.25 한국전쟁이 발발하고 1953년 7월 27일 휴전이 성립되었다. 남과 북이 휴전선을 중심으로 분단 대치한 지 어언 70년의 긴 세월이 흘렀건만 세계 역사상 유례없는 극한 대치와 반목 속에 갈등과 증오로 점철된 적과 원수로 총부리를 마주하고 있다.

1945년 제2차 세계대전이 끝나자마자 전승국 미국과 소련은 양대 축을 형성하면서 전후 질서 회복이라는 명분 아래 자기들 입맛대로 전 세계 다섯 곳을 분단시켜 갈등을 조장하며 각각 자신들의 진영을 공고히 했다. 물론 우리도 그중 하나이고, 중국과 대만, 동독과 서독, 월남과 월맹, 그리고 북예멘과 남예멘이 그러했다. 다른 네 곳은 어느새 통일국가를 이룩했거나 실질적인 통일이 되었다. 다만 우리 민족만 지금까지도 반목과 대립을 지속하며 분단의 상흔을 안고 살아가고 있다. 이 얼마나 한심스럽고 통탄할 일인지.

등소평(鄧小平)이 일찍이 설파한 흑묘백묘론(黑猫白猫論)처럼 고양이가 쥐만 잘 잡으면 되는 것이지 검은 고양이든 흰 고양이든 색깔이 무슨 소용인가? 한민족이 하나가 되어 행복하고 평화롭게 살아가면 되는 것이지 이념과 체제가 무슨 의미가 있을까? 우리의 국시인 홍익의 이념을 구현하면서 인류 평화에 공헌하면 되는 것 아닌가? 남이 가져다준 이념과 체제 답습에 혈안이 되지 말고 자주적이고 독립적인 우리 것을 개발하고 창조해 보자. 우리 한민족의 혼과 정신은 그 자체로도 얼마나 우수한가? 자주 독립정신과 정의와 평화, 근면과 성실성, 진취적인 모험심, 개척정신과 창조성. 이제 더 이상 망설이거나 지체할 겨를이 없다. 세계는 지금 무섭게 약진하고 발전하고 있지 않은가? 7천만 한민족 모두가 이제는 떨쳐 일어날 때가 되었다. 모두가 사명감과 소명의식을 갖고 한마음 한뜻으로 뭉쳐 민족통일의 대업을 성취하자. 이것이 5천 년 역사의 준엄한 명령이다.

젊은 청소년과 청년들 일부에서는 국력 낭비와 혼란만 초래할 뿐, 힘들고 어려운 통일을 굳이 왜 하려고 하나 의문을 제기하지만, 이것은 지극히 소아병적이고 패배주의적인 잘못된 발상이라는 게 내 생각이다. 이미 한국은 세계에서 열 손가락 안에 드는 경제 강국이자 수출 대국이다. 통일에 천문학적 비용이 들어 경제가 낙후, 침체하거나, 이질적인 남북이 합쳐지면 상당한 사회 혼란과 갈등이 뒤따를 것이라는 우려가 있겠지만 설사 그렇다 한들 민족통일로 가는 문을 닫을 수는 없다. 우리에게는 민족통일을 이뤄야만 하는 대승적이고 광명정대한 대의와 정의가 있다.

첫째로, 통일은 5천 년 민족사가 우리에게 내리는 준엄한 명령이다. 우리 한민족은 백두산을 중심 터전으로 삼아 한반도와 남북 만주에서 5천 년간 단일민족국가를 이뤄 살아왔다. 물론 고대 한반도와 남북 만주에서는 크고 작은 부족 국가들과 고구려, 백제, 신라 삼국이 병립하여 서로 다투고 싸웠지만 더 큰 민족국가를 이룩하려는 시도였지 분열과 분단은 결코 아니었다. 그 후 1천1백 년 동안 한반도에서는 분열과 분단 없이 단일의 고유한 민족국가를 영위해 왔지만 애석하게도 지금부터 고작 70여 년 전 우리 세대에 와서 동족상잔과 함께 분단되어 큰 아픔을 안고 있다. 5천 년 민족사는 우리 세대에게 준엄하게 명령을 한다. 너희 세대에 너희들의 무능으로 민족이 분단되었으니 결자해지(結者解之) 차원에서 너희들 스스로가 분단을 극복하고 통일을 성취하라고, 이것이 역사의 필연이다.

둘째로, 우리 한민족의 발전과 새로운 도약을 위해서라도 반드시 통일은 성취되어야만 한다. 이것은 말과 감정만으로 성취되는 것이 아니고 강한 의지와 실천력이 뒷받침되어야만 한다. 경제가 발전하려면 기술과 자본, 자원과 노동력이 반드시 수반되어야만 하는데, 다행스럽게도 우리 한민족은 이들 네 가지 요소들을 고루 가지고 있다. 한국에는 기술과 자본이 북한에는 자원과 노동력이 있다. 남북이 통일되면 이 네 가지 요소들이 자연발생적으로 융합되어 기하급수적으로 가속 발전할 수 있다. 우리 한국은 기술 면에서 볼 때, 반도체, 배터리, AI 방면에서 세계적으로도 인정받는 첨단기술을 보유하고 있으며, 자본력 또한 몇몇 부유한 국가들과도 어깨를 나란히 할 수 있을 정도이다. 북한 지역의 천연자원과 광물은 양과 질에서 풍부하고 우수하며, 다양성에서도 타의 추종을 불허한다. 세계적으로 인정받는 많은 경제 전문가들은 남과 북이 통일되면 한국의 경제력은 비약적인 발전으로 세계 5위 이내로 발돋움할 수 있다고 한다. 물론 삶의 질도 함께 상승 발전할 수 있다.

셋째로, 통일의 당위성으로 인도주의와 인권을 꼽을 수 있다. 한국전쟁은 결과적으로 1천만 이산가족을 만들었고, 무수히 많은 사람들이 인권을 유린당했다. 마땅히 고향 산천과 부모 형제들과 생이별한 그들의 한을 풀어주고 따뜻하게 보듬어 줘야 한다. 이것이 바로 인도주의이며 인권 존중이다. 벌써 70성상(星霜)이 지났다. 그리운 고향 산천을 찾아보고 부모, 형제들이 서로 만나 맺힌 한을 풀고 환희와 희망으로 살아가게 하는 것이 우리들의 사명이고 소명이다. 이것보다 더 크고 중요한 사명과 소명이 어디 있겠는가?

넷째로, 통일은 동북아시아와 세계 평화에 크게 기여하는 일류 구원 사업이라는 대의명분을 갖고 있다. 우리 한반도는 지정학적으로 볼 때 대륙 세력과 해양 세력이 넘나드는 교차점이고 양대 세력이 충돌하는 전쟁터이다. 5천 년 민족사를 살펴보면 대륙에서 960여 회, 해양으로부터는 190여 회의 침략을 받아 왔다. 4년에 한 번꼴이다. 건곤일척(乾坤一擲)의 큰 전쟁도 있었고, 남서해안에 있는 포구를 침략하여 노략질하며 방화, 살인한 모든 것을 다 포함한 횟수이다. 우리 한반도에 굳건하고 강대한 통일 민족국가가 수립되어 있을 때는 대륙이나 해양 어느 세력도 감히 한반도로 침략과 약탈을 못했고 그로 인하여 한반도와 동북아 전체에 평화와 안전이 유지, 보장되었다. 반대로 우리 한반도에 나약하고 무능한 국체

(國體)가 존재할 때는 대륙과 해양 세력이 호시탐탐 한반도를 노려 침략 전쟁과 약탈이 끊이지 않았다.

다시 말하면, 우리 한반도에 강력하고 굳건한 통일 민족국가가 존립할 때는 대륙과 해양 어느 세력도 감히 침략과 약탈을 못 하고 오히려 양대 세력이 우리의 눈치를 봐야 했으며 우리가 양대 세력의 균형자로서 조정자로서 사령탑의 역할을 했다. 세계사를 살펴보면 반도 국가는 힘이 강할 때는 주변들의 조정자로서 호통을 치면서 주변의 평화와 안전을 견인하지만 반대로 힘이 약할 때는 양대 세력의 침략으로 전쟁이 끝날 날이 없었다. 서양에서는 이탈리아반도가 그랬고 동양에서는 우리 한반도가 그랬다. 굳건하고 강력한 통일 민족국가를 수립하여 한반도는 물론 동북아시아와 세계 평화와 안정에 기여하는 통일 민족국가가 되자.

다섯째로 한민족의 통일은 우주와 천도, 그리고 인류 역사의 순환 법칙과 진행에 부합하는 필연의 법칙이다. 오늘날 우리는 지혜와 지식 그리고 기술과 재능이면 무엇이든 못 할 것이 없고 원하는 것은 무엇이든 다 창조할 수 있다고 과신하지만, 터무니없고 황당한 인간들의 오만이다. 인간의 지혜와 지적 능력과 의지는 우주의 큰 법칙으로 볼 때 아주 보잘것없는 바닷가의 작은 모래알이고 먼지와 같은 것이다. 이 세상의 모든 사물, 형상, 과정들은 모두가 우주와 천도의 법칙에 따라 존재하고 움직인다. 그러므로 옛날부터 철인들과 종교 지도자들은 이구동성으로 자연과 우주의 법칙에 모든 것을 맡기고 순응하고자 했다. 한민족의 통일은 어떠한 난관과 장애에 부딪혀도 기필코 달성될 필연의 법칙이다. 민족 성원 모두 굳은 의지와 불굴의 정신으로 통일 대업에 혼신으로 실천궁행(實踐躬行)해야 마땅하다.

민족과 통일에 대한 상념들을 이렇게 마무리하면서 나는 늦은 잠을 청했다. 백두와 천지 강행군으로 피로가 겹쳐서인지 한숨에 단잠을 자고 다음 날 새벽 아침에 눈을 떴다. 밖으로 나가 보니 뿌옇게 안개가 낀 산장 주위로 으스스한 찬바람이 불면서 추위가 느껴진다. 나는 다시 방으로 들어가 긴 팔 잠바를 입고 다시 나와 산장 주변에 떨어진 낙엽을 밟으면서 이곳 저곳을 산책했다. 저쪽 별채 건물 쪽에서 일행 중 나보다 십수 년 선배 되시는 분이 손짓으로 나를 부른다. 산장 한쪽에서 이 지역 특산물을 팔고 있으니 구경을 하잔다. 함께 가게에 들어가니 삼베가 수북하게 쌓여 있다. 중국산 삼베는 올이 촘촘한 것 같았다. 한국의 모시보다는 크고 삼베보다는 작은, 중간 정도의 올이다. 색깔은 한국산 삼베보다 더 누렇다. 저고리와 치마 모두 네댓 마면 충분하단다. 한 마에 70위안씩 모두 350위안이다. 그 선배가 "임 교수, 품질이 좋은 것 같으니 한 필 사다가 어머니 삼베옷 한 벌 해 드려요. 내년 여름 시원하게 지나실 것 아냐" 한다. "예, 좋은 말씀입니다. 저는 그렇고 선배님 자당님께도 한 필 사다 드려요." 하니 "우리 어머니는 5년 전에 돌아가셨어. 내 고향이 이북인 거 알지?" 한다.

이분과 나의 거주지는 속초. 한국전쟁 후 월남한 실향민 중에는 고향을 찾아가다 더 못 가고 속초에서 정착하여 살아가는 분이 많이 있다. 대부분이 함경도 출신으로 함흥, 북청, 이원, 청진분들이 특히 많다. "내 고향은 백두산 밑 삼지연이야. 어릴 적에 아버지 따라 백두산에 가 보았어. 여기서 보면 백두산 남쪽쯤이야. 어머니가 평소에 삼지연 얘기를 많이 하셨어. 한국에 나와서 고생 많이 하셨지. 효도 한 번 제대로 못 했어." 하는데 어딘가 측은해 보였다. 나는 분위기를 바꾸려고 큰 소리로 "그럼 사모님께 선물하세요." 하니 "글쎄, 그렇게 해 볼까?" 한다. 밖에는 일행 여러분이 서성거리면서 이리저리 왔다 갔다 하면서 환담을 즐긴다. 나는 밖으로 나가 일행들과 어울렸다.

아침 식사 후 짐을 꾸리고 있는데, 아까 그 선배가 "임 교수나 좀 봐요." 한다. 손에 든 조그마한 백두산 기념품이라는 비닐봉지 하나를 나에게 건네주며 "집사람 삼베 한 필 사는 길에 한 필 더 샀어. 어머니께 선물해요" 한다. 내가 깜짝 놀라 당황하면서 "아닙니다." 하니 선배가 사람들이 보고 있으니 빨리 짐 속에 챙기라고 하면서 직접 쑤셔 넣는다. 나는 선배를 멍하니 쳐다보다가 "감사합니다. 고맙습니다." 하니 선배는 나를 툭 치면서 방을 나간다. 뜻밖의 선물, 그것도 우리 어머니에게 주는 선물이었다. 내년에 어머니가 해 입을 삼베 한 필, 이 삼베를 어머니께 내드리며 내용을 설명하면 어머니가 무어라고 하실까. 선배의 마음 씀씀이, 남을 배려하는 마음과 따뜻한 인정에 감동하며 그 선배처럼 살고 싶다는 생각이 들었다.

우리 일행을 태운 버스는 백두산장을 출발하여 이도백하와 송강(松江)을 거쳐 연길로 향했다. 열흘이 넘는 강행군이라 그런지 일행들 모두가 지치고 피로한 모양이다. 버스 안은 떠드는 사람 하나 없이 조용했다. 나는 선배와 선배가 건넨 선물을 생각하기 시작했다. 그 선배는 나보다 십이삼 년 연장자로 지역에서도 덕이 있어 주위에서 많은 이들로부터 칭송을 받고 주변에는 사람들도 많았다. 중후한 인품으로 온화하며 인정이 많은 분이다. 한마디로 덕인(德人)이다. 마음이 어질고 올바르고 너그러워 사람들이 잘 따르는 인격자다. 어려운 일을 당한 사람에게는 따뜻한 마음으로 위로하고, 도움이 필요한 사람에게는 기꺼이 선행을 베푸는 도덕적 의무감을 가진 분이었다. 독일 철학자 칸트가 말한 덕(德)의 의무를 연상하면 된다. '덕불고 필유린(德不孤 必有隣)'이란 말처럼 덕이 있는 사람은 외롭지 않고 반드시 따르는 사람이 있다는 금언을 실천하는 분이다.

과연 나는 선배처럼 따뜻하고 너그럽고 어질게 올바른 정도를 지키며 살아왔는가? 얼마나 많은 이들이 나를 칭송하며 따르는가? 선(善) 행위를 선택적으로 실천해 왔는가? 어렵고 힘든 사람을 보고 같이 눈물 흘리며 도움과 위로를 주었던가? 대범하게 잘못과 과오를 시인하면서 자신을 비판해 보았는가? 주변 사람들을 배려하고 그들과 마음을 같이 나눠 보았는가? 인정을 베풀어 보았는가? 불이익을 무릅쓰고 정의를 지키기 위해 싸워 봤는가? 나는 어느 하나에도 "예, 그렇게 했습니다."라고 대답하지 못하였다. 다시금 마음속으로 되물어 보았지만 역시나 어느 하나 자신 있게 "예!"라고 답하지 못하였다. 나는 소심하고 옹졸한 사람이구나. 부끄러운 자화상에 자괴감을 느끼면서 마음속으로 다짐했다. 내 나이 오십, 공자가 말한 지천명(知天命)에 이르러 비로소 자신을 돌아보면서 부끄러움을 알게 되었으니 불행 중 다행이다. 늦었지만 이제부터라도 선배처럼 살아 보아야지 다짐을 하고 또 다짐했던 기억이 지금도 생생하다. 다시금 선배와의 추억을 떠올리며 이제는 세상에 없는 그분을 기리며 두 손 모아 명복을 빈다.

버스는 오후 늦게 연길에 도착했다. 호텔에 여장을 풀고 우리 일행은 연길 시내 궈마오 상점(國貿商店)을 찾았다. 시장 구경을 하고 호텔식 뷔페로 식사를 마친 후, 일부는 호텔에서 휴식을 취하고 일부는 시내 관광을 나갔다. 나는 호텔에서 소개해 준 전『연길일보』기자 선생을 호텔 로비에서 만나 청산리 전투에 대한 자세한 이야기를 들었다. 중국 사람인데도 우리말을 상당히 잘했다. 자기는 중국 사람임에도 민족주의자이기 때문에 외세의 침략과 주권 유린에 대해서는 결사반대라면서, 일본의 조선 침략 행위를 아편 전쟁 이후 서구와 일본 제국주의의 중국 침략 행위와 동일시한다고 하면서 성토했다. 청산리 전투에 대해서 많은 사람의 이야기도 듣고 기록한 자료도 상당히 많다면서 필요하다면 자기가 기록해 놓은 자료를 빌려줄 수도 있단다. 큰소리와 손짓으로 일본인의 만행을 규탄하면서 조선 사람들은 대단히 용감하고 애국주의자도 많은 훌륭한 민족이란다. 자기는 조선 사람을 좋아하기 때문에 동북지구에 사는 조선인 친구도 많다고 했다. 다음에 연길에 오면 화룡현(和龍縣), 어랑촌(漁浪村), 천수평(泉水坪), 백운평(白雲坪) 등 청산리 전투 지역을 안내하면서 자세히 그때 상황을 설명해 주겠다고 했다. 재회를 약속하며 서로의 주소와 전화번호를 주고받았다. 지기(知己)를 만났다. 옛말에 뜻이 있으면 길이 있다고, 중국에서의 독립운동 역사에 대해서는 이분을 만나면 모든 궁금증이 순조롭게 풀릴 것 같았다. 서로 뜨거운 포옹을 하고 다음 만남을 기약하고 헤어졌다. 다음 날 우리는 용정(龍井)과 도문(圖們)을 거쳐 훈춘(琿春)까지 가기로 일정이 잡혀 있었다. 아침 일찍 호텔에서 식사를 마치고 용정으로 출발했다.

용정, 도문, 훈춘

용정은 우리 현대사에서 있어 반드시 기억해야 할 만주 땅 중에서도 가장 친근하며 짙은 향수가 깃든 곳이다. 가슴이 설레기 시작했다. 비암산(琵岩山), 일송정(一松亭), 해란강(海蘭江), 용두레 우물, 광명학교, 대성학교 등 책에서 얼마나 많이 읽고 또 읽었던 지명들인가. 호텔을 출발한 버스는 연길 시내를 빠져나가자 곧이어 밋밋한 산등성을 휘돌아 고개를 넘고 약간의 경사진 산비탈을 달린다. 버스 안내원이 저 아래로 흐르는 강이 해란강이란다. 모두 깜짝 놀라 창밖을 내다보는데 아무리 보아도 강으로는 보이지 않고 보통의 실개천 같았다. 제법 큰 강으로 알았는데 모두 실망했다. 조금 지나 버스는 평평한 구릉 지역을 달리고 멀리 앞에 조그마한 도시가 보인다.

용정이었다. 조그만 분지 속에 단아한 작은 마을 용정. 그 엄혹한 시절에 민족정신과 민족혼이 농축된 그리고 자주와 독립정신이 응집된 곳. 4천만 한민족의 기개와 절의가 샘물처럼 용솟음쳤던 곳. 이곳은 당시 한민족 독립운동의 보금자리이고 구심점이자 원천지였다. 나는 혼자 조용히 경건한 마음으로 고개 숙여 인사를 했다. 광명학교, 대성학교, 용두레 우물, 박물관을 두루 살펴보는데 일제의 침략과 독립운동 그리고 선열들과 선구자들을 생각하느라 그런지 2시간 내내 모두 말들이 없다.

시내를 빠져나와 화룡을 향해 달리는데 저 멀리 아물아물 비암산이 보이고 산꼭대기에 정자가 보인다. 그 정자가 바로 일송정. 소나무는 보이지 않는다. 갈 길이 바빠서 비암산과 일송정은 오르지 못하고 그냥 지나쳐 갔다. 나는 버스 속에서 일송정을 바라보면서 '죄송합니다. 다음에 혼자 올 때는 꼭 올라가 찾아뵙고 뜻을 받들겠습니다.' 하고 아쉬움을 달랬다.

한민족의 민족혼과 자주와 독립의 상징인 거룩한 땅 용정을 뒤로하고 우리는 도문을 찾았다. 도문은 백두산에서 발원하여 동해로 흘러드는 우리 한민족사에서는 빼놓을 수 없는 민족의 애환이 서려 있는 두만강 가에 자리 잡은 작은 땅, 조그마한 도시이다. 도문은 북한의 남양시와 마주 보는 국경도시이다. 도문과 남양시 사이에는 두만강이 흐르고 그 위로는 두 도시를 잇는 철교가 있고 여러 가지 화물과 사람들이 왕래한다. 중국 쪽 두만강 둑에서 보면, 좁은 두만강 건너편 북한 남양시가 한눈에 보인다. 사람들이 오고 가는 모습과 농사짓는 모습이 한눈에 들어온다. 큰 소리로 부르면 서로 들릴 것 같다. 도문 쪽 두만강은 강폭이 좁고 수량도 많지 않아 갈수기

(渴水期)에는 하류 쪽에서는 걸어서 북한을 건너갈 수도 있단다. 두만강 변에는 군데군데 북한군 초소와 병사들이 보이고 어떤 곳에는 철조망 쳐진 것까지 보인다. 이렇게 지척이다. 철교 중간 지점에는 국경이라고 표식이 있고 거기까지는 갈 수가 있고 가서 사진도 찍을 수 있었다. 거기서 한 발짝만 내디디면 북한 땅이다. 한 발짝을 왜 못 디디나. 무엇 때문에 여기서 멈추어야만 하나. 내 땅을 내가 밟겠다는데 누가 막는가. 이런 비극이 세상천지에 어디 있는가. 한탄스럽고 원통하다. 누가 이런 비극을 만들었는가. 누가 책임을 져야 하나. 말문이 막힌다.

분명하게 잡히는 것이 있다. 바로 정치다. 정치라는 괴물이다. 이 비극은 정치적인 산물이다. 정치가 잘못되어 이런 비극이 생긴 것이다. 어느 때 누가 정치를 잘못하여 우리로 하여금 이런 비극을 안고 살아가도록 만들었는가. 우리는 곰곰이 따져 보아야 한다. 그래서 다시는 이런 통한의 일을 만들지 말아야 한다. 한반도 분단의 1차 책임은 미국에 있고 2차 책임은 국내 정치 세력의 갈등에 있다고 본다. 1945년도 2월 흑해 연안 크림반도에 있는 작은 도시 얄타에서는 미국 루즈벨트 대통령과 소련의 스탈린 수상, 영국의 처칠 수상 3명이 모여 앉아 제2차 세계대전의 전후 처리 문제를 놓고 8일간 회담을 했다. 이 당시 미국은 소련의 극동 만주와 한반도로의 진군을 허락하고 대신 일본과 한반도로의 진입을 진행하기로 교감이 있었다. 미군과 소련군이 동시에 한반도로 진군하자 미군의 태평양 총사령관 맥아더 장군이 일반명령 제1호로 38선을 획정하여 38° 이남에는 미군이, 38° 이북은 소련이 점령하여 실질적인 남북 분단이 38선에서 이루어졌다. 또한 미국은 한민족은 자치능력이 없으므로, 신탁통치를 받아야 한다고 주장했다.

이러한 거대한 국제정치의 흐름 속에서 국내 정치도 상해 임시정부파와 국내파, 미국과 하와이를 중심으로 한 미주파, 북한의 연안파와 갑산파 등이 상호 대립 충돌하면서 분열되어 있었다. 결국, 남쪽은 미국의 옹호를 받는 이승만 정부가, 북쪽은 소련의 업무를 받는 김일성 정부가 각각 단독정부를 세웠다. 그리하여 남북은 실질적으로 분단이 되었다. 당시 김구 선생과 조만식 선생 같은 분은 통일 정부를 세울 것을 주장하여 남북이 각각 정부를 수립하는 것을 결사반대하였다. 민족혼, 민족정신의 상징인 김구와 조만식 선생의 정치 노선인 '통일 정부론'을 왜 우리 민족은 지지하고 옹호하고 찬성하지 못하였는가. 이분들의 주장대로 남북통일 정부가 수립되었으면 오늘의 이 비극은 발생하지 않았을 것이다. 당시 한반도에서 정치 권력의 실체(實體)는 미국과 소련이었기에 미소의 지원과 지지를 받은 이승만과 김일성을 당해 낼 대항 세력과 인물은 없었다. 하지만 두 사람 모두 개인적인 권력욕에 눈이 멀어

대의(大義)를 보지 못했다. 이들에게 민족혼과 민족정신, 그리고 한민족 공동체라는 투철한 의식이 있었다면 얼마나 좋았을까? 아쉽고 또 아쉽다.

우리는 도문시와 남양시를 이어 주는 폭 100미터의 도문교를 등지고 주변의 화랑가를 둘러보았다. 10여 개의 점포가 있는데, 각종 산수화, 특히 북한 특정 지역의 산수화와 북한 작가들의 그림이 대부분이다. 북한 지역에서 출토한 토기와 생활용품들도 있었다. 한마디로 골동품 가게이자 수묵채색화 그림 점포이다. 쭉 둘러보다 한 점포에 들리니 한눈에 확 들어오는 전지 한 장짜리 백두산 그림이 있다. 백두 영봉들과 천지 그리고 천지가 흘러 장백폭포까지 채색화로 그려진 작품이었다. 참으로 섬세하고 영혼이 깃든 그림 같았다. 나는 마음이 움직여 점포 주인에게 얼마에 파느냐고 물었다. 주인은 여자분인데 자기는 조선족으로 부모님은 온성이 고향이고 자신은 도문에서 출생했단다. 이곳에서 우리 동포를 만나다니 참으로 반가웠다. 값은 중국 돈으로 3천 위안이란다. 나는 이번에 백두산에 올라갔다 왔다고 소개하면서 백두산 찬가를 하니 여자 점포 주인은 특별히 나에게만은 2천 위안에 주겠다고 한다. 멋있고 무엇인가 통하는 사람이다. 비상금으로 가지고 간 돈을 꺼내어 세어 보니 모두가 1천800위안이다. 200위안이 모자라 옆에 있는 일행에게 200위안만 빌려달라고 하니 그 소리를 듣고는 1천800위안만 내란다. 참으로 고맙고 통 큰 사장이다. 이렇게 구입한 백두산 그림을 연구실에 걸어 놓고 하루에도 몇 번씩 보고 또 보았다. 8년간 걸어 놓고 보았던 그림을 연구실 옮기는 과정에서 그만 분실하고 말았다. 아차! 얼마나 속상하고 마음이 아픈지. 누구나 자기가 좋아하고 사랑하는 물건을 잃어버리고 나면 한동안 마음이 아픈 게 당연하겠지만 잃어버린 백두산 그림에 대한 나의 아쉬움은 차원을 달리했다. 마음이 불편하고 힘이 들어도 이 그림만 보면 평안해지고, 즐겁고 용기가 생겼던 나에게는 수호신과 같았다. 그래서였을까? 백두산 그림을 잃어버리고 난 뒤 내 정신은 더욱더 백두산으로 쏠리게 되었고 마치 종교처럼 신앙처럼 마음 깊이 자리 잡고 말았다.

우리 일행은 저녁 무렵에 도문을 출발하여 훈춘으로 향했다. 버스는 두만강과 북한 땅을 오른쪽에 두고 달리기 시작했다. 한 10분 정도를 가는데 조그마한 언덕과 구릉을 지나자 두만강 폭은 좁아지고 건너편 북한 땅이 보인다. 4~5채 정도의 작은 마을도 보이고 그 뒤로는 벌거숭이 산자락이 쭉 뻗어 있었다. 사람들이 오가며 소달구지를 끌고 다니던 전형적인 60년대 우리 산골 마을과 같았다. 강가에는 군데군데 초소가 보였다. 어떻게 산에 나무 한 포기가 없는지 의아했다. 쓸쓸하고 외로워 보였다. 다시 버스는 달리고 곧 양수로, 면 단위 마을인데 수천 호가 살고 있고 땅도 상당히 넓고 수십 리 기름진 땅이 펼쳐져 있었다. 버스가 잠시 쉬는데 사람들의 모습을 보니 활달하고 자유롭고 넉넉해 보였다.

양수를 등지고 두만강 변을 따라 30여 분 달리니 훈춘이다. 훈춘 입구에는 화력발전소가 있어 큰 굴뚝에서 연기가 뿜어져 나오는데 장관이었다. 곧 빈관(賓館)에 도착하여 여정을 풀고 앞에 있는 식당으로 가 순두부와 청국장으로 저녁 식사를 하고 나니 차를 한잔하자고 하여 모두들 커피숍으로 자리를 옮겼다. 커피숍에 김민웅 훈춘시장이 우리 일행에게 인사차 와서 잠시 서로 환담했고, 다음 날 오찬을 시청사에서 접대하겠단다. 훈춘시는 속초시와 자매결연한 도시이다. 김 시장의 얘기로는 훈춘은 신흥도시로 외국인 투자지구를 운영하고 있고 러시아 사람들이 하루에도 400~500명씩 드나들고 상주하는 러시아 사람이 많다고 한다. 특히 훈춘시민의 60%가 조선인이란다. 시장인 자기도 조선인인 덕분에 중앙 정부에서 임명했다고 한다.

김 시장과 헤어진 후 일부는 시내 구경을 하겠다고 밖으로 나가고 일부는 방으로 가서 휴식을 취했다. 밖으로 나가 이곳저곳을 돌아다니다 보니 여러 사람과 마주하는데 정말로 조선 사람을 자주 만나게 된다. 일행 중 한 분이 “훈춘은 나처럼 중국말 한마디 못 하는 사람도 얼마든지 살 수가 있네. 여기로 이사 와서 노동력도 싸다고 하니 수산물 공장이나 할까?" 한다. 군데군데 노래방 간판이 많이 걸려 있어 한 곳을 찾아드니 노래 곡명이 벽에 붙어 있는데, 우리 옛날 대중가요와 최근 노래 곡명도 많았다. 나는 중국의 혁명가곡인 〈沒有共產黨就沒有新中國〉과 〈天大地大不如覺得恩情大〉을 부르고 한 시간 정도 놀다가 숙소로 돌아왔다. 아침에 일어나 우리 일행은 훈춘 신흥경제특구를 한 바퀴 돌아보았다. 참으로 넓었다. 전체 면적이 속초 시내보다 넓어 보였다.

돌아와 호텔 뷔페로 식사를 마치고 우리는 방천(防川)을 찾아보기로 했다. 방천은 중국 러시아 북한 3국의 국경지대인데 중국 방천 전망대에 오르니 동서남북이 한눈에 들어온다. 전망대에서 왼쪽이 러시아 하산으로 작은 도시이지만 평온해 보이면서 활기가 넘쳐 보였다. 조그만 기차역이 보이고 고즈넉한 도시로 마음에 들어왔다. 전망대 앞 멀리 아물아물 동해 바다의 푸른 물이 보이고 동해 바다까지 광활한 백사장이다. 탁 트인 백사장과 동해 바다를 보니 마음까지 시원했다. 오른쪽은 바로 두만강 하구로 강 건너 땅이 함경북도 온성으로 지척이다. '이 좋은 땅에 중국과 북한 러시아 3개국이 합작하여 국제도시를 만들면 얼마나 좋을까?' 생각해 보았다.

우리는 12시에 훈춘 시청에서 김 시장이 주관하는 오찬이 있어 서둘러 방천을 떠났다. 시청에 도착하여 차를 한 잔씩 마시고 오찬장으로 들어갔다. 우리 일행을 접대하기 위해 준비한 음식들을 보니 말 그대로 산해진미로 코스 요리인데 준비하느라고 많은 정성을 쏟은 것이 한눈에 들어온다. 오찬이 끝나자 김 시장이 일행 한 사람 한 사람에게 휘호 한 장씩을 선물하는데 각자 이름까지 넣어 주었다. 얼마나 치밀하고 정성스러운지 우리 일행들은 모두가 진심으로 감사를 표했다. 공식 행사를 마무리하고 다시 연길로 향했다. 모두 피곤한지 버스 안은 조용했고 대부분 잠을 청했다. 한 시간 반 남게 연길 호텔에 도착하고 우리 일행들은 연길 궈마오 상점으로 가서 필요한 귀국 선물들을 사 들고 다시 호텔로 돌아왔다. 저녁 식사 후 호텔 커피숍에서 차 한 잔씩을 마시고 각자 자기 방으로 돌아가 10박 11일의 여행 일정을 마무리할 마지막 밤을 보냈다. 다음 날 아침 모두 다소 상기된 모습으로 공항으로 직행했다. 귀국 비행기는 3시간 만에 한국 땅에 무사히 내려앉았다.

집으로 돌아온 나는 백두산에서 받아온 천지수 한 병을 나눠 반병은 냉장고에 넣어 두고 나머지 반병은 다음 날 학교로 가지고 갔다. 평소 친하게 지내는 교수 몇 명에게 백두산 천지수라고 소개하면서 한 컵씩 나누어 주니 정말로 이 물이 백두산 천지물이냐면서 믿어지지 않는다고 한다. “내가 명색이 윤리 교수인데 설마 미시령 용대리에서 생산되는 광천수를 떠다가 여러분들에게 백두산 천지수라고 거짓말을 하겠어?” 하면서 이번에 백두산 천지를 등반하고 왔다고 설명했다. 모두 깜짝 놀란다. 나는 이어서 말하기를 고금동서를 막론하고 각종 종교 행사나 제사에는 항상 각각 그들 나름대로 성수를 신에게 바치지 않느냐고 하면서 이 천지 성수는 한민족이라면 누구나 성수로 생각하면서 마셔야 하고, 그때마다 한민족의 근원이며 뿌리인 백두산 그리고 천지를 생각하면서 한민족으로서의 자긍심을 가져야 한다고 일장 연설했다. 모두 고개를 끄덕이며 고맙단다. 도문에서 사 온 백두산 천지와 장백폭포 그림을 연구실에 걸어 놓았으니 자주 와서 감상하라고 했다. 집 냉장고에 넣어 둔 천지수 반병은 며칠을 두고 아내와 함께 아침에 일어나 반 컵씩 마셨다. 이것으로 나의 첫 백두 여정은 끝났다.

2차 성산 백두 여정

뜻이 있으면 길이 있다

두 번째로 백두산을 찾은 것은 1차 여정 이후 꼭 10년 만인 2002년 7월이었다. 한창 1학기 기말고사를 치르고 있는데, 평소에 잘 알고 지냈던 교육계의 선배로부터 전화가 걸려 왔다. 내가 재직 중이던 동우(東佑)대학에서 중국 유학생을 받지 않겠느냐고. 나는 학교 측과 상의해서 결과를 알려 주겠다고 하고 얼마 후 재단과 관련 부서와 논의한 끝에 중국 유학생을 받기로 했다고 통보했다. 그다음 순서로 유학을 희망하는 학생들을 선발하기 위하여 중국 동북 여행을 계획했다.

지재유경(志在有逕), 다시 말해 뜻이 있는 곳에 길이 있다는 말처럼 유학생 모집차 떠난 중국 동북 여행은 순조로웠다. 며칠 동안 연길, 화룡, 도문, 훈춘, 안도(安圖)에서 학생 선발을 끝내고 7월 어느 날 하루 일정으로 백두산에 오르기로 마음먹었다. 이른 새벽 연길에서 택시를 타고 안도, 돈화(敦化)를 거쳐 송강, 이도백하를 거쳐 장백산 관광 지구에 도착했다. 1차 여정 때처럼 장백폭포를 거쳐 백두 천지에 오르기로 했다. 매표소에서 하는 말이 지난 폭우로 장백폭포 경유 백두 천지 등반길은 폐쇄되어 올라갈 수 없단다. 할 수 없이 관광용 지프를 타고 북파(北坡)를 오르는 천문봉(天文峰) 코스를 택했다.

천문봉 코스는 말 그대로 구절양장(九折羊腸). 구불구불 천문봉 산허리를 수십 번 휘감고 올라간다. 그렇게 20여 분이 지나 드디어 천문봉 꼭대기에서 8~9부 능선에서 지프는 멈추고 도보로 5분 남짓 걸어 올라가니 천문봉 꼭대기다. 도보 길은 비록 짧으나 희뿌연 화산토와 화산석이 깔려 있어 미끄럽다. 벌써 사람들이 천문봉 꼭대기에서 왁자지껄 이리저리 움직이면서 사진 찍느라고 야단법석이다. 나는 가쁜 숨을 몰아쉬면서 사람들 틈을 헤치고 천문봉 정상에 서서 맞은편을 바라봤다. 저 멀리 병사봉(兵使峰), 비로봉(毘盧峰)은 검푸른 옷을 입고 우람하게 앉아 있고 밑에 천지는 쪽빛 남색으로 파란 비단 폭을 깔아 놓은 듯 사방천지가 아득하다. 하늘과 백두 천지 모두가 검푸른 기운으로 가득하며 황홀하고 장엄하다. 지그시 눈을 감으니 이제 막 하느님의 아들 환웅 천왕이 무리 3천을 이끌고 병사봉으로 내려와 천지 품에 안기는 모습이 아련하게 떠오르며 가슴이 벅차오른다.

단군신화

우리 민족의 태동 신화인 단군(檀君)신화에 대해 이야기해 보자. 신화를 뜻하는 영어 단어인 'myth'는 이야기의 순서를 정한 극의 줄거리란 뜻의 그리스어 'mythos'에서 비롯됐다.

논리적인 사고와 이성을 의미하는 'logos'와는 대칭되는 말이다. 이 세상에 존재하는 모든 것, 즉 우주와 자연, 인간 그리고 인간이 만들어 낸 문물과 제도까지 이것들이 언제 어디서 어떻게 해서 생겼느냐 하는 기원을 이야기하듯 설명하는 구전 설화다. 이것은 옛날에 있었던 사실에 관한 서술에 그치지 않고 실제로 있었다는 믿음과 함께 현재를 살아가는 사람들에게까지 지대한 영향을 미치는 초자연적이며 성스러운 그 무엇이다. 지금도 뉴기니의 카이족(族)과 나바호족(族)은 현대 문명과 함께 모든 과학적인 문명의 이기들을 사용하는 것을 거부하고 원시적인 모습으로 살아간다. 그들의 조상은 넴으로, 그 넴이 살아가던 방식인 원시적인 모습, 그것이 바로 자신들의 행복이며 삶의 본질이라고 믿기 때문이다. 이처럼 신화는 과학성, 논리성, 실제성을 따지지 않고 종교처럼 무조건 믿고 따르는 것으로 성스럽고 신성한 것이다. 인류 역사에 혁혁한 자취를 남긴 동서의 모든 민족국가는 각자 그들 고유의 민족 신화를 갖고 있다. 그리스, 로마, 이집트, 중국, 멕시코, 인도 등 각국의 역사를 보면, 전 세계적으로 200여 개의 민족 신화가 있고 그 민족 신화를 중심으로 한 고유한 민족문화를 형성해 왔다. 앞에서 언급했듯이 신화의 신성함과 성스러움이 사람들의 생각과 행동에 강력한 규제와 통제력을 갖는다는 것을 그 누구도 부인할 수 없는 것이다.

우리 한민족의 신화인 단군신화부터 이야기해 보자. 단군신화의 내용은 『제왕운기』, 『삼국유사』에 상세하게 기록되어 있다. 또한 『고기』에도 있다. 옛날에 환인(桓因), 즉 하늘님이 계셨는데 아들 환웅(桓雄)이 항상 인간 세상에 내려가서 인간을 다스리기를 원하므로 환인께서 아들의 뜻을 알고 인간 세상을 내려다보며 삼위태백(三危太伯), 지금의 백두산이 가히 인간을 홍익(弘益)하기 좋은지라 천부인(天符印) 3개를 주어 신성한 태백산, 지금의 백두산 신단수하(神壇樹下)로 내려보내매 무리 3천과 풍백, 우사, 운사 등과 곡식, 생명, 병, 선악 등 360여 가지를 다스릴 수 있는 신과 함께 환웅 천왕이 태백산으로 내려와 그곳을 신시(神市)라 하여 인간을 다스리게 되었다. 하루는 범과 곰이 각각 자기들도 인간이 되어 환웅의 재세이화(在世理化)의 다스림을 받고 싶어 하기에 환웅이 범과 곰에게 각각 마늘과 쑥을 주어 이것을 먹고 삼칠 일, 즉 21일 동안 토굴 속에서 인간이 되기를 빌면 가히 사람의 몸으로 환생할 수 있다 하여 호랑이와 곰이 각각 토굴 속에서 기원했으나, 호랑이는 능히 기치 못하여 사람으로 환생하지 못하고 곰은 능히 삼칠일을 기원하여 여자의 몸으로 환생하였다. 이것을 웅녀(熊女)라 한다.

웅녀가 자라 혼인하기를 원하매 아무도 혼인해 주는 사람이 없어 웅녀는 항상 신단수하에서 시집가기를 원하매 하루는 환웅 천왕이 가화하여 미장부로 변신하여 웅녀와 하룻밤에 가연을 맺어 잉태하여 아들을 낳으니 바로 단군(檀君)이다. 단군은 그 후 도읍을 아사달(阿斯達)로 옮겨 기원전 2천333년 홍익인간(弘益人間)의 이념으로 나라를 다스리다가 장당경(藏唐京)으로 들어가 산신이 되었으니 그 수가 1천908세였다. 이것이 단군신화의 핵심 줄거리이다.

단군신화 속의 하늘 또는 하늘님이 한자(漢字)화 되는 과정에서 환인으로 표기된 것이다. 천부인이란 하늘님이 가지고 있는 그의 징표들로 신성한 옥쇄를 뜻한다. 아들에게 준 광명의 표상인 거울, 초능력의 상징인 방울, 그리고 무력의 증표인 칼이다. 신단수하란 자연 신전으로 흙과 돌을 긁어모아 쌓아 놓은 제사 지내는 단이고, 이곳에 상징이 되는 수목으로 박달나무를 심었다. 신실한 환웅 천왕이 하늘에서 내려와 신정을 주관하는 곳으로 성산(聖山)인 백두산 일대를 말하는 것이다. 어떤 민족이나 국가를 막론하고 옛날에는 모두가 신정(神政)으로 이루어졌고 그 뿌리는 그들 민족국가의 성산(聖山) 꼭대기였으니 그리스의 올림포스산, 중국의 곤륜산, 인도의 히말라야산이다. 환웅 천왕과 웅녀와의 신혼(神婚)은 당시에는 보편적인 것으로, 원시 사회에서는 어느 곳이나 자연을 숭배하고 그 자연물의 초능력을 믿고 그들과 족외혼을 하는 것을 이상으로 생각했다. 옛날 사람들은 하늘과 땅 사이에는 어떤 신령이 있었고, 이 신령은 인간은 물론 모든 존재와 사물을 지배하면서도 그 인간과 사물과의 사이에서 서로 융통, 감응하면서 신과도 통하는 것으로 믿었다. 따라서 신화는 그들에게는 비유도 아니고 우화도 아닌 확실하고도 움직일 수 없는 사실이었다. 신의 행위는 인간의 행위와 같은 것이며 신과 인간이 동일체로 인식되었기 때문에 신화 속에 나오는 신의 행위는 인간의 생각과 행위를 규제하고 통제하며 신의 의지는 인간 사회의 도덕적 기준이 되고, 결국 그들 민족국가의 이상과 이념이 되었다. 신화의 내용이 얼마나 논리적이냐 과학이냐를 따지는 것은 그 자체가 신화를 잘못 이해하기 때문에 생긴 오류이다.

홍익인간

다음으로 홍익인간(弘益人間)에 대해 이야기해 보자. 홍익인간은 우리 한민족의 국조(國祖)이신 단군왕검의 고조선 개국이념으로 크고 넓게 인간 세상을 유익하고 이롭게 한다는 뜻이다. 그 뜻이 하도 크고 넓어 한마디로 정의할 수 없다. 세계 4대 성인이자 서양 철학의 개조(開祖)인 소크라테스는 그의 철학에서 항상 선(善)을 강조했는데, 그 선이란 바로 모든 사람에게 유익하고 이로운 행위라고 정의했다. 진(眞)과 미(美)와 성(聖)과 용(用)을 포괄하는 선(善)이야말로 모든 사람에게 유익하고 이로운 행위를 하는 것을 말한다고 했다. 소크라테스의 선이 곧 홍익이다. 다시 말해 정신적으로나 물질적으로 또 개인적으로나 사회적으로나 유익하고 이로운 모든 행위를 홍익인간이라고 생각하면 된다. 인간 생활을 유익하고 이롭게 하는 일은 인류 역사에서 가장 숭고하고 구원한 이상으로 삼았으니 기독교의 사랑, 불교의 자비, 유교의 인, 그리고 근대 민족국가의 이념인 박애 정신, 최대 다수의 최대 행복을 강조하는 공리주의, 공동선, 실용주의, 현대 우리가 으뜸으로 꼽는 삶의 가치인 인권, 자유, 평등의 이념을 모두 포함하고 있다.

국조 단군의 건국이념인 홍익인간은 우리 한민족의 최고 지도 이념이자 정치와 교육의 핵심 이념이다. 1948년 대한민국 정부가 수립되면서 헌법에 수록된 교육법 제1조의 "교육은 홍익인간의 이념 아래 모든 국민으로 하여금 인격을 완성하고 자주적인 생활 능력과 국민으로서 자질을 구유하게 하여 민주국가 발전에 봉사하며 인류공영의 이념실현에 기여하게 함을 목적으로 한다"고 했다.

마음이 있으면 길이 보인다고 했던가. 천문봉에서 하늘을 우러러보고 병사봉을 응시하면서 천지를 굽어살피기를 여러 차례. 아! 홀연홀몰(忽然忽沒) 아련하게 눈앞에 하나의 황홀하고 신비한 영상이 펼쳐졌다. 바로 환웅 천왕이 천부인을 안고 무리 3천 인과 360여 신장을 데리고 하늘에서 병사봉으로 내려와 천지 호수의 정좌하는 모습을 나는 확실히 보았다. 남들은 내가 허깨비를 보았다고 하겠지만, 지금 나의 가슴속 심장은 마구 고동치고 머릿속은 어찔어찔, 눈에서는 감격의 뜨거운 눈물이 주르르 흐르고 목은 꽉 메어 온다. 이 순간, 비좁은 천문봉 꼭대기는 사람들의 함성과 떠드는 소리로 가득했겠지만, 나에게는 아무것도 안 보이고 아무 소리도 들리지 않았다. 그저 고요하고 적막하다. 이런 현상을 환상이라고 하는 건가? 환상이라도 좋다. 분명히 내 두 눈으로 보았고 머릿속에 기억되었고 가슴속에 울려 퍼졌다.

나는 고요하고 적막한 환상 속에서 하늘과 백두 영봉 천지를 번갈아 올려다보고 내려다보다가 마침내 왁자지껄 떠들어대는 천문봉 주변 사람들을 둘러보았다. 모두 이리저리 옮겨 다니면서 고함도 치고 큰 소리로 떠들어 대고 사진도 찍고 야단이다. 나는 무릎을 꿇고 쭈그리고 앉아서 조용히 눈을 감고 환웅 천왕과 360여 신장님들 그리고 그들을 모시고 하강한 3천여 명의 천인들에게 경건하고 송구한 마음으로 하직 인사를 드렸다.

천문봉을 뒤로하고 서북쪽 능선을 따라 내려오는데 저 멀리 아물아물 끝없이 펼쳐진 숲의 바다가 한눈에 들어온다. 참으로 장관이고 장엄하고 아름답다. 이런 것을 황홀한 비경이라고 하는 건가. 아! 숲의 바다에 묻혀 보았으면. 그리하여 숲에서 뿜어 나오는 호연지기를 만끽할 수 있다면 얼마나 좋을까? 어느 사이 지프 주차장에 도착했다. 지프를 타고 구불구불 내려오다니 어느덧 백두산 매표소다. 문 앞을 통과하여 나오니 내가 부른 택시 기사가 환하게 웃으며 나를 반긴다. 천진스러운 어린아이의 웃음이다. 참으로 진실하고 순진한 젊은이구나. 나는 이도백하로 내려와 택시 기사가 안내해 주는 산천어탕 전문식당으로 들어섰다. 그와 함께 늦은 점심을 먹고 근처 미인송 솔밭을 둘러보고 연길로 돌아왔다.

그러면 여기서 백두산, 중국명 장백산(長白山)의 위치와 지정학적인 의미 그리고 천지와 주변 환경을 간략하게 살펴보자. 백두산은 우리나라 함경남·북도와 중국 동북 만주지방이 접하는 국경에 있는 산으로 최고봉인 병사봉은 그 높이가 2천744미터에 이른다. 한중 양국 모두가 성산으로 모시는데 우리는 단군이 탄강(誕降)한 성지로, 중국은 청(淸)나라 태조 애신각라(愛新覺羅)의 발상지로 숭배해 왔다. 중국 청나라의 발생 전설에서는 천지에 처녀 3인이 내려와 목욕하고 있는데, 신작(神雀) 한 마리가 붉은 과일을 물고 와서 계녀(季女)에게 주었는데 계녀는 이것을 먹고 잉태하여 아들을 낳으니 이가 바로 애신각라다. 우리 단군신화와 비슷한 맥을 가지고 있다. 백두산의 정상인 병사봉은 천지 동쪽에 위치하고 이곳에서 남동쪽 4킬로미터 지점에는 역사에서 늘 말썽이 되어 온 정계비(定界碑)가 있다. 병사봉 남동쪽 허함령에서 북으로 2킬로미터 가면 성지로 이름난 삼지연(三池淵)이 있다.

삼지연은 크고 작은 3개의 얕은 호수로 이루어지고 수심은 3미터 내외이다. 이곳 삼지연에서 발원하는 석을수(石乙水)는 두만강의 수원이 된다. 이 석을수를 청나라가 토문강이라고 우격다짐으로 고집하자 이곳에 정계비를 세워서 이곳이 한국과 청나라의 국경선이라고 국경 협정을 맺고 한반도와 남만주로 진출한 제국주의 일본은 남만주에서 남만 철도 부설권을 얻기 위하여 간계를 부려 석을수, 이곳이 토문강이라고 합의하여 한국과 청나라의 국경선으로 확정하였다. 신무성(神武城)은 백두산 동쪽 사면에 있는 취락지로 우리의 단군왕검이 이곳에서 재세이화(在世理化)로 신정(神政)을 베푼 곳이다.

육당 최남선 선생은 『백두산근참기』에서 백두산 천지 신무성(神武城)의 신화적 권위를 밝히면서 한민족의 민족혼과 민족정신, 그리고 애국심을 강조했다. 천지는 둘레가 12킬로미터 주변 하구 벽은 400미터 전후 지름은 2~4킬로미터, 수면 고도는 2천257미터, 수심은 312~500미터로 용왕담(龍王潭)이라고도 한다. 천지 호수는 북쪽 달문을 통하여 흐르고 곧 장백폭포와 비룡폭포가 되고 장백폭포는 이도백하를 거쳐 송화강의 시원(始原)이 된다. 현재 중국 길림성 자연보호관리국에서 만든 지도에 의하면 백두산 북쪽 대부분이 중국 영토로 표시되어 있다.

조선족 동포들

다음 날 아침, 어제의 강행군 탓인지 평소보다 늦게 일어나 호텔 로비에 내려가니 프론트 저쪽이 떠들썩하다. 그쪽으로 가 보니 벌써 지인과 유학업체 사장들이 모여 앉아 나를 기다리고 있다. 거의 조선족 동포들이다. 인사를 하고 나니 어제 백두산 잘 다녀왔느냐, 감회가 어떠냐 뒤죽박죽 이것저것 물어온다. 무슨 이야기부터 할까 고민하던 나는 단군신화와 홍익인간을 아느냐고 물었다. 그랬더니 모두가 단군이 무엇이고 홍익인간은 또 무엇이냐고 오히려 반문한다. 아! 그렇구나! 백두산에 얽힌 민족 신화와 단군조선, 그리고 홍익인간의 이념을 모르는구나. 목청을 가다듬고 30여 분 동안 이것저것 설명을 하고 나니 모두가 깜짝 놀란다. 자기들은 이곳에 살면서 먹고 살기에 바빠서 허둥대다 보니 조국의 역사와 문화는 물론 조선족의 뿌리와 민족정신, 민족혼이 무엇인지 진지하게 배우고 생각해 볼 겨를이 없었다고 했다. 다만 부모님이나 어른들로부터 일제강점기 때 이곳 남북 만주에서 선조들이 왜놈에 맞서 싸우고 조국의 독립을 위해 투쟁한 사실만 들어서 알고 있단다. 단군신화와 홍익인간의 이념은 인류 최초의 박물서적인 『산해경(山海經)』에 기록되어 있고 그 후 『단군기(檀君記)』, 『고기(古記)』, 『삼국유사(三國遺事)』, 『제왕운기(帝王韻紀)』에도 기록되어 있다고 하니 그들 모두가 깜짝 놀란다. 그러면서 하는 말이 우리 조선족의 뿌리가 백두산과 단군 할아버지라니 참으로 자랑스럽고 기운이 펄펄 난다고 한다.

그 얘기를 듣고 있던 한 분이 길게 숨을 내쉬며 조심스럽게 "교수님, 그럼 동북공정은 뭔가요? 중국에선 이곳의 모든 역사가 중국 역사라고 하는데 도대체 뭐가 뭔지 갈피를 잡을 수 없어 혼란스럽네요."라고 한다. 나는 우리 한국 역사는 단군조선 이래 위만조선, 고구려, 발해, 고려, 조선, 현재로 이어지는 5천 년 민족사가 한반도와 남·북만주 일대, 즉 압록강과 두만강은 물론 송화강 유역 전체에서 전개되었고, 이곳은 바로 우리 한민족의 터전이자 역사와 문화의 증거라고 힘주어 설명했다. 중국 각처에 흩어져 있는 조선족 동포 여러분들이 우리 한민족의 순수성과 정체성을 가장 잘 유지, 보존하면서 살아가고 있으니 큰 자부심과 역사적 사명감을 가져도 좋다고 격려했다.

사실 중국 땅에서 소수민족으로 살아가는 조선족들은 위기 상황에 놓여 있다. 개혁개방 이전만 하더라도 중국은 소수민족에게 많은 자치권을 부여했고 조선족들도 나름의 목소리를 내며 정체성을 지켜 왔다. 중앙 정부의 요직에 등용되는 동포들도 적지 않았다. 하지만 개혁개방 이후 시장경제 발전이 급속하게 진전되면서 조선족은 여타 소수민족들과 마찬가지로 빠르게 한족에 동화되었다. 한중수교 이후로는 두 나라 간 가교(架橋) 역할을 하기도 했지만 중국 정부의 한화(漢化)정책이 힘을 얻으면서 한민족 고유의 언어와 문화를 유지하기는 점점 어려워졌다. 한데 모여 살던 연변 자치주를 떠나는 조선족들의 수는 갈수록 늘어 갔다. 2000년 기준으로 192만 명에 이르던 조선족 인구는 20년 새 170만 명대로 줄었다. 새로 자리 잡은 터전은 중국 내 동북 이외 지역은 물론 한국을 비롯한 해외 각지를 망라한다. 어느덧 연변 조선족 자치주 성립 70년이 됐다. 1952년 자치주 성립 초기 70%를 넘었던 조선족 인구 비중은 소수민족 자치주 유지 기준인 30%마저 지키기 어려운 지경에 처했다.

인구 감소보다 심각한 것은 중국 정부의 소수민족 지우기 정책이다. 앞에서 말한 동북공정이 바로 그것이다. 중국은 남·북 만주인 송화강에서 요하(遼河)에 이르는 광대한 지역에서 명멸했던 모든 왕조와 국가들이 결국 자기네 한족의 지방 정부에 불과했다고 주장하면서 우리 한민족의 역사를 부정하고 왜곡 날조해 왔다. 연변에서는 한글로 표시된 간판이나 메뉴판을 중국어로 교체하는 작업이 한창이라고 한다. 이렇게 조선족을 뿌리 잃은 방랑자로 만들어 결국에는 한족으로 흡수되기를 바라는 것이다. 만시지탄(晩時之歎)이다. 하지만 이제라도 한국 정부와 민간은 조선족 동포들에게 관심을 기울여야 한다. 중국 동북지역에는 조선족들의 교육과 문화, 역사의 전당이자 마음의 고향이 될 단군학당이나 홍익학당을 세워야 한다. 그게 조선족 동포들의 자존심을 지키는 길이라고 역설하자 모두가 손뼉을 치며 환호했다. 한국 정부가 이미 동남아, 중동, 아프리카, 유럽 등지에 세종학당을 세워서 한국어, 한국문화와 역사 등을 홍보하고 현지인들을 교육하면서 국위를 선양하고 있는데, 정작 연변 자치주에는 이런 기관이 없다는 것은 안타까운 일이라고 말했다.

우리는 호텔에서 나와 한식을 전문으로 하는 식당에서 청국장으로 늦은 아침 식사를 마치고 아쉬운 작별인사를 나눴다. 다음에 다시 만날 것을 약속하고 나는 훈춘에 있는 장영자 세관을 거쳐 러시아 자루비노항에서 속초행 여객선에 몸을 실었다. 긴 명상과 함께 깊은 잠에 빠졌다.

3차 성산 백두 여정

산신제를 올리다

2004년 2학기 종강을 일주일 앞둔 어느 날. 도문과 연길에 있는 유학업체로부터 전화가 걸려 왔다. 동우대학에 보낼 유학생을 선발해 놓았으니 들어와서 면접을 보라는 것이다. 현지를 직접 찾아 발품 팔며 학생들을 모집하려던 참이었는데 유학업체에서 이미 선발을 해 놓았다니 얼마나 다행인가. 나는 이런저런 입시 구비 서류를 챙기고 입국 비자를 신청했다. 일주일 후 입국비자가 발급되고 곧바로 속초에서 러시아 자루비노로 가는 국제여객선 동춘(東春)호 배표를 예매하자 중국행 준비가 완료되었다. 이참에 3차 성산 백두 여정을 감행하기로 마음먹자 어릴 적 소풍 전날처럼 마냥 즐겁고 유쾌했다.

중국 입국 직후 바로 백두 성산을 찾은 후에 유학 업무를 보기로 했다. 이번에는 성산 백두에 올라 간소하게 백두와 단군왕검에게 경건하게 제사를 올리겠다고 작심하니 가슴이 뛰고 흥분되기 시작했다. 시장에 가서 한지 몇 장과 백미 세 움큼, 북어포 1개, 대추와 밤 몇 톨씩 그리고 막걸리 한 병을 사 와 정성스럽게 포장했다. 삼신(三神)과 백두천지신에게 올릴 고유제문(告由祭文)도 작성했다. 삼신은 환인, 환웅, 단군왕검을 말한다. 물론 고유제문은 삼신과 백두천지님의 이상인 재세이화와 홍익인간의 이념을 갈성진경(竭誠盡敬)으로 잘 받들고 실천하겠다는 결의와 함께 민족분단을 극복하고 민족통일을 성취하도록 보우해 달라는 갈망을 호소하는 내용이었다. 고유제문과 제수품은 조그마한 손가방에 정성스럽게 간직하고 입시 필요 서류와 간단한 선물 그리고 옷가지들을 배낭에 집어넣고 국제여객선에 몸을 실었다. 속초에서 오후 4시에 출발하여 다음 날 아침 9시경 러시아 자루비노항에 도착했다. 하선 후 버스를 타고 세 곳에서 러시아 병사들의 검문검색을 받은 끝에 도착한 곳이 러시아와 중국의 국경인 중국 땅 훈춘의 장영자 세관이다.

무사히 세관을 통과하여 밖으로 나가니 지인과 유학업체 사장이 마중을 나와 있었다. 반갑게 인사를 나누고 그들이 준비한 승용차 편으로 훈춘 통과 도문을 거쳐 연길 우정(友情)빈관에 여장을 풀었다. 벌써 오후 2시, 빈관 부근에서 간단하게 점심 식사를 끝내고 차 한 잔씩 하면서 다음 일정을 협의하자고 한다. 나는 이틀간 백두산 여행을 마친 후에 입시 업무를 시작하자고 양해를 구하고 그들과 헤어져 방으로 돌아왔다. 지난밤에 배가 많이 흔들리고 많은 상념으로 거의 잠을 자지 못해서 그런지 피로가 몰려와서 일찌감치 잠을 청했다. 잠에서 깨어나니 벌써 저녁때가 되었다. 벌떡 일어나 택시를 타고 역 옆에 있는 버스 정류장으로 갔다. 아침 6시 출발 백두산 가는 버스표를 예매했다. 빈관으로 돌아와 부근 식당에서 사 온

빵과 만두를 몇 개씩 먹고 나니 이것이 곧 저녁 식사다. 나의 백두산행에 대해 듣자 그들은 막무가내로 자기들에게 맡겨 달란다. 하지만 나는 백두산행은 나만의 종교 행사이니 이해해 달라고 정중히 거절했다. 이틀 후에 우정 빈관에서 다시 만나기로 약속을 했다. 홀가분하고 자유롭고 평안했다.

다음 날 새벽 4시 잠에서 깨어나 작은 가방에 제물과 옷가지를 챙기고 5시에 빈관을 나와 택시를 탔다. 버스 정류장에 도착하니 날이 밝지도 않았는데 이곳저곳에 사람들이 몇 명씩 모여 있다. 조금 후 버스 안내원이 나타나 승차하라고 소리를 지른다. 이제부터 4시간을 달리면 이도백하다. 한기가 느껴져 옷을 꺼내어 입고 나니 좀 따뜻했다. 온통 백두와 천지 생각뿐이다. 마음이 평안하면서도 자꾸 설렌다. 내일 아침 일찍이 일어나 제일 먼저 백두 천지에 올라야지. 아무도 모르게 삼신과 백두천지님께 제사를 올려야지. 제발 날이 좋아야 할 터인데. 이런저런 생각을 하면서 달리는 버스에 몸을 맡겼다.

10시가 넘어서 버스는 이도백하에 도착했다. 나는 버스 정류장 부근의 작고 허름한 여인숙을 찾아 들어갔다. 숙박비는 50위안이란다. 들어가니 작은 방에 침대가 놓여 있고 바로 옆에 화장실이 붙어 있다. 혼자서는 지낼 만했다. 방을 정해 놓았으니 아침 겸 점심을 먹기로 하고 식당을 찾아갔다. 콩나물 김칫국에 백반이 있으면 최고인데 두어 군데 물어보니 밥은 있지만, 콩나물 김칫국은 없단다. 할 수 없이 콩비지에 밥 한 그릇을 비웠다. 그동안에는 이도백하 시내 한복판만 다녀 보았었는데 오늘은 변두리 쪽으로 구석구석 찾아보기로 했다. 변두리 사람들의 생활상과 문화는 어디를 막론하고 중심권과는 달리 조용하고 아늑하며 정이 흐르고 따뜻함이 특징인데 여기도 마찬가지였다. 비포장도로도 많고 소달구지도 보이고 옥수수 대가 군데군데 쌓여 있고 나무 울타리도 있고 오가는 사람들 모두 한가롭고 여유가 있어 보였다. 몇몇 사람들과 대화를 해 보니 시내보다는 이곳에 사는 것이 마음이 더 편안하단다. 모두가 순박하고 겸손하고 순수해 보인다. 나는 2시간여 이곳저곳을 배회하다 숙소로 돌아왔다. 잠시 청했던 잠에서 깨어나니 오후 4시가 다 되어서 아침 식사를 했던 식당을 다시 찾았다.

주인 말이 오늘 밤에 눈이 올 것이란다. 백두산은 눈도 많이 오고 춥기도 하니 방한복과 방한화를 꼭 가지고 가란다. 주변에는 방한복과 방한화를 빌려주는 곳이 몇 군데 있단다. 나는 빵과 만두 그리고 옆 가게에서 산 소시지와 옷과 구두를 준비하고 여인숙으로 돌아왔다. 고유제문과 제물을 다시 챙겨서 등 배낭에 깊숙이 간직했다. 빵과 만두, 소시지는 손에 들고 오르면 된다. 여인숙 주인이 방이 춥지 않냐고 묻는다. 따뜻하다고 하니 활짝 웃으면서 아침에 따뜻한 물을 보온병에 담아서 가지고 올라가란다. 마음 씀씀이가 얼마나 따뜻하고 정겨운가. 작은 방에서 조그만 침대에 누워서 다음 날 일을 상상해 보니 마음이 온통 즐겁고 유쾌했다. 이른 아침에 일어나 이것저것 주섬주섬 챙기는데 주인이 조그마한 보온병에 따뜻한 물을 담아 건네준다. 고맙다고 정중히 인사를 하고 여인숙을 나섰다.

백두산 출입문에서 입장권을 구매하고 산을 오르기 시작했다. 주변에는 지난밤에 눈이 내려서 사방이 온통 하얀 백설기다. 흑풍구 온천지대를 지나 구불구불 휘돌아 올라가니 요란한 굉음이 들린다. 바라보니 장백폭포 힘찬 두 개의 물줄기가 하늘에서 땅으로 내리꽂힌다. 폭포 주변은 온통 얼음 고드름으로 범벅이다. 조금 더 오르며 접근하니 가파른 시멘트 계단 구조물이다. 내가 처음 오를 때에는 시멘트 구조물이 없고 그냥 가파른 구불구불한 산비탈 길이었다. 저 위 까마득한 시멘트 계단 구조물이 수백 계단이다. 주변엔 눈이 수북한데 계단에는 눈이 없다. 벌써 제설 작업을 한 모양이다. 난간을 짚고 한 계단 한 계단씩 발을 띄워 놓으며 숨을 헐떡이면서 오르다 보니 이제 반지하 터널이다. 터널 구조물 계단을 한동안 오르니 사람들이 제설용 가래와 빗자루를 옆에 놓고 담배를 피우면서 떠들고 있다. 아, 저분들이 눈을 치웠구나. 고생을 많이 했겠지. 얼마나 고마운가. 곧 반지하 시멘트 계단 구조물은 끝이 나고 나무로 만든 양쪽 문짝이 가로놓여 있다. 문짝 틈으로 앞을 보니 사방이 애애(皚皚)하고 애애(靄靄)하다. 저것이 바로 선경이지 하면서 문짝을 밀어 보았으나 눈이 3~40센티미터는 족히 쌓여 있어 문짝이 앞으로 열리지 않는다. 어쩌나 하면서 뒤를 돌아보니 제설 작업한 사람들이 올라와 문짝을 안으로 밀어 놓고 나보고 걸어 나가란다. 나는 당황했다. 아무도 가지 않은 눈길을 내가 제일 먼저 걸어가도 되는지 황송하고 죄스러웠다. 열린 문 앞으로 첫발을 내디디니 서산대사(西山大師) 휴정(休靜)의 답설(踏雪)이 떠오른다. 아무도 밟지 않은 눈밭을 내가 먼저 걸어가면 발자국이 길이 되어 다음에 오는 사람들이 계속 밟아서 길이 난다고 한다. 내 발자국을 바르게 밟으면 바른길이 되고, 잘못 밟으면 나쁜 길이 된다고 하지 않았던가. 참으로 조심스럽고 두렵다. 온 천지가 흰 눈으로 뒤덮였고 사방은 고요하고 적막했다.

한 발짝 한 발짝 옮기는 발걸음마다 두렵고 무거웠다. 앞을 보고 걷다가 좌우도 살펴보고 또한 뒤도 돌아보기를 수십 번 만에 나는 드디어 천지와 백두 영봉 앞에 우뚝 섰다. 아무도 밟지 않은 이 눈길을 내가 첫발을 떼면서 길을 내고 걸어왔다니! 환희의 감격과 영광 또 한편으로는 두려움과 외경스러움이 교차하며 가슴은 쿵쿵거리고 목은 메어 오고 두 눈에는 뜨거운 눈물이 주르륵 흐르고 머리는 어질어질하여 털썩 주저

앉았다. 잠시 전율로 부들부들 떨다가 일어났다. 이런 감정과 몸 상태는 환갑이 지난 지금껏 한 번도 느껴 보지 못했다. 고개를 들어 하늘과 천지와 백두 영봉을 바라보니 온통 모두가 애애하고 애애하다. 깨끗하고 청순하고 평화롭고 온화하다. 마치 자유로운 어머니 품 안에 안긴 듯 온화하고 평화로웠다. 나는 두 팔을 높이 쳐들고 소리 높여 외쳤다. “하늘이시여! 백두와 천지님이시여! 그리고 환웅과 단군 할아버지시여! 저를 이렇게 보듬어 따뜻하게 안아 주시니 감격스러워 몸 둘 바를 모르겠습니다.” 합장하여 머리 숙여 인사하고 옆에 있는 천지 닮은 숲으로 발걸음을 옮겼다. 두 손으로 천지수 한 움큼을 떠서 머리를 적시고, 또 한 움큼 떠서 마시고 나서 등에 지고 온 고유제문(告由祭文)과 준비한 제물을 꺼낸 뒤 한지 한 장을 눈 위에 깔고 제물을 차려 놓았다.

세 번 절하고 고유제문을 읽었다. “하늘이 열리고 당신의 아들 환웅이 당신의 쉼표 세 개를 가지고 이곳 신시로 강림하시어 재세이화인 신성으로 만물을 제도하시니 큰 뜻에 감읍하여 미물인 곰도 감화되어 사람으로 환생하기를 빌었다지요. 환웅 천왕께서 가화하시어 웅녀와 혼인하시고 당신의 천손인 단군왕검을 낳으셨다지요. 그리하여 단군왕검께서 홍익인간의 이념으로 나라를 다스린 지 어언 5천 년 세월이 흘렀다지요. 그리하여 지금은 당신의 자손인 한민족이 무려 7천만이나 된다지요. 참으로 대단하십니다. 수많은 자손 중 한 사람인 한반도 강원도 속초에 사는 제가, 비록 백면서생인 미천한 몸이지만 당신의 거룩한 신성과 홍익인간의 큰 뜻을 훈육받고자 오늘 이곳에 와서 무릎을 꿇고 고유제를 올립니다. 부디 바라옵고 원하는 것은 당신이 스스로 거룩한 하늘 문을 닫을 때까지 우리 7천만 한민족을 보호해 주소서."

제문을 읽고 다시 세 번 절하면서 고유제를 끝내고 일어났다. 파란 하늘은 눈부시게 빛이 나고 백두와 천지는 애애한데 별안간 쿵쿵 천둥 치는 소리와 함께 맑은 하늘에서 싸락눈이 쏟아진다. "아! 하늘님이시여! 환웅 천왕이시여! 단군왕검이시여! 그리고 백두천지님이시여! 저를 이렇게 따뜻하게 안아주시며 화답해 주시니 너무나 감격스러워서 눈물이 납니다." 머리가 저절로 숙여지고 가슴은 울컥울컥 고동을 치는데 나는 크게 호흡을 토하면서 큰소리로 기원했다.

"우리 7천만 한민족을 잉태 탄생시켜 주시고 오늘 이렇게 양육 성장시켜 주시어 눈물겹도록 감사하고 고맙습니다. 그러나 지금 우리 한민족은 남북으로 분단되어 서로가 반목과 질시 갈등과 대립 속에서 총부리를 마주하고 싸우고 있습니다. 어디 그뿐이겠습니까? 남쪽은 남쪽대로 북쪽은 북쪽대로 이념과 체제 제도와 생활 방식을 놓고 서로 삿대질을 하면서 논쟁을 계속하고 있습니다. 게다가 우리 남쪽은 더욱더 가관입니다. 전라도와 경상도 간의 지역감정과 노동자와 사용자 간의 노사 갈등, 젊은 층과 노인층 간의 세대 갈등, 요즈음은 한술 더 떠서 남녀 사이에 보이지 않는 반목과 암투까지 너무나 혼란스럽고 불안합니다. 그리하여 다른 이웃 민족국가들로부터 조롱과 멸시를 당하고 있습니다. 너무나도 창피하고 부끄럽습니다. 뭣 때문에 이렇게 큰 시련과 고통이 계속되는지 참으로 답답하고 한스럽습니다. 물론 우리 자신들에게 크나큰 잘못과 실수가 있었겠지요. 조선왕조 말 사색당쟁의 후유증과 만절필동(萬折必東)의 모화사상, 집권층의 무지와 무능, 권력 다툼과 부패, 쇄국정책 등으로 백성들은 도탄에 빠지고 민심은 유리이반(遊離離反)되었지요. 당시 세계는 서구 강대국들의 과학기술과 산업혁명, 약육강식의 제국주의 열풍 속에 있었고, 그 후발주자로 등장한 신흥 일본의 굴기(崛起)가 한반도와 중국 침략으로 이어졌고 제2차 세계대전 이후 세계는 민주주의와 공산주의의 이념대립으로 양분되었고 미소 양국의 후견 속에서 남북한은 동족상잔의 피비린내 나는 전쟁과 휴전을 거쳐 70년 동안 분단된 채 오늘날에 이르렀습니다. 우리 민족의 힘으로 해결할 수 있는 것도 있었고 할 수 없는 것도 있었다고 하지만 결국은 우리 자신의 무지와 무능 때문이지 결코 남의 탓을 할 수 없지요. 할아버님들의 신성과 홍익인간의 이념을 함양하고 실천했던들 이런 비극적 치욕이 있었겠습니까? 이제부터라도 매우 각성시켜 실천궁행하게 채찍, 채찍을 들어 주십시오. 7천만 한민족 모두가 할아버님들의 꾸지람과 채찍을 받고 분골쇄신 대동단결하여 자주성과 독립정신으로 재무장하여 기필코 분단을 극복하고 민족통일과 통일정부를 수립하겠습니다. 용서하시고 지혜와 용기를 주시면서 크게 보호해 주십시오."

우리 한민족에게 산은 생명의 근원이며 으뜸가는 삶의 터전으로 늘 신성시하고 외경했던 숭배의 대상이었다. 백두산은 우리 한민족의 성산(聖山)으로서 환웅 천왕이 하강한 곳이며 아들 단군왕검이 홍익인간으로서 나라를 다스리다가 신선이 된 곳이다. 이리하여 백두산은 우리 한민족에게는 자연스럽게 하나의 인격체가 되었고 그 인격체에 제사를 지냈으니 이것이 바로 백두산 산신제이다. 『단군기』, 『삼국유사』, 그리고 『동국여지승람』에 상세히 기술되어 있다. 우리 민족의 시조 단군왕검은 환인-환웅-단군으로 이어지는 천신으로 민족신앙의 으뜸인 산신이다. 백두산신과 함께 단군신은 우리 한민족의 으뜸신이자 인격신으로 5천 년 동안 모셔져 왔다. 특히 대종교(大倧敎)에서는 단군왕검을 백두산 신령으로 인격화하여 숭상하면서 국난으로 어려울 때는 더욱더 크게 모셔왔다. 그게 바로 단군제다. 한민족의 자주성과 독립을 강조한 데서 비롯된 단군제와 백두산 산신제는 이런 의미에서 단순한 미신과 토테미즘과는 다르다.

심마니와의 대화

백두 천지와 단군왕검에 대한 소망과 소원을 끝내고 앉아서 제물을 수습하고 있자니 인기척이 들려 좌우를 살펴보았는데 오른쪽으로 2~30미터 전방에 남녀 두 사람이 나를 물끄러미 쳐다보는 시선과 마주쳤다. 깜짝 놀랐다. 그쪽을 다시 쳐다보니 몇 개의 바위가 있고 그사이에 검푸른 텐트 2개가 보였다. 한 평 남짓 작은 텐트인데 눈이 많이 왔고 지붕에도 눈이 덮여 있어 잘 보이지 않았던 거다. 아침에 올라온 발자국이 없으니 분명 그들은 엇그저께부터 여기에서 있었던 모양이다. 어쨌든 반가웠다. 그들은 두런두런 작은 목소리로 떠들면서 눈을 헤치면서 나에게 접근했다. "니쭈어션머쓰(你做什麼事)?" 손짓, 몸짓 해 가며 "니스쉐이아(你是誰呀)? 니날라이더(你哪兒來的)?"라고 하니 대충 무슨 소리지 알 것 같았다. 너 무엇을 하니? 너 누구냐? 너 어디서 왔니? 나는 손짓과 표정으로 그들에게 설명했다. 하늘과 백두 천지를 가리키면서 두 손을 모아 합장 인사를 하고 제문을 보여 주면서 절을 하는 시늉을 했다.

그들은 별안간 "하오(好)! 하오(好)!" 하면서 내 등을 만지고 손뼉도 친다. 환영하는 눈치다. 기분이 좋고 편안해졌다. 추우니까 자기들 텐트로 가자고 손을 잡는다. 나는 그들이 하자는 대로 "시에시에(謝謝)! 신쿨러(辛苦了)!" 하면서 따라서 텐트 속으로 들어갔다. 텐트 속은 네 사람이 앉으면 꽉 차는 조그마한 텐트라서 일어서면 머리가 지붕에 닿았다. 속은 어두컴컴하고 이곳저곳에 등 가방과 보따리 몇 개가 있을 뿐 침낭도 없었다. 제대로 된 옷가지도 없이 참으로 건강하고 용감한 사람들이다. 여자분이 조심스럽게 내 가방 속을 보자고 한다. 지퍼를 열고 보여 주니 환하게 웃으면서 제물을 꺼내 함께 먹자고 한다. 제물이야 막걸리 반병, 북어포 하나, 대추와 밤 그리고 쌀 세 움큼이다. 여자분이 자기 천 보따리를 풀어 보여준다. 빵과 만두, 굵은 소시지, 육포, 구운 고구마와 과자류 등 먹을 것이 다양했다. 나도 손에 들고 올라간 빵과 만두 몇 개 그리고 작은 소시지를 풀어놓고 있노라니 옆 텐트 남자가 빼꼼히 들여다보면서 들어와 함께 앉았다. 그들 셋은 무슨 소리인지는 잘 모르겠는데 큰 소리로 떠들면서 손짓까지 상당히 기분 좋은 표정이다. 분위기상 무슨 얘기인지 짐작은 간다. 여자분이 내가 가지고 간 제물은 한지에 싼 그대로 한쪽에 밀어 넣고 자기들 것으로만 먹자며 내 손에 집어 준다. 이것저것 받아먹다 보니 배가 불러 왔고 특히 육포와 구운 고구마가 맛이 있었다.

나는 텐트 밖으로 나와 백두 영봉과 천지를 눈이 가는 대로 살펴봤다. 내 가슴속은 지극히 따뜻하고 평화로웠다. 마치 백두 천지 품 안에, 자애로운 어머니 품속에 안긴 것 같다. 이제 작별을 고하고 내려가야지. 가지고 온 백주 빈 병에 천지수를 담아야지 하면서 텐트로 가니 세 사람이 모두 텐트 문 앞에 서서 나를 물끄러미 바라본다. 나는 싱긋 웃으면서 백주 빈 병에 달문에서 솟아 나오는 천지수를 담고 짐을 꾸리려고 하는데 여자분이 내 팔과 등을 툭툭 치면서 나의 제수 물품을 한지에 쌓인 대로 모두 달라고 한다. 그렇게 하라고 고개를 끄덕이니 "시에시에닌(謝謝您)!" 남자까지도 고맙단다. 빈 배낭을 들고 나오려고 하는데 여자분이 배낭을 빼앗더니, 자기들의 음식을 이것저것 마구 쑤셔 넣는다. 괜찮다고 해도 막무가내다.

서로 쳐다보면서 한바탕 웃고 나서 악수를 청하니 나를 또 붙잡는다. 왜 그러느냐고 하니 여자분이 종이에 싼 것을 풀어 보이면서 "야오부야오(要不要)?" 필요하지 않느냐며 사라고 한다. 산삼이다. 언뜻 보기에도 크진 않지만 꽤 오래된 산삼이다. 하지만 당장 나에게 필요한 물건은 아니었기에 "부야오(不要)!" 필요 없다고 몇 번씩 사양했는데도 억지로 강권한다. 한 뿌리에 200위안이란다. 잠시 망설이다가 신세 진 것도 있고 해서 한 뿌리를 샀더니 여자는 재차 한 뿌리만 더 팔아 달란다. 마지못해 두 뿌리를 사서 배낭에 넣는데 그사이 다른 텐트에서 있던 남자가 자기 것도 팔아 달란다. 그리하여 남자의 것도 한 뿌리 더 샀다. 팔아 줘서 대단히 고맙단다. 가방을 닫고 있는데, 그 남자가 내 가방 속에 한 뿌리를 잽싸게 던져 넣는다. 그러면서 두 손을 벌리고 돈을 달란다. 나는 이제 돈이 없다고 하면서 한 뿌리를 다시 집어 남자에게 주니 못 받겠단다. 손사래를 치면서 뒤로 물러선다. 하는 수 없이 남자에게서도 두 뿌리를 샀다. 그 남자는 파안대소하며 나를 안아 주면서 연신 머리를 굽신굽신 "간시에닌(感謝您)!" 한다. 나중에 배운 것이지만 큰 은혜에 감사하다는 표현이란다.

결국, 여자분의 두 뿌리와 다른 텐트 남자의 두 뿌리 모두 산삼 네 뿌리를 800위안의 거금을 쓰고 샀다. 나도 삼에 대해서는 좀 아는데 바가지 씌우듯 비싸게 값을 부르지 않았고 물건도 나쁘지 않아 보였다. 생각 밖의 용돈이 지출되어서 그렇지 값어치가 있는 투자였다. 우리 남자들은 서로서로 끌어안고 빙빙 돌면서 파안대소, 여자분은 무어라고 큰 소리로 떠들면서 박수까지 친다. 삼을 사고파는 과정에서 세 사람 모두가 만족스러웠다. 뜻하지 않은 거래를 끝내고 떠나는데 심마니들이 작별인사 겸 한마디를 건넨다. "先生, 您做了正義的事!", 우리말로 하면 "선생님! 오늘 정의로운 일 하신 겁니다!"

생면부지의 사람들이 건넨 인사말 속에 들어 있던 정의란 단어가 나로 하여금 기분 좋은 미소를 짓게 했다. 그들의 진지

하지도 가식적이지도 않았던 그 말이 귓속에 맴돌면서 새삼 정의의 개념을 곱씹게 됐다. 어쩌면 윤리 교수였던 내 직업병의 발동이었을지도 모르겠다.

정의에 대하여

정의(正義)란 인간이라면 누구나 지키고 실천해야만 하는 당연한 도리로 마땅히 지켜야 할 행위를 뜻한다. 4대 종교를 창시하여 성인으로 존경받는 예수, 석가모니, 공자, 마호메트는 각각 핵심 사상으로 사랑, 자비, 인, 용서 등 표현은 달리했지만 하나같이 진리를 찾고 선을 행하며 정의를 실천하라고 가르쳤다. 서양에서 철학의 아버지라고 하는 소크라테스, 플라톤, 아리스토텔레스, 이후 근대 철학의 개조 벤담. 칸트, 헤겔 또한 동양에서도 유교의 경영학에서부터 대동사상, 성리학, 양명학, 실학에 이르기까지 동서고금의 모든 종교 철학 사상에서 항상 강조되는 것은 인간의 올바른 도리와 인간이 지켜야 할 올바른 행위로서 정의였다. 인간의 올바른 도리와 행위를 실천하는 정의는 뜻이 넓고 크기 때문에 한마디로 정의(定義)할 수 없는 것이다. 많은 지혜와 용기 그리고 절제가 필요하다. 그래서 누구나 쉽게 실천하기 쉽지 않다. 정의는 시대와 장소, 환경과 상황에 따라서도 달리 해석되고 변한다. 예를 들어 보자. 근대에 들어와서 인간의 과학기술 문명은 자연을 도전과 정복의 대상이자 인간 생활에 제약을 가하는 악의 존재로 보아 왔으나 지금은 환경을 보존과 보호의 대상으로 보고 있다. 과거에는 자연에 도전하고 자연을 정복하는 것이 정의였지만 오늘날은 보호하고 보존하는 것이 정의이다. 시대에 따라서 정의의 개념이 변한다. 같은 시대임에도 지역이나 장소에 따라서 정의는 또한 변한다. 1900년대 초 일본 제국주의가 우리 한반도를 침략하고 유린하여 식민지로 전락했고 우리 한민족은 독립을 위하여 많은 피를 흘렸다. 민족의 독립과 자존을 위하여 피 흘리고 희생한 독립투사들을 우리는 우러러보고 존경한다. 이들의 행위는 당연한 도리로서 정의로운 행동이며 정의를 실천한 것이다. 반대로 군국주의 일본인들의 입장에서는 한국의 독립투사들이 그들의 야욕과 침탈을 훼방하고 무산시켰기 때문에 정의가 아닌 사악한 행위, 다시 말해 불의가 되는 것이다.

작금의 우리 한국 사회에서 벌어지고 있는 노동자와 사용자, 즉 노사 간 갈등과 대립으로 표출되는 시위문화를 보자. 국민 모두는 스스로 자기의 의사표시를 할 수 있다. 그것은 권리이다. 그러나 권리는 법으로 정해져 있다. 즉 일반 상식과 법이 정한 의사표시의 권리이다. 그런데 의사표시의 권리를 주장하고 관철하는 과정에서 벌어지는 시위문화가 폭력성을 띠고 공무 집행 중인 경찰관을 폭행하고 기물을 파손하고 심지어는 방화까지 한다. 폭력적이라는 비판에도 불구하고 노동자들의 시위는 그들의 입장에서는 올바른 행위로 정의를 실천하는 것이다. 반대로 정부나 시민들의 입장에서는 이러한 시위문화는 집단 이기주의이고 폭력이고 파괴행위로 정의가 아닌 불의이다.

이렇듯 처한 상황과 입장에 따라서 정의를 바라보는 시각이 제각각이지만 분명 정의는 하나이다. 그러면 올곧은 정의는 과연 무엇인가? 존 롤스나 마이클 샌델도 그들의 논고나 강의에서 다양한 형태의 정의를 설명하면서 정의는 시대와 장소, 처한 환경과 상황에 따라서 변한다는 것을 인정한다. 정의(正義)를 정의(定義)한다는 것이 그만큼 어렵다는 얘기다. 특히 오늘날 우리 사회에서는 분배적 정의와 보상적 정의가 화두가 되고 있다. 일찍이 『정의론』에서 아리스토텔레스가 설파한 바 있다. 정의라는 개념을 딱 부러지게 한마디로 정의하기가 어렵다고는 하지만 정의는 분명히 인간으로서 마땅히 지켜야 할 도리이자 규범이며 당위의 법칙이다.

그렇다면 나에게 정의란 무엇인가? 지금껏 살면서 우리 한민족, 대한민국, 이 사회에 크게 보탬이 되는 뚜렷하고 큰 정의를 실천해 본 것은 없으나 조그마하고 소소한 내 삶의 주변에서 정의를 실천했다고 자부할 만한 몇 가지 기억들이 있다. 대학 다니던 시절 얘기다. 여름방학이 끝나고 서울 자취방으로 가기 위하여 버스를 탔다. 옆에 앉은 한 노인이 자기에게 주소가 있으니 이문동 자기 누님 집까지 데리고 가 달란다. 마침 내 고향인 충북 괴산 옆 동네인 음성 사람이었다. 지팡이를 짚고도 잘 걸을 수가 없는 상태였다. 함께 버스에서 내려 택시를 타고 이문동 골짜기까지 다다르자 택시는 더 갈 수 없단다. 별수 없이 노인을 부축하고 산비탈 길을 가다 쉬고 가다 쉬고 30분 오르니 거기가 노인의 누님 집이란다. 그곳을 찾아드니 누님이 보자마자 "뭐하러 올라왔니. 당장 음성으로 내려가!" 라고 소리쳤다. "학생이 돈도 많다. 택시 타고 여기까지 데리고 오다니."라며 나한테 화까지 내면서 당장 데리고 나가란다. 매정하게도 자기 동생 손을 잡아채더니 대문 밖으로 끌고 간다. 예상치 못한 상황에 난처해진 나는 도망치듯이 뛰어 내려왔다. 힘들게 부축하고 택시비까지 버렸는데 도리어 핀잔과 야단까지 맞았더니 후회가 밀려왔다. 하지만 이 행위는 분명 어려운 사람을 돕고자 하는 선의에서 비롯된 정의로운 행동이었다.

한참 뒤 속초에 자리 잡고 살던 어느 주말. 집사람과 나들이 차 설악산 공원과 신흥사를 둘러본 뒤 돌아오는 시내버스를 탔다. 설악산 입구 삼거리에 차들이 여러 대가 서 있고 매표소

부근에 사람들이 몰려 뭔가 구경을 한다. 버스에서 보니 두 청년이 큰 차도 위에 뒤엉켜 치고받고 싸우고 있다. 그런데 싸움을 말리는 사람이 아무도 없다. 보다 못해 버스에서 내려 중간에 들어가 싸움을 말렸다. 그들의 격렬한 몸싸움 속에서 내 옷도 피범벅이 되고, 몇 대 얻어맞고 결국 싸움은 끝이 났다. 눈치를 보니 누가 말려 주기를 기다린 것 같았다. 괜히 얻어맞고 옷도 버리고 손해 봤지만 그래도 내가 끼어들어 상황이 마무리됐으니 나름 작은 정의를 실현했다는 만족감으로 홀가분하게 자리를 떠났다.

강릉대학에 강의를 나가던 때 설악산 입구에서 강릉행 버스를 탔다. 올라가니 버스의 반 정도 사람이 탔다. 하조대 부근을 지나는데 담배 냄새가 심하게 나기에 뒤를 보니 중년의 두 사람이 친구 모양인데 담배를 피운다. 냄새가 나자 사람들이 힐끔힐끔 쳐다만 보고 상을 찌푸리기만 할 뿐 누구 하나 말 한마디 못 했다. 내가 일어나서 담뱃불을 꺼 달라고 했더니 그 사람이 대뜸 멱살을 잡았다. 왜 이러냐고 항의하니, "네가 뭐길래 건방이야!" 욕설과 함께 주먹으로 얼굴을 친다. 큰 봉변을 당했지만 내 행동은 적어도 버스에 탄 사람들의 편에선 정의로운 행동이었다고 자부한다.

그리고 또 한 번, 80년대 말이었던가? 90년대 초였던가? 속초에서 멀지 않은 고성군 현내면 명파리에 핵발전소 건설이 추진된 적이 있었다. 지역주민 모두가 간성 공설운동장에 모여 반대 궐기대회를 했다. 나에게 반대 궐기 연설을 해 달라고 부탁했다. 망설임 없이 기꺼이 수락했다. 연단에 올라 큰 소리로 핵발전소의 유해성과 주민들의 대동단결을 외치자 큰 호응과 박수를 받았다. 3년 후 이번엔 양양군 기사문리에 핵폐기장 건설이 추진되었다. 주민들의 열화와 같은 반대 궐기대회가 광정초등학교에서 열렸을 때도 나는 반대 궐기문과 결사항쟁을 소리 높여 외쳤다. 수천 주민들의 선두에 서서 기사문리부터 38선 휴게소까지 반대 시위를 이끌었다. 참, 하나 빼놓은 것이 있다. 고성군 명파리 핵발전소 반대 투쟁이 대진에서 먼저 시작되었는데 지역주민들에게 나눠 줄 홍보 유인물을 멀리 속초까지 와서 찍어 가야 했다. 일이 있을 때마다 먼 거리를 오가야 했으니 얼마나 힘들었겠나. 당시 홍보지 찍어 내는 매킨토시가 100만 원이라고 했다. 나는 주저 없이 100만 원을 내놓고 매킨토시를 구입해 홍보 유인물을 제작하게 했다. 이런 나의 행동들이 지역주민들에게는 정의로운 행동으로 보였던지 나에게 많은 박수와 환호를 보냈다.

이외에도 몸담았던 학교에서 정년퇴직할 때까지 크고 작은 갈등의 순간, 마땅히 해야 할 당위라고 판단해 행동에 나섰던 적이 여러 차례 있었다. 주변의 만류에도 불구하고 그때는 그게 정의라고 생각해 주저 없이 움직였다. 때로는 그로 인한 불이익을 받은 적도 있지만 얽힌 사람들과 사연들이 있다 보니 일일이 공개하지 않겠다.

사람이 평생을 살다 보면 크고 작은 일에 부딪히게 마련인데 그로 인한 인간의 크고 작은 모든 행위는 결국에는 정의 아니면 불의 둘 중 하나로 귀결된다. 동양에서는 맹자 같은 분은 사람은 선하고 정의로운 품성으로 태어난다 했고 순자 같은 분은 악하고 불의한 존재로 태어난다 했다. 어쨌든 선하고 정의로운 행위를 원하고 실천하는 것이 인간의 기본 도리이다. 그러면 선하고 정의로운 행위와 악하고 불의한 행위를 어떻게 구분하는가? 그것을 판단하는 능력이 바로 지혜다. 그러므로, 정의와 정의로운 행위는 바로 지혜에 근원을 두고 있다. 지혜와 함께 중요한 것이 바로 용기이다. 알고만 있으면 무엇 하나? 바로 실천을 해야지. 하지만 정의를 실천하는 데에는 고통과 불이익이 항상 수반된다. 정의로운 것을 알면서도 행위로 승화시키지 못하는 사람들이 많은 이유다. 불편, 고통, 그리고 고난과 불이익을 감수하고 떨쳐 일어나는 용기. 얼마나 가상한가? 그 용기를 보여 준 사람들을 역사는 환호하고 존경한다. 환호와 존경을 받고 싶어서가 아니라 그 자체가 인간이 지켜야 할 도리이고 의무이기 때문이다.

정의에는 절제(節制)가 필요하다. 절제란 자기의 행위를 알맞게 조절하는 것이다. 기고만장하거나 우쭐대면서 방종하지 않는 것이다. 욕망을 이성으로 조절하는 것이다. 정의와 정의로운 행위가 훼손되지 않으려면 반드시 스스로 절제해야만 한다. 지나친 것은 모자람만 못하다는 속담이 있지 않은가. 크게 성공시켜 놓고도 절제력이 부족하여 대소사를 실패하고 망치는 경우를 우리는 자주 봐 왔다. 결론짓자면, 정의와 정의로운 행위는 항상 지혜, 용기, 절제 삼두마차가 조화될 때에 아름다운 빛을 내는 것이다.

손주들아! 인생 백 년을 정의롭게 살아라. 무엇이 두렵고 겁이 나느냐? 지혜와 용기, 절제를 내면화하고 실천하려무나. 그리하면 그것이 바로 정의로운 삶이 되는 것이다. 주저하지 말고 정의를 너희 자신의 가치로 승화시켜라. 작은 정의가 큰 정의로, 소수의 사람에게서 많은 대중으로, 그리고 국가와 민족으로 자꾸자꾸 뻗어 나가는 정의로운 삶, 얼마나 멋진 삶이냐?

심마니와의 만남이 불러온 정의에 관한 상념에 몰두한 채 가볍고 편안한 발걸음으로 하산하던 길에 남녀 몇 사람을 만났다. 그들이 내가 밟은 발자국을 그대로 따라 밟고 올라와서 그런지 내가 처음 남겼던 발자국이 어느새 길이 되었다. 그것을 보니 더욱더 기분이 좋아졌다. 몇십 미터 더 내려오니 군데군데 크고 작은 바위들과 백설만 가득하다. 말 그대로 천지가 애애하다. 이런저런 감정들이 뒤죽박죽 마구 떠오른다. 나는 큰소리로 떠오르는 감정들을 토해 내면서 노래도 하고, 시도

짓고 넋두리도 하고, 소원도 빌었다. 아마 남들 눈에는 반실성한 사람처럼 보였을 것이다. 어떻든 발걸음은 벌써 장백폭포를 뒤로하고 온천수가 뿜어져 나오는 지점까지 왔다. 흑풍구 입구의 온천수는 섭씨 70도로 천지 심연에서 펄펄 끓고 있다가 암반 틈 속 사이로 흘러 이곳으로 용출한다.

시간상으로 볼 때 연길행 버스 출발까지 아직 3시간 이상 남아 있어 나는 온천욕을 하기로 마음먹고 욕실로 들어갔다. 지금껏 두 번이나 지나면서도 몸 한 번 못 풀었는데 오늘 드디어 온천욕이라. 몸은 두둥실 하늘을 날고 기분은 더없이 상쾌했다. 온천욕을 마치고 이도백하로 내려오니 연길행 버스가 한 시간 뒤다. 주변 음식점을 찾아 따뜻한 국수 한 그릇 시키고 백두 천지에서 중국 여자분이 배낭에 넣어 준 여러 가지 음식물들을 꺼내어 놓고 배부르게 먹고 나니 노곤하게 잠이 온다. 바로 버스에 타자마자 4시간 동안 흔들리는 차 안에서 꿀잠을 청했다.

안도를 지나 연길에 도착하니 이미 날은 저물었고 택시를 타고 우정 빈관에 도착했다. 다음 날 아침 지인들이 찾아왔다. 나는 신바람 나게 어제 백두 천지에 오르면서 눈길을 내고 산신제를 지내고 중국 심마니들의 산삼을 사 준 이야기 등을 한참을 자랑했다. 그러다 백주(白酒)병을 꺼내어 한 모금씩 마셔 보라고 주니 무슨 물이냐고 묻는다. 이 물이 바로 백두산

천지 용왕님께서 나에게 하사한 생명수라고 우쭐댔다. 컵에 조금씩 따라 주니 모두 좋다고 하면서 백 세 장수해 보자고 한다. 지인이 고개를 갸우뚱거리면서 정색하고 묻는다. 정말로 백두 천지수냐고. 그렇다고 하니 지금은 천지가 얼음으로 꽉 뒤덮였을 텐데 이해가 안 된단다. "천만의 말씀입니다. 물론 천지는 얼음과 눈으로 덮였지만 닮은 바위틈에는 천지물이 용솟음치면서 샘처럼 솟아오르던데요. 바로 이 물입니다." 그랬더니 다들 한 컵씩 더 달란다. 우리는 한바탕 크게 웃었다. 그러고도 백주병에는 아직 천지수가 반병이나 남았다. 나는 이 천지수를 보물처럼 애지중지했다. 3일간 동북지방의 모든 업무를 마치고 속초로 돌아와서는 냉장고에 넣어 두고 매일 아침 조금씩 마셨다. 3차 백두 여정은 참으로 의미가 있었고, 하나하나 모든 것이 유쾌하고 즐거웠다.

4차
성산 백두 여정

길림과 연을 맺다

2005년 여름방학 직전에 나는 중국 연길의 지인으로부터 전화 한 통을 받았다. 길림(吉林)성 장춘(長春)에 있는 길림대학 외사판공실에 근무하는 이매화 선생이었다. 길림대학과 우리 대학 간 자매결연에 대한 전반적인 조율을 해 보자는 내용이었다. 외사판공실 대외협력처장인 이원사 교수는 학교의 대외사무를 총괄하는 사람으로서 자매결연 문제도 그분의 주관 업무란다.

나는 즉시 우리 학교 관련 모든 홍보지를 챙기고 학교의 현황과 능력치 등 여러 가지를 파악하고 관계자들과 협의한 후 동춘호에 올랐다. 하룻밤을 동춘호에서 보내고 러시아 자루비노항을 거쳐 중국 훈춘 장영자 세관에 이르니 벌써 지인이 마중 나와 있었다. 지인이 자기 차로 바로 장춘으로 출발하자고 한다. 늦은 점심을 길림에서 먹고 장춘에 이르니 저녁때가 되었다. 지인이 이매화 선생에게 우리의 도착을 전화로 알리자 다음 날 11시에 학교 대외협력처 판공실에서 이원사 교수와 만나기로 일정을 잡아 놓았단다.

길림대학 근처 빈관에 숙소를 정하고 나서 나는 우리 동우대학과 길림대학 사이의 여러 가지 현상과 상황을 비교해 보았다. 길림대학은 중국에서 7번째로 우수한 대학으로 세계에서도 알아주는 대학인데, 우리 대학은 2, 3년제의 전문대학으로 규모나 내용 면에서 객관적으로 너무나 차이가 컸다. 그렇더라도 교육과 문화 사업인데 대소와 강약이 무슨 문제인가. 나는 당당하게 우리 대학의 특성과 역점 교육 지표를 설명하겠다고 마음속으로 다짐했다.

다음 날 아침 우리는 길림대학 구석구석을 둘러보았다. 참으로 대단히 큰 학교이고 지성의 산실이 바로 이런 것이구나 하는 느낌을 받았다. 약속 시간에 맞춰 대외협력처를 찾아 들어갔다. 이매화 선생과 따뜻한 인사를 나누고 이원사 교수와 관계자까지 길림대학 측 3명, 우리 측 2명 해서 모두 다섯 사람이 마주 앉았다. 서로 인사를 교환한 후 그들은 우리 학교의 홍보지를 살피더니 어떤 식으로 자매결연을 하려고 하느냐고 묻는다. 나는 중국말이 시원치 않아 지인에게 나의 뜻을 설명하고 대신 답변을 시켰다. 나는 이번에 5명씩 학생들을 교환하고 자매결연식도 하자고 제안했다. 그들은 한동안 서로 이야기를 주고받더니, 마지막에 이원사 교수가 자기들이 역제안을 하겠다고 했다. 먼저 동우대학에서 길림대학 학생 5명을 받아 학비와 숙식비는 물론 관리 일체를 책임지고 그 후 매년 동우대학과 길림대학이 각각 학생 5명씩 교환하는 게 어떠냐고 했다. 한마디로 우리 대학에서 먼저 시험 삼아 중국유학생들을 받아 운영해 본 뒤 정식 자매결연과 학생 교환은 그때 결정하자는 얘기다. 좀 예상 밖의 제안이었다. 일단 나는 귀국해 학교 관계자들과 상의한 후 답변을 하겠다고 하고 일어섰다.

길림대학 측이 만찬에 초대하고 싶다며 의향을 묻기에 흔쾌히 승낙했다. 우리들은 점심을 먹고 마지막 황제 부의(溥儀)의 황궁과 장춘 영화촬영소를 관광하고 숙소로 돌아와 휴식을 취했다. 저녁 6시 만찬 장소를 찾아가니 길림대학 분들이 먼저 와서 기다리고 있었다. 코스로 음식이 들어오는데 바로 이런 것들이 산해진미로구나 싶었다. 못 보고 못 먹어 본 음식들이 대부분이다. 한국과 중국은 가장 가까운 이웃으로 순망치한(脣亡齒寒)의 관계이므로 교류와 협력이 많을수록 좋다고 한다. 특히나 교육과 문화사업, 그리고 민간인들의 내왕은 더욱더 활발해야 한다고 의견 일치를 보았다. 2시간 반 동안 정말로 화기애애한 자리였다. 지극한 환대에 감사를 표하고 헤어졌다. 우리 학교의 여러 상황과 처지로는 길림대학이 원하는 조건, 우선 먼저 길림대학생 5명을 수용하기가 어려워 결국 자매결연은 이루어지지 않았다. 나는 정중히 편지를 써서 중국 지인에게 보냈고, 그가 나를 대신하여 길림대학 대외협력처를 찾아가 자세한 설명을 했단다. 아쉽고 미련이 남았다.

다음 날 아침 늦게 호텔을 나와 연길로 돌아오는 중 길림시에 들렀다. 길림시를 휘감고 흐르는 송화강 나루터를 찾아 "송화강 맑은 물에 배 띄워 놓고~" 하는 독립운동 가사를 연상하면서 나룻배를 탔다. 길림시를 뒤로하고 교화-돈화를 거쳐 안도에 들려 지인이 잘 아는 사람과 함께 늦은 점심을 먹고 연길로 돌아왔다. 연길역 부근 백두산행 버스 정류장 근처 빈관에 체크인을 했다. 나는 여행용 가방을 지인에게 맡기고 간단한 등짐만 챙겨 들고 다음 날 저녁 때 지인과 연락하기로 하고 빈관에서 휴식을 취했다.

다음 날 아침 일찍 백두산 가는 버스에 오르니 차 안에는 이미 사람들이 꽉 차서 좌석이 몇 개 안 남아 있다. 나는 운전기사 옆줄 맨 앞에 자리를 잡았다. 몇 번 다녀본 길이지만 매번 차 밖 풍경은 달랐다. 창 너머 밖의 풍경과 환경 변화에 눈길을 빼앗긴 사이 이미 마음은 백두 천지에 올라가 있었다. 넋 놓고 밖의 풍경만 쳐다보다가 어느새 잠이 들었다. 버스가 멈추고 사람들이 두런두런 떠드는데 기사가 이곳 안도에서 한 시간 정도 쉬면서 각자 아침도 먹고 필요한 물건도 사라고 한다. 나는 화장실을 다녀온 후 주변 가게에서 빵과 만두, 소시지 등 점심과 간식거리를 사 가지고 차에 올랐다.

앉아 있는 사람은 몇 안 되고 한 30분 더 지나자 여기저기서 떠들썩하면서 사람들이 차에 오른다. 보아하니 단체 손님이 두 팀이고 나머지는 두세 사람씩 가족 아니면 친구 또는 연인 같았다. 차가 출발하면서 차 안은 왁자지껄 떠드는 소리가 여기저기서 들려온다. 어디서 왔느냐, 가족 관계냐, 친구 관계냐

서로서로 자연스럽게 대화를 주고받는데 가끔씩 웃음소리도 들린다.

기사 뒷자리에 앉아 있던 사람이 힐끔힐끔 나를 주시하더니, 겸연쩍은 태도로 조심스럽게 어디서 왔느냐고 묻는다. 그러자 차 안이 별안간 조용해졌다. 아무런 말이 없이 조용히 앉아 있는 내가 상당히 궁금했던 모양이다. 드디어 나에게 신고식이 시작되는구나. 어떡하나 좀 당황스러웠다. 중국말이 서툴고 발음도 시원찮고 귀에 들어오는 중국말이라야 열 마디 중 두세 개 정도지만 할 수 없다. 용기를 내는 수밖에. 큰 소리로 그리고 손짓, 몸짓까지 섞으면 어찌 되겠지 하고 생각하니 마음이 한결 편해졌다. 엉거주춤 자리에서 일어나 뒤에 있는 사람들을 향해 말했다. 나는 한국에서 왔고 나이는 63세, 이번 백두산 등반이 네 번째라고 소개했다. 차 안이 왁자지껄해지면서 몇몇 사람은 나를 신기한 듯 쳐다본다. 중국 사람들과 중국 문화, 역사, 지리를 좋아한다고 하니 박수를 치면서 대환영이란다. “하오펑요(好朋友)! 한궈런쩐더헌하오(韓國人眞的很好)!”

나는 내친김에 몇 마디 더 했다. “나는 한국 강원도에 살고 있는 대학 교수인데 이번에 길림대학과 자매결연 추진차 왔다. 어제는 장춘에서 길림대학 이원사 교수를 만났고 오늘은 백두산 천지에 가서 하늘과 한국 사람들의 조상님인 단군 할아버지에게 절하러 간다.”고 했다. 백두산은 한국 사람들에게는 거룩한 성산이고 생명의 산이고 한국 문화의 원천이 되는 산이자 한국 사람들에게는 정신적 고향이라고 부연 설명했다. 특히, 나는 백두산을 나의 종교이자 신앙으로 절대적인 신으로 생각한다고 하니 차 안에 조용한 침묵이 흐르는가 싶더니 다시 떠들기 시작했다. 백두산은 장백산으로 중국의 10대 명산 중 하나이고 중국 동북지방에서는 가장 큰 산이고 청나라 시조가 출생한 곳이고 여진족 마을이 있고 화산 폭발로 생긴 산이고 장엄하고 신비롭고 자연환경과 생태계가 잘 보존되어 있는 산이기 때문에 중국 남방 사람들도 최근에는 많이 찾아온다고. 또한 장백산은 중국 영토로 한국인들과는 아무 관계가 없다는 등 다양한 대화들이 오가는데 그들의 이야기가 조금씩 귀에 들어왔다.

여기서 잠시 산에 관한 이야기를 해 보자. 중국인들이 으뜸으로 여기는 산은 곤륜산(崑崙山)으로 천하 모든 산의 아버지로 생각한다. 그래서 산의 조종(祖宗)이라고 부른다. 이곳은 신성한 불사의 땅으로 전설 속에 나오는 서왕모(西王母)가 사는 신성한 선경이다. 곤륜산에서 동서남북 중앙에 각각 오악(五岳)이라 하여 태산(泰山), 형산(衡山), 화산(華山), 숭산(崇山), 항산(恒山)이 있다. 최근 중국인들은 10대 명산을 치는데 황산(黃山), 태산(泰山), 화산(華山), 노산(盧山), 무당산(武當山), 아미산(峨眉山), 무이산(武夷山), 보타산(寶陀山), 오대산

(五臺山), 그리고 장백산(長白山), 바로 백두산이다. 우리 한국도 백두산을 산의 조종이라 하고 한반도의 동서남북 중앙에 각각 오악을 둔다. 동에 태백산, 서에 묘향산, 남에 지리산, 북에 백두산, 중앙에 북악산, 이렇게 오악이 중심으로 나머지 산들을 주관하고 통제한다는 것이다. 물론 시대와 국체가 변할 때에는 오악도 변했다. 중국은 물론 우리 한국도 산을 신성시하며 하늘의 뜻을 받아 초월적인 능력을 행사하는 존재로 보아 왔다. 그리하여 산을 외경하고 신성시했다. 드디어 산이 인격체로 승화한 것이다. 산에 관한 신화나 전설도 많지만 이 정도로 줄이고 다시 백두산 가는 길에 만난 중국 사람들과의 이야기로 돌아가 보자.

그들은 안도에서부터 이도백하까지 장장 2시간 이상을 쉬지 않고 웃고 떠들면서 왔다. 참으로 입담들이 대단하다. 드디어 버스는 백두산 입구 광장 매표소 앞에 멈추었다. 매표소 앞에는 사람들이 줄이 길었고 나는 입장권을 한 장 사고는 천문봉에 오르는 관광 지프차를 타기 위하여 걸음을 재촉했다.

천문봉에 오르는 관광 지프차 주차장에는 벌써 겹겹이 줄이 늘어서 있었고 같이 동행한 중국 사람들도 그 틈에 군데군데 섞여 있었다. 장춘에서 온 단체 관광객들이 앞줄에 서 있다 나를 알아보고 우호적인 눈인사를 건넨다. 그때 한 젊은 여성이 나를 보고 오라고 손짓을 한다. 괜찮다고 손사래를 쳤으나 굳이 쫓아와서 내 손을 잡고 자기들 앞에 서라고 한다. 한편으로는 고맙고 또 한편으로는 미안하여 연신 감사하다고 하니 "메이꽌시(沒關係) 메이꽌시(沒關係)" 한다. 그 후 관광 지프차를 탈 때도, 도착해 내릴 때도, 차에서 내려 천문봉을 오를 때도, 그들은 이방인인 내게 관심 갖고 배려하고 보호하고 보듬어 줬다.

도보로 10분 내외면 천문봉 꼭대기에 오르는데 갑자기 바람이 휙 일더니, 안개가 자욱이 피어오르고 금방 주변이 어두워진다. 이미 올라간 사람들은 무슨 소리인지는 모르지만 왁자지껄 요란하다. 순간순간 안개는 더욱더 짙어지고 꼭대기에 오르니 시야가 10미터 내외이다. 천문봉 꼭대기 좁은 정상에는 사람들로 꽉 차 있다. 무리 지어 웅성웅성하는 사람들 틈 속을 이리저리 왔다 갔다 백두 영봉과 천지를 찾아본들 아무것도 보이지 않는다. 할 수 없이 사람들이 덜 모인 곳 바위 쪽으로 가서 웅크리고 앉아서 하늘을 쳐다보고 기도를 드렸다. "오늘 힘겹게 네 번째로, 백두 천지를 뵈러 찾아왔습니다. 하늘이시여, 도와주십시오." 간절한 마음으로 빌고 또 빌었다. 하지만 30분이 지나도록 안개는 걷히지 않았다.

마음 한구석에 불안한 생각이 들기 시작하는 순간 와! 하는 소리와 함께 요란한 박수 소리가 들렸다. 사람들이 우르르 앞으로 나가면서 함성이 터져 나온다. 나도 벌떡 일어나 사람들

틈을 비집고 까치발로 서서 동쪽을 쳐다봤다. 홀연 병사봉 꼭대기가 검푸르게 나타난다. 곧이어 짙은 안개는 훌훌 흩어져 날아가면서 백두 영봉들과 천지가 환하게 떠오르며 온 천지 사방이 활짝 갠다. 바로 개벽이다.

"오! 하늘님이 천지를 개벽할 때도 바로 이런 모습이었겠지. 내가 개벽을 보다니 참으로 몸 둘 바를 모르겠습니다. 아! 참으로 감사하고 고맙습니다." 눈물이 주르르 흐른다. "오늘 이렇게 거룩한 모습으로 저를 반겨 주시며 품어 주시니 몸 둘 바를 모르겠습니다. 거룩한 단군 할아버님 그리고 백두천지님께 진심으로 감사드리면서 저의 간절한 소망과 소원을 빌어보겠습니다. 통한의 저주스러운 민족분단이 70년이 넘었습니다. 분단을 극복하고 평화 통일로 우리 한국 사회의 분열과 대립을 통합과 화해로, 반목과 투쟁을 협력과 사랑으로 지도하고 이끌어 주십시오. 7천만 한민족 각 가정에도 즐거움과 행복을 선물해 주십시오."

내 개인적인 소망까지 정성껏 빌고 고개를 들어 눈을 떠 보니 햇빛은 찬란하고 백두 영봉과 천지는 신비하고 외경스럽고 장대하며 황홀하다. 가슴이 또다시 울컥울컥 목이 메면서 눈물이 주르르 흐른다. 사람들은 환희와 탄성으로 왁자지껄 이리저리 몰려다니면서 사진 찍기에 정신이 없다. 이곳 천문봉에 몰려 있는 중국 사람들은 지금 이 순간 무엇을 보고 무엇을 느끼고 무엇을 생각하고 있을까? 그들에게도 10대 명산이자 환경과 생태계가 잘 보존된 관광 명소이니 감회가 남다를 거다. 우리 한민족처럼 이곳 백두산 천지를 성스럽고 외경스러운 민족의 뿌리이자 정신적 고향으로 숭배하려나? 그들이 그렇게까지 생각하지 않기를 바랄 뿐이다. 중국인들과 백두를, 천지를 공유하기보다는 오롯이 우리만의 전유물이 되길 바라는 나만의 착각이자 오만일까?

장춘의 청춘들

사람들 숲을 헤치며 한 발씩 한 발씩 앞으로 나아가며 백두 천지를 굽어보는데 누군가 나를 툭툭 친다. 비켜 달라고 하는 줄 알고 뒷걸음치며 몸을 빼려는데 오히려 나의 손목을 잡아 이끈다. 바로 장춘에서 온 8명의 관광 팀들이다. 사진을 함께 찍자고 한다. 이 사람 저 사람과 어울려 이곳저곳에서 여러 컷의 사진을 찍었다. 한 사람이 독사진을 찍어 주겠다면서 좋은 배경을 잡아 보라고 손짓을 한다. 그렇지 않아도 좋은 사진 한 장은 남겨 놓아야 하는데 어떻게 하나 고민하고 있던 차에 참으로 고맙고 감사했다. 독사진을 두 번 찍었다. 그 사람은 사진을 보내 줄 터이니 한국 주소를 알려 달라고 했다. 내 명함을 건네주니 사진을 일주일 내로 보내 주겠다며 자기 주소도 건넸다.

그 후 장춘 팀과는 자연스럽게 함께 움직였다. 어수선하고 소란스럽던 사람들도 이제는 좀 조용해지면서 서로서로 자리도 양보해 가면서 관광을 즐기는 모양이다. 천문봉과도 이제 작별을 고할 시간이 된 모양이다. 이 사람 저 사람, 이 팀 저 팀 물 흐르듯 서서히 관광 지프차 쪽으로 내려가기 시작한다. 장춘 팀도 하산할 모양이다. 바위 쪽 사람 없는 곳으로 가서 머리 숙여 백두 천지에 하직을 고하고 숙연해지는 마음을 추스르며 산을 내려오는데 장춘 팀 몇몇이 나를 보더니 앞서가라고 한다. 정중하고 예의 바른 태도였다. 나는 고맙다고 인사하고 지프차를 함께 탔다. 굽이굽이 이 능선 저 능선, 이 계곡 저 계곡 흔들림이 오를 때보다 심했다.

지프차에서 내려 함께 매표소를 지나자 버스 정류장 광장에 몇 군데 오픈 휴게소가 있다. 우리들은 한곳에 모여 앉아 휴식과 함께 늦은 점심을 먹었다. 나는 작은 배낭에서 물과 빵, 만두, 소시지를 꺼냈고 그들은 종이박스 두 개에 햇밥, 고기 찜, 과일, 빵, 만두, 채소 등 여러 가지를 준비해 왔다. 장춘에서 가져온 것이란다. 이것저것 나에게 먹으라고 권했다. 덕분에 배불리 먹었는데 캔 맥주를 또 건네준다.

자기들은 장춘시 교육국에서 일하는데 관광 동호인들로 전국 명산 관광지는 물론 국외여행도 함께 다닌다고 했다. 명년에는 한국 서울과 제주도를 관광차 찾아볼 예정이란다. 한국에 대해서 알고 있는 지식과 정보가 많을 뿐만 아니라 몇몇 사람은 우리 고대사는 물론 대한제국, 일제 해방, 한국전쟁을 비롯해 최근 한국의 정치와 경제 상황까지 모르는 게 없었다. 특히 한국전쟁 때 모택동(毛澤東) 주석의 용단과 인민들의 결의로 조선반도에 의용군까지 파견하여 미국의 북침을 막아냈다며 자랑이 대단했다. 말과 손짓, 한자까지 써 가면서 두 번 세 번 이야기하니 대충 무엇을 이야기하는지 알 수가 있었다. 그들의 식견에 놀라움을 금치 못했다.

나에게도 중국의 역사, 문화, 정치, 경제, 그리고 중국 사람들에 대한 느낌 등 얘기를 해 보란다. 나는 속으로 말했다. 내가 명색이 국제정치학도이고 한중 관계와 중국 철학, 동양 사상이 나의 전공인데 당신들만큼이야 모르겠느냐고. 다만 말을 잘 못해서 그렇지 하면서 6천 년 중국 역사의 큰 획과 철학 사상의 큰 흐름을 천천히 설명하기 시작했다. 아편 전쟁 이후 서구의 침탈과 변법자강, 혼돈, 공산, 혁명, 정권 수립, 집단농장, 홍위병과 하방, 천안문, 민주화 운동, 흑묘백묘와 개혁개방, 비약적인 경제성장, 소강(小康)사회로의 진입과 거대강국으로의 발전 등을 손짓, 몸짓과 서툰 말, 그리고 한자 수기까지 하면서 한참을 이야기하니 그들은 앉은 채로 혹은 선 채로 간간히 고개를 끄덕끄덕하며 경청했다. 같이 차를 타고 온 다른 일행들이 우리를 보고 차가 곧 출발하니 빨리 타란다. 마지막으로 내가 전날 길림대학에서 대외협력처 이매화 선생 주선으로 이원사 협력처장을 만났다고 하니 그들은 깜짝 놀라면서 이것도 큰 인연이니 앞으로 친구로 가깝게 지내잔다. 너무 고마워 쾌히 승낙하고 우리들은 함께 버스에 올랐다. 내 곁에 앉은 젊은 여자분이 그들 모임의 총무란다. 자기 가족과 친구, 하는 일 등을 손바닥에 써 가면서 설명하더니 나에게도 가족관계와 중국에 친구가 있는지, 서울과 속초는 거리가 얼마인지, 명년에 서울과 제주도를 관광하는데 서울서 만날 수 있는지 등등 여러 가지를 묻고 작은 메모지에 몇 자 적기도 한다. 동북 여자라 그런지 조금도 주저함이 없이 활달하고 시원시원한 게 한마디로 쿨한 젊은 친구이다. 가만히 생각해 보니 천문봉에 오를 때도 내 손목을 잡고 앞으로 안내해 준 사람이다. 내게도 딸이 둘이 있는데, 같은 또래다. 마치 딸 같아서 아무 부담이 없었다.

피로가 몰려와서 잠을 청했다. 얼마나 잠을 잤는지 밖을 내다보니 벌써 날이 저물기 시작한다. 산협이라 그런지 바로 어두워진다. 버스 안 여기저기서 두런두런 이야기 소리가 들린다. 버스는 시내로 접어들고 바로 안도역이다. 장춘 친구들 일행이 서로서로 떠들면서 짐을 꾸린다. 일행들은 여행 중 평안하고 다시 만나자면서 나에게 인사를 한다. 나도 일행들 뒤를 따라 내렸다. 총무 친구가 나에게 다가와서 자기들은 이곳 안도역에서 기차를 타고 장춘으로 돌아간다고 한다. 말 그대로 이별이다. 나는 장춘 친구들과 손을 잡고 포옹을 했다. 따뜻하게 맞아 주고 안내하고 좋은 음식도 챙겨 주고 사진까지 찍어 준 친구들과 헤어지자니 아쉬웠던지 금세 눈시울이 붉어지면서 목이 메어 왔다. 잠시 동안의 만남이었지만 이 글을 쓰는 지금도 따뜻하고 친절하고 겸손했던 그 친구들의 모습이 환하게 떠오른다. 참으로 좋은 감정이다. 이것이 애정이고 사랑이겠지.

나는 장춘 친구들에게 손을 흔들며 "짜이지엔(再見)!" 재회를 기원한 뒤 다시 연길행 버스에 올랐다. 나도 모르게 눈물이 흐른다. 마음 한구석이 휑하다. "그들에게 행복의 문이, 희망의 문이 활짝 열리고 즐거움과 복락이 늘 함께하길 바랍니다. 저는 비록 늙어 가지만 장춘 친구들은 이제 활짝 피어오르는 젊은 청춘들입니다. 백두천지님이 제게 너무나 과한 인연을 선물해 주셨네요. 노인과 젊은이들 사이에 친구 인연을 맺어 주시니 진심으로 감사합니다. 거룩한 백두천지님 덕분입니다."

인연에 대하여

사람과 사람 사이 관계의 형성과 그 형성의 흐름을 우리는 인연(因緣)이라고 부른다. 인간이 살아가며 만드는 모든 형태의 관계를 인연이라고 한다면 인간의 행위 전체가 인연인 셈이다. 100년 인생 동안 얽히고설키는 모든 것이 인연이며 사소한 관계조차 인연 아닌 것은 아무것도 없다. 이 인연에는 선천적 인연과 후천적 인연이 있고 직접적 인연도 있고 간접적인 인연도 있다. 또한 선연도 있고 악연도 있다. 선천적 인연이란 흔히 천생의 인연이라고 하는데 부모와 자식 간의 인연 또는 형제간의 인연이 대표적이다. 무조건 주어지는 인연으로 자신의 의지로 선택할 수 없는 인연이다. 후천적 인연이란 부부의 인연과 친구와의 인연 등으로 이런 것들은 자신의 의지로 선택할 수 있는 인연이다. 그러므로 선택적 인연이라고 한다. 선연(善緣)이란 관계되는 사람들이 서로서로 좋고 유익한 관계이고, 악연(惡緣)이란 서로서로 관계할수록 나쁜 불이익만 생기는 인연이다. 또한 모든 일에는 결과가 있는데, 결과를 만들어 내는 데 결정적 역할을 하는 것이 직접적 인연이고, 결과를 만들어 내는데 보조적으로 영향을 주는 것이 간접적 인연이다. 이러한 인연은 고립되어 있지 않고 대부분은 시시각각으로 변하면서 또한 다른 형태의 인연으로 나타난다.

세상을 살아가며 생기는 모든 인연들을 지혜와 용기, 그리고 사랑과 애정을 통해 착한 인연으로 만든다면 환희와 행복으로 즐겁고 유쾌한 삶이 될 것이며 그런 착한 인연을 만든 사람은 칭찬과 존경의 대상이 될 것이다. 이 얼마나 멋진 인생인가? 선연을 만드는 지름길이 바로 자비의 실천인데 불교에서는 선연과 자비행(慈悲行)을 강조한다.

여기서 잠깐 불교에서 강조하는 인연에 대해서 이야기해 보자. 불교에서는 모든 존재와 형상 그리고 그 과정은 모두 저절로 우연히 생기는 것이 아니고 인과 연이 어떻게 결합되느냐에 따라 달라진다고 본다. 이것을 인연관이라고 하는데 인과 연이 어떤 형태와 모습으로 결합되느냐에 따라서 모든 결과가 파생되는데 여기에는 네 가지 법칙이 있다. 첫째, 선인과 선연이 결합하면 선과가 생긴다. 좋은 씨앗을 좋은 기름진 토양에 심으면 식물이 잘 자란다. 둘째, 선인과 악연이 결합하는 경우에는 선과도 생기고 악과도 생긴다. 인의 힘이 연의 힘을 능가할 때에는 선과가 생길 것이고. 연의 힘이 인의 힘을 능가할 때는 악과가 생긴다. 아무리 좋은 종자라 해도 토박한 땅에 심으면 잘 자라기 어려운 법이다. 셋째, 악인과 악연이 결합하면 악과가 생긴다. 나쁜 씨앗을 토박한 땅에 심고 어찌 잘 자라길 바라겠는가? 넷째, 악인과 선연이 결합하면 악과가 생길 수도 있고 선과가 생길 수도 있다. 인의 힘이 연의 힘을 능가하면

악과가 생기고 연의 힘이 인의 힘을 능가하면 선과가 생긴다. 나쁜 씨앗을 토박한 땅에 심으면 잘 성장할 수 없고 다소 나쁜 씨앗도 비옥한 토지에 심을 경우 잘 자랄 수도 있다.

불교의 인연관으로 볼 때 선인과 선연이 결합하면 항상 좋은 결과가 나오므로 살아가면서 항상 선한 행위와 선한 인연을 만들면 모든 즐거움과 행복이 보장된다는 것이다. 결국 불교의 핵심 원리는 선연을 쌓으면 현상 세계가 고(苦)의 세계가 아닌 극락정토(極樂淨土)가 된다는 것이다. 이러한 인연관 이외에 불교의 근본 원리로 삼법인(三法印)이 있는데, 첫째로 제행무상(諸行無常), 둘째로 제법무아(諸法無我), 셋째로 일체개고(一切皆苦)이다. 즉 모든 이 세상의 존재들은 항상 시시각각 순간순간 변화 생성하고, 그러므로 나라고 하는 자아는 없고 그래서 모든 것이 괴로움이라는 것이다. 이것은 결국 사람들이 세상의 진리를 깨닫지 못해서 그런 것이다. 모든 것이 순간순간 변화하고 다른 모습으로 변이하는 것이 이 세상, 즉 현상계의 원리인데 이것을 깨닫지 못하고 절대불변의 존재와 자아 스스로 불변하기를 바라는 것이 잘못이라는 것이다.

이런 근본 원리 이외에 사성제(四聖諦)와 팔정도(八正道)를 아는 지자(知者), 각자(覺者)가 되는 수행법이 있다. 불교의 핵심은 지혜 있는 사람, 깨달은 사람이 되면 그 사람이 바로 불타(佛陀), 즉 부처님이라는 것이다. 초월적인 능력을 가진

신의 존재를 부정하고 스스로 부처가 되어 현실 세계에서 환락을 누리고 살아가라는 것이기 때문에 어떤 의미에서는 불교는 종교가 아니다. 불교에서는 인연을 강조하는데 사람들이 서로 옷깃만 스쳐도 3000겁의 인연이 있다고 한다. 1겁(劫)은 집채만 한 바위가 풍화작용으로 깎이고 마모되어 모래알이 되는 시간이란다. 그러니 3000겁은 얼마나 긴 세월인가? 인간이 100년을 산다고 할 때 날짜로 보면 3만6500일. 하루에 열 사람과 대화하고 밥을 먹고 함께 논다고 해도 겨우 36만 번의 인연이지. 36만 번 모두 선연을 쌓아도 부족한데 그중에 악연은 또 얼마나 많겠는가? 내 나이가 63세이니 그동안 살아온 날이 2만3000일. 하루에 10번씩 선연을 쌓았다고 해도 겨우 23만 번이다. 그동안의 악연은 또 얼마나 많았겠는가? 지혜가 부족했고 용기도 없었고 절제력도 보잘것없었기 때문일 것이다. 권도와 진리체가 못되는 세속적이고 추악한 가치들과 허상들을 좇다 보니 헛된 욕망과 욕심이 가득했고 자신의 이익에 몰두하기에 바빴으리라. 그러는 동안 남을 따뜻하게 배려하고 너그럽게 이해하고 진심으로 사랑하는 마음은 점점 빈약해졌을 것이다. 지금껏 살아온 나날들이 부끄럽고 서글펐다. 후회한들 무슨 소용이겠는가? 이제부터라도 대오각성 해 보자. 부단히 반성하고 참회하자. 이제부터라도 착한 일을 많이 하고 선연을 많이 쌓자. 악한 일은 절대 하지 말고 상대방의 악연을 선연으로 갚아 보자. 가장 가까운 데부터 시작하여 점차 먼 곳으로, 작고 소소한 것부터 시작하여 점차 큰 것으로, 가장 쉬운 것부터 시작하여 힘든 것으로, 항상 만나고 부딪히는 사람들부터 시작하여 잘 모르는 사람으로 확대하고 사람을 넘어 동물, 식물, 모든 생태계와 물질세계까지 선연을 쌓고 자비를 행하자. 작심삼일 하지 말고 매일 아침마다 선행하고 선연을 쌓자고 다짐하자. 그리하여 부처님 앞에서도 부끄러움 없이 당당해 보자고 굳게 결심했다.

그러는 사이 버스는 연길역 앞 정류장에 도착했다. 나는 택시를 타고 자주 가는 우정 빈관에 숙소를 정하고 지인에게 연락을 했다. 조금 후 지인이 찾아와서 저녁 식사를 하자고 하여 북한 음식점 맞은편의 식당 웨이메이스(味美食)를 찾았다. 청국장으로 배불리 먹고 나니 몸이 나른해지며 피로가 엄습해 왔다. 다음 날 아침에 바로 훈춘으로 가서 자루비노행 버스를 타고 동춘호로 속초로 돌아간다고 하니 지인이 사람들과 점심 같이하고 하루 더 쉬었다가 출발하라고 자꾸 붙잡는다. 이틀 후에나 동춘호가 뜨니 어떻게 이틀을 더 보내느냐고 사정을 말하고 지인과 호텔에서 작별을 했다. 침대에 누워 잠을 청했으나, 잠은 오지 않고 자꾸 장춘의 젊은 친구들 생각이 머릿속을 맴돈다.

인간의 모든 행위와 삶 속에서 인연 아닌 것이 어디 있겠는가마는 그중 가장 크고 귀한 인연을 우리는 천륜(天綸), 또는 천륜(天倫)이라고 한다. 부모, 형제같이 피를 통하여 맺어지는 것으로 사람들의 의지와 희망과는 아무런 상관없이 무조건 맺어지는 인연이다. 지구상에는 80억 인류가 살아가고 있는데 그중에서 부모와 자식, 형제자매로 이어지다니 얼마나 고귀하고 무서운 인연인가. 그런데도 이런 천륜마저 파괴하는 천인공노(天人共怒)할 행위가 작금 우리 사회에서 심심치 않게 벌어지고 있으니 개탄할 노릇 아니겠는가?

예정대로 훈춘을 거쳐 자루비노항에서 귀국하는 배편에 올랐다. 너무 홀가분했다. 이튿날 아침 10시, 선실을 나와 갑판에 오르니 햇살은 눈부시게 빛나고 저 멀리 설악산과 황철봉, 울산 바위가 아물아물 희미하게 시야에 들어온다. 곧이어 속초 시가지가 한눈에 들어오고 배는 마침내 속초항에 입항했다. 출입국 검열을 받고 밖으로 나오니 아내가 마중 나와 있었다. 반가웠다. 이렇게 4차 백두 여정은 무난하게 마무리됐다.

5차
성산 백두 여정

아내와 동행하다

2008년은 나에게는 조금 특별했던 해다. 나는 27년간 재직했던 학교에서 정년퇴임했고 아내는 속초에서는 최초로 사임당(師任堂)상을 수상했다. 우리 부부에게 뜻깊었던 그해, 나는 여름 백두산 여정을 계획하고 실행해 보자고 아내에게 제의했더니 좋은 생각이라면서 대환영이다.

바로 다음 날 우리는 동춘호 사무실에 가서 비자를 신청하고 돌아오는데 아내가 백두산에만 오를 게 아니라 동북지역 여러 곳과 북경과 서안까지 큰마음 먹고 순례 여행을 하자고 한다. 줄잡아도 20일, 많게는 한 달 정도 소요되는 긴 여정이었다. 우선 건강과 여행 경비 충당이 가능한가를 따져보자고 하니 건강은 자신 있고 여행 경비는 나 몰래 들어 놓은 적금을 깨면 된다고 했다. 그리하여 비자가 나오는 일주일 후에 출발하기로 결정을 했다.

아내는 그 일주일 내내 상기되어 말도 많아지고 흥분이 되는지 연신 호호 격정적인 나날들을 보냈다. 사실 그때까지 4차례 백두 여정을 하면서 내가 백두산에 대하여 보고 느끼고 소원했던 모든 것을 신바람 나게 설명을 해도 별다른 호기심이나 놀라움을 드러내지 않았던 아내였기에 예상 밖이었다. 그간의 시큰둥한 반응은 아무래도 아내가 백두산에 대해서 문

외한이기에 그랬던 것 같았다. 백문이 불여일견이라고 직접 한번 체험해 보면 크게 달라지겠지. 이참에 백두산에 대한 지적 영역과 정신적 영역까지도 좀 깨우쳐 줘야겠다고 생각했다. 그리하여 아내도 나처럼 백두산을 종교적 신앙의 대상이자 정신적 뿌리, 그리고 삶의 원천으로 느끼게 하고 싶어졌다. 며칠간 백두산을 노래하면서 구급약품과 저장 가능한 음식물, 필요한 옷가지 등을 준비했다.

7월 초 어느 날 우리 부부는 동춘호에 올랐다. 아내는 처음 타는 국제 여객선에 오르면서 어린이처럼 마냥 즐거워한다. 6인 1실에 방을 잡고 우리는 갑판 위에 올라 이곳저곳을 돌아다니다 선실로 돌아왔다. 아직 우리 방에는 아무도 들어오지 않았다. 아내는 침대에 누웠다 일어나기를 몇 차례 하더니, 배 안 이곳저곳을 살펴보고 오겠다면서 선실 밖으로 나간다. 조금 있다 돌아오더니, 2층 객실은 어떤 구조이고 식당은 어디 있으며 노래방까지 있다고 하면서 나에게 2층 사무실 옆에 조그마한 면세점이 있으니 가 보자고 한다. 면세점에는 담배와 술 몇 가지 품목뿐이 다였다.

러시아산 백주 한 병을 사 가지고 나오다가 동춘호 사무장을 만났다. 두 번째 백두 여정 때부터 인사하며 잘 알고 지낸 사이인데 사람이 선이 굵고 시원시원했다. 아내를 소개하자 농담도 잘한다. 사무장의 칭찬에 아내는 참말인 줄 알고 얼굴을 붉힌다. 선실로 돌아와 쉬고 있자니 저녁 식사 안내 방송이 나온다. 식권을 사서 식당에 들어가니 벌써 사람들이 많이 앉아서 식사를 하고 있다. 군데군데 자주 보던 상인들이 있어 눈인사를 했다. 식사 후 3층 갑판으로 오르니 이미 날이 저물었다. 사방이 검푸른 바다로 보이는 것이라곤 동춘호가 지나가면서 뿜어내는 배 후미에 길게 늘어진 물보라뿐이다. 아내는 움찔하더니 좀 무섭단다.

선실로 돌아오니 한 사람이 배낭과 조그만 손가방을 들고 들어온다. 인사를 나눠 보니 그 사람은 하얼빈까지 간단다. 파도가 심한지 배가 많이 흔들린다. 겁먹은 아내가 "아이쿠! 아이쿠!" 긴장하면서 불안해한다. 침대에 누워 얼마가 지났는지 배는 쿵쿵쿵 엔진 소리만 낼 뿐 흔들림이 없다.

다시 잠을 청하고 깨어나 보니 날이 뿌옇게 밝아 온다. 목적지인 자루비노항에 접근하는 모양이다. 간간이 사람들 발자국 소리와 떠드는 소리가 들린다. 밖을 둘러보고 온 아내가 날은 환하게 개였는데 아직 육지는 안 보인다고 한다. 그리고 한 시간이 더 지났을까 선실 창밖 오른쪽으로 멀리 희뿌옇게 육지가 보인다고 같이 갑판에 올라가자고 한다. 몇몇 사람들이 갑판 위에서 보건 체조와 조깅을 하고 있다. 갑판 위 난간에 기대어 멀리 보이는 러시아 땅을 바라보고 있자니 육지와 바다 사이에 안개가 피어오른다. 육지는 잘 보이지 않고, 간간이

물 갈매기, 바다 갈매기 몇 마리가 동춘호 난간을 스치듯 날아간다.

이제 동춘호가 나아가는 전방 왼쪽에도 멀리 육지가 보인다고 아내가 소리친다. "이제 진짜 러시아 땅을 봤네. 내가 러시아 땅을 밟게 되다니!" 감격하는 아내를 보며 말했다. "저래 보여도 상당히 멀리 떨어진 곳이야. 자루비노항은 내항이 길어서 한 30분 이상 가야 항구건물과 사람들이 보인다고." 그 사이 내항 오른쪽으로 군데군데 러시아 마을이 희미하게 육안에 들어온다. 아내는 신기한 듯 한동안 쳐다보더니 "마을이 정말 아늑하고 평화롭게 보이네. 저런 곳에서 살면 얼마나 좋을까? 사람들과 부딪히지도 않고 스트레스도 안 받고 갈등도 없을 것 같고. 고즈넉한 작은 마을이 너무 마음에 드네." 나는 웃으며 말했다. "인간이 사는 세상은 어디든 갈등도 있고 반목도 있고 항상 서로서로 긴장하면서 다툼도 있지. 사람이란 게 선천적으로 감정의 동물이고 이기주의적이고 욕망으로 가득 찼기 때문에 우리가 꿈속에서나 기다리는 이상향 선경(仙境)은 없어." 우리는 뱃머리에 기대 전후좌우를 두루 살피며 하늘나라와 선경, 지옥과 악귀 이야기를 주고받으며 한바탕 크게 웃었다.

그러는 사이 배는 자루비노 내항에 정박했다. 승객들은 선실을 나와 길게 줄을 섰다. 우리도 짐을 꾸리고 맨 끝에 서서 하선을 기다렸다. 러시아 검역관 두 사람이 올라와 사무실로 들어가고 선원들이 하나둘씩 검역 사무실로 들어간다. 얼마 후 검역관들이 내려가고 승객들이 하선하기 시작하는데 서로 앞서 내리려고 밀치고 혼잡했다. 지켜보던 아내가 우리도 앞으로 빨리 나가자고 재촉한다. "빨리 내려 봐야 세관 통과하고 밖에 나가 봐야 버스 2대가 있는데, 승객 모두 타야 버스가 출발하기 때문에 서둘러 봐야 소용없어."

내 말대로 우리는 맨 마지막에 하선하고 세관 통과하고 버스에 올랐다. 안내원이 타기 전에는 버스는 출발하지 않기 때문에 우리는 버스에 짐을 놓아두고 잠시 내렸다. 아내는 버스 주변 이곳저곳을 다니면서 흙도 차 보고 풀도 뽑아 보고 돌멩이도 집어 던져 보면서 마치 어린아이 장난치듯이 천진스럽게 행동한다. 자신이 러시아 땅을 밟고 있다는 게 신기하고 대견한 모양이다.

버스는 곧 출발했고 아내는 창가에 앉아 온통 밖으로만 시선을 돌리고 작은 소리로 혼자 계속 중얼댄다. "참나무 푸른 초원을 좀 봐. 얼마나 넓어. 저 산에는 나무가 듬성듬성하네. 초원 숲에는 무엇이 있을까? 사슴도 있고 곰도 있겠지? 저 실개천 옆 늪지대에는 붕어도 있고 개구리도 있겠지?" 저런 평화스러운 지대에 마을 하나 없이 사람도 안 보이니 참으로 러시아 극동 지방은 무한하고 자연스러운 낙원을 만들기 좋은 땅이란다.

한 30분 지나니 길 좌우로 허름하고 낡은 집들과 함께 길게 뻗은 마을이 나타난다. 간간이 사람들이 오가고 집 앞 공터에는 아이들도 보였다. 아내는 신기하면서도 측은한 생각이 든다고 한다. 먹고살기가 너무 힘들어 보인단다. "이곳이 유명한 안중근(安重根) 의사가 10인 단지회를 결성하고 단지(斷指)한 곳이야." 내 말을 듣고는 "안중근 의사가 이곳까지 와서 독립운동을 했다고?" 아내가 깜짝 놀란다. 그러면서 안 의사에게 묵념을 하겠단다. "여기 사람들이 먹고 살아가기가 힘들어 보여도 마음은 따뜻하고 평화스럽고 여유가 있어. 솔직히 마음의 평화가 제일이잖아." 내 말에 아내도 고개를 끄덕이면서 나의 허리를 껴안는다. 동의한다는 뜻이다.

러시아 국경검문소 두세 곳을 거치자 중국 땅 훈춘이다. 장영자 세관을 통과해 밖에 나가니 택시가 몇 대 서 있다. 택시를 타고 훈춘 시내를 지나 도문을 향해 달리는데 바로 도로 좌측에 두만강이 흐른다. 두만강 건너 땅이 바로 북한이다. 북한 땅을 계속 쳐다보면서 아내가 말한다. "산과 계곡에 어째 나무가 하나 없지? 두만강 변 한두 군데만 몇 채 집이 있고 다른 곳은 사람 하나 보이지 않네." 너무 삭막하고 황폐해 보인단다. "잘 보이지 않아서 그렇지 저 건너 두만강 변에는 군데군데 군인들 초소가 있어. 그곳에는 사람들이 접근을 못해."

나는 설명을 이어 갔다. "이것이 분단의 아픔이지 뭐야. 언젠가 분단을 극복하고 민족통일이 되면 저 황폐하고 삭막한 땅도 녹음과 풍요의 땅으로 변할 거야. 두만강 변은 어린이들 놀이터와 휴양지로 변할 거야. 평화와 행복이 넘쳐나는 낙원이 되겠지. 7천만 한민족이 하나로 대동단결해 내 탓 네 탓하지 말고 서로서로 사랑하고 보듬고 화해하고 협력하면서 민족정기를 갈구하다 보면 민족이 하나로 통일되고, 통일국가가 되는 것이지. 이번 백두 여정도 나에게는 우리의 소망인 민족통일을 이룩하기 위한 대장정의 일환이라고 할 수가 있지." 신념에 찬 목소리로 힘주어 말하면서 아내의 두 손을 꼭 잡아 주었다. 아내도 상기된 얼굴로 나를 쳐다보면서 나의 등을 따뜻하게 어루만져 주었다.

택시는 줄기차게 달려 도문을 거쳐 연길로 접어들었다. 연길 시외버스 정류장 터미널에 도착하니 벌써 한 시가 넘었다. 이도백하행 버스는 2시 출발이었다. 조금 시간이 남아 우리들은 근처에서 만두와 빵으로 대충 식사를 하고 버스를 탔다. 앞으로 4시간을 가야 한다. 전날 저녁에 잠도 잘 못 자고 또 강행군을 해야만 하니 잠은 버스에서 보충했다. 아내는 피로하지도 않은지 꾸벅꾸벅 졸고 있는 나를 간간이 깨우면서 여기는 어디이고 사람들은 무엇으로 생업을 하는지 자꾸만 물어본다. 초행인 데다가 백두산에 오를 꿈이 부풀어 있으니 그럴 만도 하겠지. 나는 아는 대로 충실히 설명해 주었다.

안도를 훨씬 지나니 산 능선과 구렁에 온통 옥수수 밭이다. 아내는 연신 감탄한다. "저기 좀 봐. 저기 해바라기 밭이 온 산에 가득하네." 주변에 전개되는 모든 것들이 신기하고 아름답고 많은 것들이 마음에 와서 닿는 모양이다. 어쨌든 백두산 여정 속에서 마주하는 모든 것들이 인상 깊고 감개무량하다면 좋은 것이 아니겠는가? 나는 다행이라고 생각하면서 아내의 어깨를 두드려 주었다.

해가 넘어가고 어둠이 내리기 직전에 이도백하에 도착했다. 편안하게 휴식하기 위해 좋은 빈관을 찾아 들어가니 갑자기 아내가 손을 잡아끈다. 길옆에 여인숙이 보이는데 그리로 가서 하룻밤을 보내잔다. 하루 저녁에 50위안이다. 빈관은 180위안이다. 130위안이 싸다. 아내의 알뜰한 살림살이가 되살아났다. 여인숙 방은 깨끗하고 정리가 잘되어 있다. 방이 작고 화장실이 문 없이 오픈되어 있는 게 흠이라면 흠이랄까. 방에 짐을 놓고 밖으로 나와 주변을 둘러보니 음식점이 하나 보인다. 따뜻한 순두부국에 밥을 먹고 나니 갑자기 피로가 몰려와 산책을 포기하고 여인숙으로 돌아와 휴식을 취했다. 조그만 침대가 하나다. 나는 바닥에서 자고 아내는 침대에서 취침하기로 했다. 물론 아내는 자기가 바닥에서 자겠다고 고집을 부렸지만 내가 먼저 방바닥에 요를 깔고 누웠다. 아침에 일어나 밖으로 나가 보니 엊그저께 속초의 기후와는 전혀 딴 세상이다. 공기가 스산하고 한기까지 느껴진다.

천변만화

아내와 동행한 백두산 산행의 막이 올랐다. 아침 식사를 마치고 백두산 입구 매표소 광장으로 가는 버스를 타고 가는데 도로 좌우가 온통 자작나무 숲으로 뒤덮여 있다. 아내는 나에게 조용히 말한다. "이곳은 전나무와 구산나무 같은 침엽수만 가득한 줄 알았는데 활엽수인 자작나무가 숲을 이루었네. 참으로 이상하고 신기하네?" 이상하고 신기한 것이 어디 그뿐이랴. 앞으로 계속 나타날 것이니 두고 봐라.

매표소 앞에는 사람들이 많지 않았다. 바로 표를 사 가지고 백두산으로 오르기 시작했다. 한참 오르자니 더위까지 느껴진다. 길 좌우에 널려 있는 것이 곰취다. 잎이 얼마나 큰지 향로봉 곰취보다 배가 크다. 군데군데 새하얀 만병초 꽃이 청순하고 기품이 있다. 구불구불 좀 더 올라가니 사람들이 옹기종기 앉아 있고 군데군데 용천 온천이 뿜어 나온다. 용천 온천에 계란을 구워 파는 사람도 있다. 아내는 용천수도 만져 보고 계란도 몇 개 샀다. "솟아오르는 온천수를 모아 노천 온천장을 만들면 좋겠네. 너무 아깝다." 이곳저곳 수십 군데의 온도와 느낌이 조금씩 다르다면서 떠서 마셔 본다. 너무나 놀라운 광경이란다.

노천 온천지대를 떠나 계란을 까먹으며 조금 더 구불구불 올라가니 드디어 흑풍구 앞이다. 요란한 천둥소리와 함께 까마득히 높은 절벽에서 떨어지는 우람하고 장대한 장백폭포와 마주쳤다. '飛流直下 三千尺 疑視銀河 落九天'. 말 그대로 하늘에서 은하수 한 무리가 땅으로 떨어지는 모양이다. 아내는 장대하고 아름다움을 떠나서 두렵고 무섭단다. 완전히 장백폭포에 압도된 모양이다. 몸을 설레설레 흔들면서 눈망울이 커진다. 조금 더 폭포 앞으로 가 보자고 하니 폭포는 물론이고 주변 환경이 너무나 무섭고 무슨 큰 이상한 기운이 마구 솟아 오르는 것 같단다.

우리는 폭포수가 흘러 내려오는 도랑가에 앉아서 한동안 폭포와 흑풍구 큰 골짜기를 두리번거리며 손도 씻고 세수도 했다. 물 한 모금 손으로 떠 마시면서 주변을 살펴보니 사람들은 힐끗힐끗 폭포를 쳐다만 보고 그냥 오르기만 한다. 이 폭포수가 바로 천지 호수에서 뿜어져 내려온 것이라고 하니 아내는 정색하면서 일어나더니 폭포를 우러러보며 중얼중얼 두 손 모아 기도를 한다. 뜻밖이다. 내 아내에게도 저런 모습이 있구나. 나는 깜짝 놀랐다. 숙연히 간절한 모습으로 기도를 하는 태도가 하도 진지하고 엄숙하여 나는 기도를 끝낸 아내에게 무엇을 기도했느냐고 묻지도 않고 모른 척했다. 아내는 말없이 내 손을 잡아끌면서 길로 올라가자고 한다.

우리는 장백폭포를 왼쪽에 두고 시멘트 계단을 오르기 시작했다. 계단은 가팔라서 잠시 오르다 쉬고 또 오르고 또 쉬고를 몇 차례 반복했다. 우리를 앞질러 오는 사람들이 많았다. 우리도 이제 장백폭포를 뒤로하고 오르기 시작했다. 여기서부터는 경사가 심하지 않아서 오르기가 좀 쉬웠다. 아내는 앞서서 힘차게 올라간다. 기분이 좋고 몸 상태도 괜찮은 모양이다. 다행이다 싶었다. 아내가 뒤돌아보더니 앞이 확 트이는 것 같아 곧 백두 천지가 보일 것 같단다.

조금 더 오르다가 아내가 주춤주춤 뒤따르는 나를 흘깃 쳐다보면서 "아! 저기!" 하면서 한숨을 토해 낸다. "맞아요. 저기 저분이 바로 백두님. 우리 민족을 태동시키고 오늘 이렇게 생육시켜 준 성산 백두산이요. 그리고 나에게는 종교이자 신앙으로 삶의 원천이 되는 영원한 안식처요." 하는데 아내는 몇십 미터를 더 뛰어가면서 "저것 봐요! 천지도 보여요!" 한다. 나도 걸음을 재촉하여 아내를 따라 함께 몇십 미터를 더 뛰어가니 바로 천지(天池)수 앞이다. 우리는 천지 경계석 앞에 섰다. "아! 아! 아이고!" 아내는 목이 메어 연신 탄성을 지른다. "백두신령님과 천지 용왕님께 하고 싶은 말이 있으면 마음껏 토해 보시오." 아내는 나의 허리를 오른팔로 휘감더니 하늘을 쳐다보고 백두를 올려다보고 천지를 물끄러미 바라만 보고 말 한 마디 안 한다. 옆에서 보니 가슴이 울렁거리고 목이 메는 모양이다. "아! 아!" 혼자 몇 발짝 떨어져 무릎을 꿇고 손으로 얼굴을 감싸고 흐느껴 울더니 금방 조용해진다. 보아하니 기도를 올리고 소원을 비는 모양이다. "백두님! 제 아내를 품고 안아 주니 몸 둘 바를 모르겠습니다. 고맙고 감사합니다." 나는 조용히 서서 하늘과 백두 천지를 번갈아 보면서 울컥울컥 터져 나오는 감정과 심장의 고동치는 울부짖음을 진정시켰다. "백두천지님! 제 아내에게도 저와 같은 감정과 정신세계를 갖고 신앙과 믿음으로 살아가게끔 허락하시고 이끌어 주십시오." 간절한 마음으로 소원을 빌었다. 진정된 마음으로 하늘을 올려다보았다. 구름 한 점 없이 푸르고 백두 영봉들은 검푸른 빛을 토해 내며 우뚝 서 있고, 천지는 푸른 비단 폭을 깔아 놓은 듯 푸르디푸르고, 온 천지가 푸른 기운을 토해 낸다.

나도 무릎을 꿇고 "백두천지님께 오늘 다섯 번째로 찾아뵈러 올라왔습니다." 고하고 나서 "7천만 한민족 모두에게 평안과 평화를, 민족분열과 국토 분단을 통합과 통일로, 사회 갈등과 대립을 화합과 타협으로, 그리고 개인 상호 간의 반목을 사랑으로, 마지막으로 저희 가족 모두 건강하고 행복한 생활을 하게 하여 주십시오." 하소연하면서 소망, 소원을 빌고 나니 마음이 가볍고 편안해졌다. 옆에 있는 아내는 아직도 머리를 숙인 채 쭈그리고 앉아 있다. 간절한 마음으로 무엇인가 소원을 빌고 있는 모양이다.

조금 후 일어나는데 얼핏 보니 얼굴은 붉고 눈은 붉게 충혈돼 눈물이 고여 있다. 나에게로 다가와 몸을 기대면서 조용히 하는 말이 "무섭고 두렵고 떨려요. 크게 목 놓아 울고만 싶어요." 하면서 이런 감정은 지금껏 처음이란다. 나는 백두천지님이 거룩하고 외경스러운 존재이기 때문에 앞에서는 한없이 작아지고 나약해지는 것이라고 하면서 아내의 등을 두드려 주었다. "당신도 백두천지님이 씨 뿌려 태어난 자손인데 얼마나 사랑스럽겠소. 또한 당신을 백두천지님이 안아 주시니 얼마나 고맙고 감사해요. 이제부터 당신도 나처럼 백두 천제님을 신앙으로 종교로 모시고 살아갑시다." 아내는 눈물을 주르륵 흘리면서 고개를 끄덕인다.

하늘과 백두 천지를 올려다보고 내려다보면서 한참을 서 있다가 주변을 살펴보니 푸른색 군인 제복을 입은 청년들과 몇몇 사람들이 조그마한 천막을 치고 서성이고 있다. 우리가 서 있던 천지 주변을 조금 벗어난 곳과 천막 주변 그 일대에는 간간히 조그마한 관목들이 보이고 이름 모를 풀꽃들이 온통 꽃대궐을 만들고 있다. 모두 고산초들이다. 흰색, 붉은색, 분홍색, 노란색, 보라색 등 여러 종류의 풀꽃들이 활짝 피어 바람

결에 한들한들 참으로 장관이다. 꽃들이 그렇게 정겨울 수가 없다. 아내는 이곳저곳 돌아다니며 열심히 셔터를 눌렀다. 우리는 붉은색으로 '天池'라고 쓴 조그마한 경계석을 앞에 두고 백두산 천지를 뒤로한 채 사진 몇 장을 찍었다. 그러고 나서 다시 백두와 천지를 정면으로 한 사진도 몇 장 더 찍었다.

우리를 물끄러미 쳐다보고 있던 군인 제복의 젊은이가 천천히 다가와서 기념품 몇 가지와 간식으로 먹을 빵과 만두, 과자 등 몇 가지가 있으니 필요하면 사라고 한다. 산삼과 영지, 녹용과 벌꿀도 있다면서 진짜 좋은 물건이란다. 알았다고 고개를 끄덕이니 그는 내 손을 잡고 작은 텐트 속으로 안내한다. 텐트라고 해야 두 평도 안 되는 작은 곳 그 안에는 가방 몇 개와 보따리 몇 개가 전부다. 보따리를 풀더니 이것저것 가리킨다. 아내가 눈짓을 한다. 인사로 한 가지만 사란다. 20년 정도 돼 보이는 작은 산삼이 보이기에 값을 물으니 하나에 200위안이란다. 나는 두 뿌리를 샀다. 영지버섯과 벌꿀도 사란다. 우리는 돈을 준비하지 못했다고 미안하다고 사양했다. 밖으로 나와 주변을 살펴보니 텐트 좌측 위로 바위들이 있는데, 틈에 앉으면 좋을 것 같았다. 자리를 잡고 앉아서 빵과 만두, 소시지, 육포 등을 꺼내 놓고 천지수를 병에 담아 함께 먹으면서 천지수와 백두산 그리고 단군신화, 민족통일, 분단과 남북문제 등등 한참 동안 이야기를 나눴다.

그런데 별안간 세차게 바람이 불면서 안개가 자욱하게 낀다. 금세 사방은 컴컴해지고, 안개비가 얼굴을 촉촉이 적신다. 손으로 얼굴에 내린 안개비를 훔치고 있는데, 또다시 일제 광풍이 휙! 휙! 세차게 불면서 자욱하게 낀 안개를 천지 주변에서 장군봉, 비로봉 쪽으로 모두 걷어 올린다. 천지 주변은 다시 환하게 개이고 햇빛이 내리꽂힌다. "와! 개었다." 다시 일어나 백두 천지를 살펴보는데 이번에는 천문봉 쪽 하늘에서 먹구름이 몰려와 천지 주변이 다시 캄캄해진다. 바로 후두둑 소리와 함께 세찬 빗줄기가 쏴 하고 쏟아진다.

주섬주섬 음식을 배낭에 집어넣고 우왕좌왕하는데 우리에게 산삼을 판 젊은이가 "라이바(來吧)! 라이바(來吧)!" 하면서 자기네 텐트 속으로 들어오란다. 얼마나 고마운가. 텐트 속에서 10여 분간 소나기를 피하고 나니 금방 사방이 환하게 개면서 햇빛이 또 쏟아진다. 텐트를 나와 달문 쪽으로 물을 뜨러 가는데 맑은 하늘에서 우르르 하는 천둥소리와 함께 콩알만 한 우박이 별안간 쏟아진다. 몸을 움츠리고 뛰어서 텐트로 돌아가 우박을 피하고 몇 분이 지나 밖이 조용해 다시 나와 보니 밖에는 우박이 하얗게 쌓여 있다. 한 움큼 집어 올리니 분명 콩알만 한 우박이다. 참으로 기이하고 이상하다. 마른하늘에 천둥 번개 치는 소리는 들었어도 이런 현상은 처음이다.

혀를 차면서 다시 달문으로 가 천지수를 물병에 담고 일어나는데 아내가 소리를 친다. 장군봉 쪽을 손가락으로 가리키면서 "저것 봐! 저것 좀 봐!" 하면서 발을 동동 구른다. 장군봉 쪽을 쳐다보니 장군봉 밑 천지 끝에서 칠색 찬란한 무지개가 피어오르더니, 금세 우리가 있는 달문 쪽으로 걸쳐진다. 빨주노초파남보. 이렇게 선명하고 큰 무지개는 처음 보았다. 하도 신비하고 외경스러워 손뼉 치며 함성도 못 지르고 그저 몸을 움츠리고 서로 손잡고 멍하니 쳐다만 보고 있는데, 또 하나의 무지개가 장군봉에서 천문봉 쪽으로 순식간에 걸쳐진다. 쌍무지개다. 지금껏 비 온 후 날이 개면서 쌍무지개가 뜨는 것을 간혹 보아 왔는데 항상 하나는 길고 다른 하나는 짧았다. 그런데 오늘 뜬 쌍무지개는 폭이 넓고 길이가 천지를 가로지른다. 뿐만 아니라 일곱 가지 색깔이 너무나도 선명했다. 참으로 찬란하고 황홀했다. 신비롭고 기이했다.

천변만화(千變萬化). 별안간 돌풍이 불고 캄캄하게 안개가 끼고 하늘이 활짝 개고 금방 짙은 구름이 끼면서 소나기가 퍼붓고 다시 하늘이 활짝 개며 햇빛이 찬란한데도 쏴아! 하면서 우박이 떨어지고 우르릉 쿵쿵 천둥치는 소리에 이어 쌍무지개가 뜨고. 이러한 신비롭고 특이한 현상이 한 시간 안에 일어났다. 내 머리는 멍하니 혼란스럽고 가슴은 쿵쿵 마구 뛰었으며 눈에는 감격의 눈물이 주르르 흘렀다.

생각해 보면 백두산과 천지의 특수한 관계와 상황들 속에서 물리적으로 일어날 수 있는 자연 현상이라고 할 수 있겠지만 나는 그렇게 생각하지 않는다. 이것이야말로 백두 천지의 초능력적이며 의지적 현상으로 그 위력과 능력을 우리에게 보여주는 성스럽고 거룩한 작업이라고 확신한다. 아내 역시 너무도 기이하고 신비로운 현상에 두렵고 떨리고 무서워 몸이 움츠러든다고 한다.

나는 아내에게 조용하게 귓속말을 했다 "이렇게 큰 위력과 능력을 가진 백두천지님이기 때문에 우리들의 소망인 민족통일과 한민족의 평화와 행복을 성취하고 보장시켜 주실 거야." 이제 백두천지님과 헤어져야 할 시간. 머리 숙여 경건한 마음으로 작별을 고하고 백두 천지를 뒤로하고 하산을 시작했다.

마음이 평안하고 상쾌했다. 시간 여유가 있어 느린 걸음으로 쉬엄쉬엄 걷다 보니 장백폭포 앞이다. 올라갈 때 쉬었던 그 자리다. 늦은 점심으로 빵 몇 쪽과 육포 몇 쪽을 먹고 내려오다 보니 벌써 노천 온천지대다. 사람들이 제법 많다. 올라갈 때 구운 계란을 팔았던 아주머니가 우리를 알아보고 날계란을 주면서 온천수에서 직접 구워 보라고 한다. 아내는 계란 두 개를 받아서 부글부글 솟아오르는 온천수에 넣고 4~5분 지나 꺼내어 까보았다. 반반숙의 계란이 되었다. 온천수의 온도가 섭씨 70도는 되는 모양이다. 계란을 하나씩 까먹고 5개를 더 사가지고 노천 온천장을 떠났다.

아내는 내려오면서 "참으로 중국에는 자원도 많고 흔하지. 저렇게 좋은 양질의 노천 온천수를 활용도 안 하고 그냥 흘려보내니 아깝네. 저것은 자원 낭비야."라며 아쉬워한다. "한국이라면 이 일대를 잘 정비해 노천풀장을 만들면 사람들이 구름처럼 몰려들 텐데. 나에게 임대 안 해 주나?" 자기가 이곳을 임대해 노천 온천 풀장을 만들어 사장이 되고 싶단다. "이 사람 꿈도 야무지네!" 한바탕 크게 웃고 내려오니 어느덧 백두산 정문이다. 광장에는 군데군데 사람들이 모여 있고 한참 후에야 이도백하행 버스가 도착했다.

버스를 타고 이도백하에 도착하니 벌써 5시가 되었다. 우선 어제 묵었던 여인숙을 찾았다. 주인이 반갑다고 하면서 옥수수 한 통을 내민다. 알이 꽉 차지 않았지만 연하고 부드러워서 맛이 있었다. 아내는 주인에게 짐을 맡겨 놓고 이도백하 주변 관광지를 찾아보자고 한다. 아내의 성화가 대단했다. 피곤하기도 하고 마음도 내키지 않아서 나는 별로 관광할 것이 없다고 심드렁하게 대꾸했다. 그랬더니 아내는 사람 사는 세상인데 왜 볼 것이 없느냐고 또 재촉이다. 한참을 걸어서 예전에 찾았던 장소를 두어 군데를 둘러보고 여인숙으로 돌아왔다. "좀 쉬었다가 저녁에는 송어탕으로 몸보신 좀 하자"고 하니 아내는 가격부터 물어본다. "한 150위안 정도일 거야." 했더니 잠자는데 50위안인데 한 끼 식사가 뭐 그리 비싸냐면서 한 20

위안 정도로 간단하게 때우잔다. 앞으로 돈 쓸 데가 태산인데 먹는 것은 최소한으로 하자고 한다. 결국 전날처럼 순두부국에 백반이다. 밥 한 공기를 더 시켜 먹은 나는 포만감에 나른해 쉬고 싶은데 아내는 이도백하 밤거리를 산책하자고 한다. 가능한 한 아내의 비위를 맞추면서 하자는 대로 하기로 마음먹으니 내 마음도 편해졌다.

주변을 한 바퀴 돌고 여인숙으로 돌아오면서 하는 말이 중국 사람들은 어딘가 안정감이 있고 여유가 있고 활달하고 따뜻하면서도 중후한 풍모가 보인단다. 어떻게 그렇게 빨리 파악했느냐고 칭찬해 주자 "내가 덩치가 크고 얼굴도 커 미련하게 보이지만 내 감각은 당신의 열 배야." 어릴 적 동네에 새로운 사람이 이사를 온다든지 새색시가 들어온다든지 잔칫집이 생기면 할머니가 자기를 데리고 다니며 사람들의 평가를 받았단다. 아내에게 자주 들었던 얘기다. "맞는 말이야. 당신이 사람 보는 능력이 탁월한 것은 사실이야." 하고 한 번 더 띄워 줬더니 "그럼 확실하지. 인정할 것은 인정해야지." 그런다. 우리는 여인숙으로 돌아와 백두 천지에서 목격한 신기한 현상들과 겪었던 일들을 다시 되짚어서 이야기하다가 잠이 들었다.

변경 유람기

다음 날 아침 일찍 버스를 타고 연길에 도착하니 터미널에 지인이 마중 나와 있다. 아내와 함께 백두산에 올라 있다는 내 전화를 받고는 깜짝 놀랐었단다. "잘 오셨소. 우리 집으로 갑시다." 내가 이번 백두 여정과 동북여행 그리고 북경에서 서안까지 일정을 이야기하니 "형님, 참으로 대단하오. 멋집니다." 하면서 격려를 한다. 우리는 연길 시내 식당 진달래집에서 냉면을 먹기로 하고 찾아가니 벌써 많은 사람들이 식사를 하고 있다. 진달래집 냉면은 모르는 사람이 없다. 양도 푸짐하고 특이하게 맛이 있다. 아침도 먹지 않고 출출한 참이었던 아내와 나는 맛있게 한 그릇씩 비웠다. 동행해 준 지인 부인에게 소소한 화장품류를 선물하고 헤어졌다.

도문행 버스 정류소에 도착하니 바로 출발하는 미니버스가 있었다. 도문에 도착해 지인에게 전화를 하니 터미널로 나오겠단다. 번거롭게 그럴 필요 없이 내가 집을 알고 있으니 찾아가겠다고 했다. 도문 역전 광장에 마침 인력거가 몇 대 서 있어서 우리는 인력거를 타고 10분쯤 걸려 지인 집에 도착했다. 10위안을 달라고 한다. 아내는 고맙다면서 20위안을 손에 쥐어준다. 인력거꾼이 연신 "시에시에(謝謝)" 하면서 머리를 숙인다. 아내는 자기 가슴을 툭툭 치면서 자기도 고맙다고 서툰

말로 "시에시에(謝謝)! 신쿨러(辛苦了)!"라고 말한다. 둘이 죽이 맞는다. 서로 파안대소한다. 나는 물끄러미 둘을 쳐다보면서 싱긋 웃어 주었다. 지인이 연립주택 앞에 나와 있다. 함께 집으로 들어갔다. 참으로 반갑고 편안했다. 그간에 간간이 전화 통화를 여러 번 했기 때문에 우리는 서로서로 근황을 잘 알고 있었다. 이런저런 얘기를 하다 보니 저녁때가 되었다.

우리는 북한의 남양시와 마주하는 두만강 변으로 산책을 나갔다. 두만강을 가로지르는 중조우의교(中朝友誼橋)로 가 봤다. 길이가 100미터 정도인 그 다리 중간에는 빨간색 표식이 서 있고 주변에는 빨간색 선이 그어져 있다. 북한과 중국의 국경선이다. 우리는 거기 서서 남양시 구석구석을 살펴보고 북한 쪽 두만강 변도 이곳저곳 살펴보았다. 다리 중간에 있는 국경선 넘어 한 발짝만 더 가면 북한 땅, 즉 우리 땅이다. 우리 땅이지만 지금은 갈 수 없는 곳. 이것이 현실이고 정치이다. 정치가 잘못되어 분단이 되고, 서로가 적이 되어 총부리를 마주하고 대치하고 있다. 아내는 감회가 남다른지 좀체 자리를 뜨지 못한다. 계속 남양시를 쳐다보면서 한숨을 쉰다. 착잡한 마음으로 발길을 돌려 중조우의교를 등지고 중국 쪽 두만강 변을 한동안 거닐었다. 두만강에 얽혀 있는 여러 가지 역사적인 사실들과 현재의 애환들을 이야기하면서 둑방을 내려오니 가게들이 즐비하다. 그중에는 골동품 가게와 같이하는 화방도 있다.

아내가 화방에 들러 그림을 감상하고 싶단다. 화방으로 들어갔더니 온통 산수화로 도배를 했다. 크고 작은 채색 산수화와 묵화부터 인물화에 이르기까지 다양하게 전시되어 있었다. 아내는 북한 작가들이 그린 산수화에 큰 관심을 보였다. 사실 아내는 강원도미전에서 수상도 했던 작가로 동양화, 그중에서도 산수화와 사군자를 좋아한다. 30여 년 전 속초시 여성회관에서 시작해 지금은 노인대학에서 동양화 강사로 활동하고 있다. 아내 말이 그 화방에 걸려 있는 작품들이 꽤나 훌륭하고 수준급이란다. 그러면서 작가들의 이름과 낙관을 자세히 점검한다. 틀림없는 북한의 대표적인 작가들의 그림이란다. 힘차고 웅장한 필치로 구체적이고 섬세하게 묘사한 사실화들로 영혼이 깃든 작품들이라고 극찬한다. 정창모 선생의 〈묘향산도〉, 문화춘 선생의 〈매화도〉, 방학주 선생의 〈죽림도〉, 김기만 선생의 〈새우도〉에 이르기까지 참으로 다양했다. 화랑 주인 말이 한국 관광객들이 이 화가들의 그림을 특히 좋아한단다.

명화 감상 뒤 돌아오는 길에 지인이 잘 아는 음식점에서 저녁 식사를 했다. 지인의 말로는 북한 사람들이 도문을 통하여 중국으로 넘어오는 확률이 제일 높다고 한다. 그들의 애환 섞인 이야기와 도문에 북한 사람들이 많이 와 있다는 이야기 등

등 여러 가지를 들려준다. 그러면서 내일은 양수 골짜기 충청도 마을을 한번 찾아보잔다. 느끼는 점이 많을 것이라고 한다. 지인은 우리에게 안방을 내어 주고 자기들은 옆방으로 가서 자겠단다. 싫다고 사양해도 소용이 없다. 벌써 침대를 깨끗이 정리해 놨다면서 그들은 옆방으로 갔다. 당혹스럽고 미안했지만 본의 아니게 남의 집 안방을 차지하게 되었다. 이러한 극진한 대접이 어디 있는가. 중국 사람들은 참으로 정이 깊고 속도 깊다.

아침에 일어나 두만강 변을 한 시간쯤 걸었다. 강변에는 능수 버드나무가 많고 강에는 자갈이 많고 물은 맑고 깨끗하여 세수하고 물도 한 모금 떠서 마셔보았다. 조선조 말부터 일제가 한반도로 진출할 때까지 우리 선인들과 독립투사들이 이 강을 얼마나 많이 건너다니면서 애환을 노래했겠는가. 눈에 환하게 그려진다. 마음이 울적하고 답답하다. 조약돌 몇 개를 집어 강으로 던지며 마음을 달랬다. 아내는 눈치가 참으로 빠르다. 나의 마음을 알아보고 "영험한 두만강이 앞으로는 아프고 나쁜 역사를 결코 허락하지 않을 거야." 하면서 나의 등을 툭툭 두드려 준다. 그 사이 지인 내외는 아침 시장에서 여러 가지 음식 재료를 사 와 요리 준비에 정신이 없다.

정성스럽게 차린 아침을 먹고 우리는 훈춘 양수 골짜기 왕청(汪淸)으로 넘어가는 길목에 있는 충청도 마을을 찾아갔다.

마을이래야 긴 골짜기 가운데 길옆 비탈진 곳에 허름한 집 몇 채가 전부다. 마을 입구에 있는 첫째 집 대문짝을 밀고 들어가면서 주인을 찾으니 허름한 안방 문이 열리면서 기력이 없어 보이는 한 노인이 누구냐고 묻는다. 정중히 인사를 하고 한국 강원도 속초에서 왔다고 하니 방으로 들어오란다.

집은 전형적인 북방식이다. 안방과 부엌이 좁은 마루를 통하여 연결되어 있다. 부엌은 크고 넓어 웬만한 가재도구와 일용품이 여기저기 걸려 있고 놓여 있다. 보아하니 나무 절구통, 짚신 틀, 가래, 함지박들이다. 부엌을 통하여 밖으로 나가니 조그마한 헛간이 있다. 거기에는 북방에서 농사일에 사용하는 조그마한 쟁기, 쓰레, 주리망태기 같은 것들이 보였다. 내가 어렸을 적에 보아 왔던 농사 도구들과 비슷했다.

주인 노인은 자기 아버지는 충청도 공주 사람이고 공주에서 먹고살기가 어려워 몇몇 사람들과 고향을 등지고 함경도를 거쳐서 두만강을 건너 이곳에 와서 황무지를 개간해 화전을 일구었단다. 소문을 듣고 공주에서 몇 가구가 더 참여하여 부락을 이뤘다고 한다.

이곳은 왕청으로 넘나드는 길목이라 오고 가는 사람들을 만날 수 있어 여러 소식을 들을 수 있고 독립운동을 하러 넘나드는 사람들이 많았고 실제로 독립운동에 투신한 분들도 있었단다. 건너편 산을 가리키면서 저쪽 골짜기에 자기 아버지와 어머니 산소가 있다며 눈시울을 붉히며 울먹인다. 고향 이야기를 많이 들어서 사정을 대충 알고 있단다. 부모님 고향인 공주를 한번 가 보고 싶은데 몸은 늙고 삶은 쪼들리고 이제는 갈 수 없고 자식들이 참으로 불쌍하다고 하면서 목이 멘다.

무슨 말로 위로해야 할지 듣기만 할 뿐 우리는 아무런 대꾸를 못 했다. "앞으로 좋은 일들이 많이 생기겠죠. 자식들과 손주들은 너무 걱정하지 마시고, 마음 편히 그리고 건강하게 오래오래 사세요." 인사를 하고 나오면서 아내가 800위안을 손에 쥐어 주고 나왔다. 마을을 벗어나면서 나는 아내에게 말했다.

"이역만리 타국 땅에서 저분처럼 한을 품고 살아가고 있는 사람들이 얼마나 많겠어. 1900년대 초 대기근과 그 후 일제의 침략으로 수십만의 우리 민족이 두만강을 건너와 이곳 만주 땅에 화전으로 황무지를 개간하면서 생명을 유지해 왔지. 그분들이 1세대야. 그분들은 거의 모두 돌아가시고 우리가 만났던 노인 같은 분들은 2세대, 그분의 아들딸들은 3세대, 손주들은 4세대, 지금은 5세대까지 중국 각처에서 살아가고 있지. 물론 우리 한국 사회에도 교민의 이름으로 진출하여 산업 전선에서 크게 공헌하면서 살아가고 있지. 이들 모두를 합하면 200만이라는 거야. 이분들은 엄연한 우리 한민족의 후예들이지. 똑같은 동포들인데도 국적이 달라서 국가로부터 아무런 혜택과 도움, 보살핌을 못 받고 있어. 그분들을 보면 늘 안타

깝고 연민과 죄스러움에 마음이 무겁고 답답해."

아내는 노인 집에서 나오는데 발이 잘 떨어지지 않아 불쌍하고 가련한 생각에 눈물이 났단다. 나는 아내에게 들어 보라며 여러 이야기를 했다. "중국 동북지방에 살고 있는 우리 조선족 동포들은 중국 한족(漢族)들 틈에서 힘겹게 살면서도 그들에 동화되지 않았어. 우리 한민족의 자주성과 독립성을 꿋꿋하게 지키면서 고유한 민족정신, 민족문화를 계승 발전시키고 특유의 강인한 개척정신과 불굴의 의지로 삶을 영위해 왔어. 그러면서도 한족, 즉 중국 사람들과 조화 융화하면서 큰 마찰 없이 우호적으로 생활하고 있지. 얼마나 슬기로운 민족이야. 이러한 특성을 가지고 살아가는 우리 조선족 동포들을 나는 항상 존경하고 사랑하지."

나는 아내의 어깨를 툭 치면서 "그런데 만주를 중심으로 한 이곳 동북지방의 조선족 동포들이 그 구심점을 잃으면서 조금씩 분해되어 중국 전역으로 흩어지고 있고 뿐만 아니라 또 일부는 우리 한국으로 진출하여 살아가고 있지. 한국으로 진출한 동포들은 산업 현장과 보육 현장에서 열심히 일하면서 우리 한국 사회에 크게 공헌을 하고 있지. 그 숫자가 무려 70만 명이야. 같은 언어, 같은 의식과 생각, 같은 생활 문화를 가진 한마디로 이웃들이야. 한국 사람들과 잘 융합하여 살아가지만 때로는 삶의 현장에서 갈등도 있고 부딪히기도 하고, 차별도 받고 상처도 받지. 설사 공헌을 못하고 도움이 되지 않는다고 해도 같은 동포이고 같은 형제인데 절대 이분들에게 상처와 차별, 불이익을 주어서는 안돼. 사랑하고 보듬고 도와줘야지."

나는 또 아내의 어깨를 툭 치면서 어떻게 생각하느냐고 물었다. 아내는 우리가 크게 발전하여 선진국 반열에 들고 경제력과 수출이 세계 10위권을 넘나들고 문화 선진국이 되었다는데 이제 중국 동포들을 우리 정부가 책임과 의무감을 가지고 잘 보살피고 도와주어야 한단다. 참으로 훌륭한 생각이라고 칭찬을 해 주었다.

나는 이어서 말했다. "그런데 중국에서 들어온 우리 동포들은 중국 국적을 가진 중국 사람들이야. 그분들이 한국으로 귀화하지 않는 한 중국 사람들이야. 마치 우리나라에 들어온 베트남 사람, 태국 사람, 필리핀 사람과 똑같은 외국인이지. 국제법상 그렇다는 거야. 그러나 이들을 크게 보듬고 도와줄 수 있는 방법은 있지. 바로 중국 동포 처우를 위한 특별법이야. 우리 국회에서 법을 만들어 통과시키고 정부에서 집행하면 되는 것이지. 우리 한국은 지금 할 일들이 너무나 많아요. 남북 분단을 극복하고 민족통일 정부를 이루고 그리하여 고유한 민족문화를 더욱더 융창 발전시키고 나아가서 세계의 평화를 견인하면서 인류 문화 창달을 선도하고, 미래에 전개될 인류 미래사도 연구하며 설계해야 해. 우리는 할 수 있을 거야. 우리 한민족의 탁월한 능력과 지혜를 가지고 7천만 한민족 모두가 한마음 한뜻으로 단결하여 사명감과 소명의식으로 매진하면 하늘도 도와주실 것이야." 아내가 맞장구를 친다. "할 수 있다. 우리는 할 수 있다!" 큰 소리로 고함을 친다. 우리는 가벼운 발걸음으로 양수 계곡을 내려왔다.

양수 버스 정류장에서 몇 가지 소비품을 사고 곧바로 훈춘발 미니버스를 타고 도문에 도착했다. 지인 내외와 함께 저녁식사를 하러 도문에서 유명하다는 식당으로 갔다. 오늘 식사는 우리가 사겠다고 집사람이 이야기하니 지인 내외가 무슨 소리냐고 펄쩍 뛴다. 만약에 자기들이 속초에 놀러 가면 손님인 자기들에게 우리가 식사 대접을 받을 수 있겠느냐며 너무 섭섭한 말은 하지 말란다. 여러 가지 음식이 줄줄이 나온다. 처음 먹어 보는 것도 있고 향과 맛이 특이했다.

우리는 식당에서 나와 지인 집까지 약 30분간 산책 겸 걸었다. 집에 도착해 우롱차를 끓여 놓고 마시면서 석을수, 두만강과 토문강, 송화강, 목단강 등은 물론 독립운동의 근원지인 용정, 해란강, 일송정까지 우리 한민족사에서 의미가 깊은 곳들에 관한 많은 이야기를 나누었다. 지인은 중국 사회에서 지위가 꽤 높은 분으로 중국 근현대사에 조예가 깊은 지식인이었다. 우리 역사에 관한 책도 많이 읽어 민족의식도 투철한 사람들이었다. 밤늦도록 새롭고 다양한 지식과 경험담을 듣고 그들의 높은 식견에 놀라움을 금치 못했다. 참으로 유익했다.

다음 날 아침 지인과 아쉬운 헤어짐 후에 우리는 연길로 출발했다. 연길 정류장에 내려 택시로 모화산 입구에 도착했다. 빙글빙글 모화산을 올랐더니 연길시 동서남북 모두가 한눈에 들어온다. 저 멀리 아련하게 용정 시내와 화룡 쪽을 바라보며 독립군들의 모습을 그려 보다 하산하고 바로 연길 궈마오 시장을 찾았다. 시장 구석구석을 구경하고 필요한 용품 몇 가지를 사고 나니 배가 고파 만두 가게에 들렀다. 두부 몇 쪽과 콩국물에 꽈배기, 빵, 만두 몇 쪽을 먹고 나니 피로가 몰려오면서 잠이 쏟아진다. 강행군을 한 것은 사실이다. 아내는 피곤하지도 않은지 시장 구경을 좀 더 하자고 한다. 나는 내키지는 않지만 그렇게 하자고 동의하고 아내의 뒤만 따라다녔다. 한참 후 우리는 휴식차 빈관을 찾았다. 몇몇 지인들에게 전화를 하고 용정은 내일 아침에 출발하자고 했다.

다음 날 아침 우리는 빈관을 나와 불과 30~40분 거리에 있는 용정을 찾았다. 용정 명동촌 명동학교, 윤동주 선생의 생가와 다니던 대성중학교(현재 용정중학교) 그리고 박물관을 두루 거쳐 용두레 우물을 찾았다. 아내가 말하길 문익환 선생도 용정 출신으로 대성중학교를 졸업하고 용정에서 결혼까지 했다고 한다. 어떻게 아느냐고 하니 학교 다닐 때 자기가 꿈 많은 문학도라 당시 『사상계(思想界)』를 구독했었는데 그때 읽었던 시대정신의 총아가 바로 문 선생이었단다. 민족주의자였던 문익환 선생은 종교인이자 철학자일 뿐만 아니라 박정희 독재에 맞서 치열하게 투쟁한 행동파 지식인이란다.

우리는 용두레 우물가 나무 밑에 앉아서 잠시 휴식을 취했다. 노인들이 둘러앉아 장기 두는 것을 쳐다보고 있는데 할머니 한 분이 손주를 데리고 나온다. 손주의 손목을 잡고 걸음마 시키는 할머니의 모습이 천진스럽고 평화로워 보였다. 할머니의 손주 사랑이 하늘까지 닿았다. 나는 부러운 듯 아내에게 "저것이 인생이고 삶이고 사랑이야."라고 말했다. 장기를 두는 노인들 앞으로 가서 인사를 하고 우리는 한국에서 온 관광객인데 이곳에 한국 음식점이 있느냐고 물었다. 자기들끼리 한참 떠들어 대더니 한 노인이 자기를 따라오란다. 골목으로 조금 가더니 저기 있는 식당이 조선족이 운영하는 식당이란다. 고맙다고 인사를 하고 식당으로 들어갔다.

"안녕하세요?" 하니 식당 주인은 바로 "한국에서 왔어요?"라고 되묻는다. 그렇다고 하니 자기는 말투만 들어도 조선족인지 한국 사람인지 북한 사람인지 바로 안다면서 반가워한다. 자기 막내딸이 한국 대학에서 유학하고 있고 자신도 2년 전에 한국에 갔다 왔다고 했다. 시흥, 가리봉동, 대림동 쪽에 조선족들이 많이 가 있다고 하면서 한국에 관한 여러 이야기를 한다. 보아하니 자기주장이 강하고 자존심도 있고 앞에 나서기를 좋아하는 사람 같았다.

우리에게 이것저것 물어보더니 식당 주인은 용정 자랑을 시작한다. 용정은 연길의 반도 안 되는 작은 도시이지만 옛날에는 조선족의 중심지 역할을 해 왔고 특히 독립운동을 제일 먼저 시작한 곳이란다. 문명한 곳이고 부유한 곳이라 사람들이 착하고 근면하며 예의 바르고 머리가 좋다고 자랑이 대단하다. 조선족 자치주에는 훈춘, 도문, 연길, 화룡, 안도, 돈화, 왕청, 용정이 있는데, 그중에서도 용정에 조선족이 제일 많이 살고 있다고 했다. 지식인과 독립운동가 후손, 사업가 등 훌륭한 사람이 많고 자치 정부는 물론 중앙 정부에도 용정 출신들이 많이 있단다. "아, 그렇습니까? 용이 먹는 우물이 있으니 복 받은 땅이지요." 나도 맞장구를 쳤다. 실제로 일제 때 북간도 용정이 독립운동의 산실이자 독립정신의 구심점으로서 역할을 해 왔기 때문에 일송정, 해란강, 용두레 우물, 용문교, 용주사, 비암산 등이 선구자의 노래 가사에도 나오지 않겠느냐고 하니 그 사람은 나더러 대단한 지식을 가진 사람이란다. 박경리 선생의 장편 대하소설 『토지』에서도 용정에 관한 이야기가 있다고 하면서 소설 속 용정에 얽힌 이야기를 해 주었다.

경남 하동 평사리 최 참판댁 무남독녀 서희가 그 하인 길상을 데리고 독립운동을 하러 찾아든 곳이 이곳 용정이었다. 서희는 하인 길상을 독립군으로 만들었고 자신은 독립군의 군자금을 조달하여 줬다. 용정은 당시 한민족의 민족정신과 독립정신의 요람이었을 뿐만 아니라 실제 활동무대였고 생활공간이었다. 일제침략에 항거하고 민족의 주권회복과 자주독립을 쟁취하기 위한 마지막 희망이자 보루였던 용정이야말로 당시 한민족의 역사와 정신이 응집되어 녹아든 펄펄 끓는 용광로였다고 나는 힘주어 이야기했다. 우리는 음식점 주인과 마치 10년 지기 친구가 된 듯 여러 이야기를 주고받으며 시원한 냉면 한 그릇을 후딱 비우고는 서로 포옹을 하며 작별했다.

잠시 후 우리는 유유히 시내 한복판을 가로질러 흐르는 해란강 강가에 섰다. 해란강! 그 얼마나 많이 불러 보았던 이름인가. 너무나 감회가 새로웠다. 아내가 조용히 말한다. "해란강, 상당히 큰 강이라고 생각했는데 조그만 개천이네." 한다. "비록 큰 강은 아니고 개천이지만 1000년 두고 흐른다지 않소. 크고 작은 것이 무슨 상관이오. 민족정기와 선인들의 애환이 녹아 흐르면 그만이지." 쭈그리고 앉아서 해란강 물을 한 움큼 떠서 마시고 세수도 했다.

그리고 천천히 일어나 다리를 건너 시내 오솔길을 따라서 비암산(琵岩山) 일송정에 올랐다. 비암산! 얼마나 아름답고 영기(靈氣)가 가득하면 선녀가 내려와 비파를 탈까. 산은 비록 크지 않지만 기운차게 우뚝 서 있고 능선이 뻗어 내린 정상 부근에는 신비스럽고 영감이 도는 바위들이 즐비하다. 산 전체가 범접할 수 없는 기운으로 꽉 차고 덕과 정기로 가득한 군자의 풍모다. 산 정상에는 작은 정자각이 세워져 있고 그 옆에 소나무 한 그루가 서 있다.

바로 일송정이다. 일송정 푸른 솔은 늙어 갔어도 푸른 솔 일송정이구나. 가슴이 뛰고 숨이 가빠 오르는가 싶더니 눈물이 주르륵 흐른다. 일송정 푸른 소나무를 가슴으로 껴안았다. 지름은 20여 센티미터, 높이는 5~6미터, 비록 어리고 작은 소나무이지만 나에게는 수백 년이 넘은 크고 우람한 노송이다. 수백 년간 만주 벌판에서 벌어진 우리 민족의 애환을 지켜보면서 우리를 보듬어 주고 격려하고 용기를 불어넣어 준 노송이다. 정자각에 올랐다. 동서남북 어디를 보아도 막힘이 없고 사방이 탁 트였다. 용정 시내가 한눈에 들어오고 시내 한복판을 흐르는 해란강 흰 물줄기가 아스라이 보인다. 화룡 쪽을 쳐다보니 그쪽으로 뻗은 70리 긴 평야가 꿈틀꿈틀 용이 기어가듯 구불구불 펼쳐져 있다. 일송정 주변에는 아무도 없다. 아내와 나뿐이다. 간간이 바람만이 휘휘 얼굴을 스친다. 눈을 감고 민족과 통일에 대한 소원을 빌고 다시 몇 바퀴 주변을 맴돌았다.

아내가 정자각 난간 쪽으로 몇 발짝 걸어가 소나무 잎과 가지를 만져 보면서 나지막한 작은 소리로 〈선구자〉를 부른다. “일송정 푸른 솔은 늙어 늙어 갔어도 한 줄기 해란강은 천 년 두고 흐른다. 지난날 강가에서 말 달리던 선구자 지금은 어느 곳에 거친 꿈이 깊었나. 용두레 우물가에 밤새 소리 들릴 때 뜻깊은 용문교에 달빛 고이 비친다. 이역 하늘 바라보며 활을 쏘던 선구자. 지금은 어느 곳에 거친 꿈이 깊었네. 용주사 저녁 종이 비암산에 울릴 때 사나이 굳은 마음 깊게 새겨 두었네. 조국을 찾겠노라 맹세하던 선구자. 지금은 어느 곳에 거친 꿈이 깊었나."

선구자들의 모습을 머릿속에 그리면서 고개를 높이 쳐들고 가슴을 활짝 펴면서 나도 큰 소리로 선구자의 노래를 따라 불렀다. 속이 시원하고 기운이 힘차게 솟아오른다. 나는 일송정 난간에 서서 솔잎을 만지작거리면서 아내에게 이 소나무는 한국에서 옮겨 와 심은 것이라고 설명해 주었다. 아내와 함께 다시 몇 바퀴 일송정을 돌며 오래오래 수백 년 더욱더 푸르러 한민족 정신과 혼의 상징이 되소서 하고 빌었다. 해란강은 화룡 쪽 평원에서 흘러들어 비암산을 감돌아서 용정 시내 한복판을 관통하고 몇 번 구불구불 돌아 연길 쪽으로 흘러들고 드디어 도문을 거쳐 두만강으로 흘러들어 가는 강이다. 일송정과 해란강이야말로 우리 한민족의 영혼이고 기백이다.

일송정을 뒤로하고 비암산을 내려와 용정 화룡 국도에 이르니 벌써 해가 저물어 간다. 용정은 저 멀리 까마득한데 지친 몸으로 걸어갈 수가 없어 길가에 앉아 있는데, 화룡 쪽에서 택시가 넘어온다. 택시는 연길에서 화룡까지 갔다가 돌아오는 길이란다. 행운이었다. 택시를 타고 어제 저녁에 묵었던 호텔 숙소에 도착했더니 호텔 종업원이 알아보고 또 왔느냐고 반가워한다.

다음 날 아침 호텔식을 하고 화룡행 버스를 탔다. 한 시간 반가량 지났을까 드디어 화룡 버스 정류장이다. 택시를 타고 유명한 청산리(靑山里) 대첩지를 찾았다. 화룡 삼도구 골짜기로 접어들어 조금 오르니 커다란 저수지가 나타났다. 저수지를 오른쪽에 두고 구불구불 한참을 지나가니 저수지는 끝나고 좁은 실개천이 나타난다. 실개천을 따라 한참 오르니 좌우 산협 사이로 좁은 골짜기가 쭉 뻗어 있고 몇 채의 농가 주택이 시야에 들어온다. 종점이다. 택시를 세워 두고 오른쪽 산비탈을 조금 오르니 청산리 대첩비가 우뚝 서 있다. 대첩비 앞에 무릎을 꿇고 미리 준비해 간 백주 한 잔을 부어 놓고 대첩 비문에 기록되어 있는 의사님들의 영혼 앞에 절을 올렸다.

"조국의 독립을 위하여 기꺼이 한 몸 조국에 바치신 의사님들이시어. 그 저주스러운 일본은 패망하고 조선은 독립하였습니다. 이제 저 높은 하늘나라에서 평안한 마음으로 공락을 누리시며 영생하십시오. 몸 둘 바를 모르겠습니다. 고맙고 감사합니다. 조국을 찬란하게 광구하신 영령님들이시여." 고유제를 올리고 일어나 다시 주변 이곳저곳을 살펴보니 너무나 초라하고 쓸쓸한 모습이다. 마음이 아프고 죄스러웠다. 국가에서, 아니면 사회단체에서라도 주변을 깨끗이 단장하고 작게나마 성역화하면 조국을 위하여 몸 바치신 영령들의 마음이 조금이나마 평안하실 터인데. 소망을 빌어 보았다.

우리는 내외가 대첩비 앞에 앉아서 쉬고 있는데, 두런두런 말소리가 들려 쳐다보니 중국 사람 둘이 올라오고 있었다. 조심스럽게 어디서 왔느냐고 묻는다. 한국에서 왔다고 하니 힐끗 한번 쳐다보고는 다시 내려간다. 그들을 따라 내려가면서 하루에 참배객이 몇 명이나 되는지 물어보았다. 거의 없다고 한다. 간혹 10여 명씩 버스나 택시를 타고 와서 슬쩍 둘러보고 간단다. 이 마을에 한국 사람은 살지 않고 자기들도 언젠가는 마을을 떠나 시내로 이사할 예정이란다. 몹시 쓸쓸하고 측은해 보였다. 택시를 타고 다시 화룡으로 돌아오는 길에 나는 아내에게 청산리 전투에 대해서 아는 대로 이야기해 주었다.

“청산리 전투는 우리 독립운동사에 길이 남을 기념비적인 대승으로 일본 침략자들의 가슴을 서늘케 하고 두려움을 안겨 준 승리의 전주곡이지. 이 청산리 대첩은 세계 전쟁사에서도 찾아보기 힘든 대첩 중의 대첩이야. 3.1 독립운동 다음 해인 1920년 10월에 만주 북간도에 있던 김좌진 장군과 그 휘하 이범석 장군이 이끄는 북로군정서와 한국독립군, 대한독립군이 연합한 독립군 1천200명이 일본군 5천 병력을 상대로 화룡현

삼도구 청산리 백운평, 천수평, 완루구에서 엿새간 싸웠어. 일본군은 전사자 1천여 명, 우리 독립군은 1백여 명 사상자로 대승을 거둔 전투야. 어때? 속이 시원하지? 쾌거 중의 쾌거야."

백운평, 천수평의 긴 계곡을 빠져나와 화룡에 도착하니 한 시가 되었다. 버스 정류장 근처 백숙 집에서 점심을 먹고 연길행 버스를 탔다.

이제 내일부터는 북경 관광을 시작할 거라고 하니 아내는 훈춘의 방천, 즉 중국과 러시아 북한의 3개국 접경지를 가 보고 나서 북경으로 가자고 고집을 부린다. 방천은 우리의 마지막 관광코스로 속초로 돌아갈 때 잠시 둘러보면 된다고 하니 아내는 펄쩍 뛰면서 막무가내이다. 그리하여 연길에 도착하자마자 바로 훈춘행 버스에 올랐다. 훈춘에 도착하니 벌써 6시다. 훈춘 빈관을 찾아 들어가 방을 잡고, 즉시 나와 인근의 음식점에서 간단한 저녁 식사를 하고 일찍 취침에 들었다.

아침에 일어나 보니 벌써 날이 밝았다. 훈춘은 내가 중국과 러시아를 드나드는 길목일 뿐만 아니라 1992년 우리 속초시와 자매결연한 도시다. 상주 업무처도 있고 훈춘시의 야심작인 국제무역지구가 있어 속초 사업가들이 자주 찾고 또 실제로 국제무역지구에서 사업하는 분들도 여러 분 있다. 나 또한 상주 업무처 직원도 잘 알고 이곳에서 사업하는 속초 사람들도 많이 알고 있다. 몇 군데 전화를 하니 반갑다고 하면서 아침 식사 전이면 같이 식사를 하자면서 빈관으로 오겠단다. 빈관에서 차를 한 잔씩 마시고 맞은편에 있는 식당으로 가서 청국장을 끓여 놓고 간단한 아침 식사를 했다. 청국장이 얼마나 맛이 있는지 아내는 칭찬이 대단하다. 속초와 훈춘 이야기부터 시작하여 수산물가공사업, 의류제조사업, 무역 등 한참 이야기를 주고받고 있자니 아내가 내 옆구리를 자꾸 쿡쿡 찌른다. 빨리 본론부터 이야기하라는 것이다. 사실은 백두산을 둘러보고 북경 관광을 떠나려고 하는데 아내가 훈춘, 방천 먼저 관광하고 싶다고 해서 연길에서 들어왔다고 사정을 말했다.

그들은 요즘 방천은 날개가 꺾이고 사람들의 호기심에서 멀리 벗어났다면서 몰려드는 사람들도 별로 없고 집값, 땅값도 많이 떨어졌단다. 중앙 정부에서 별로 관심도 안 보이고 지방 정부도 개발과 투자를 하지 않는단다. 방천은 두만강 하구에 위치한 중국 땅으로 풍광이 수려하고 교통과 무역이 활발한 곳이다. 작은 능선을 넘으면 러시아 땅 하산이고 두만강을 건너면 북한 땅 온성이다. 말 그대로 북·중·러 3국 접경지이다.

우리는 지인들과 작별하고 방천을 찾았다. 훈춘 시내에서 택시를 타면 한 시간 남짓 가까운 거리다. 두만강 하구 변 방천은 탁 터진 두만강 하구를 가운데 두고 북한 땅 온성과 중국 땅 방천이 마주보고 있고 전망대에 오르면 산등성 넘어 러시아 땅 하산이 눈에 들어온다. 그리고 동쪽은 멀리 아련하게 검푸른 동해 바다로 태평양으로 이어진다. 두만강 하구에서 동해 바다까지 백사장이 끝없이 광대하게 펼쳐져 있다. 참으로 장관이다. 이곳 방천은 천혜의 땅이다. 북한, 중국, 러시아 3국이 합의해 이곳에 치외법권 지역인 국제도시를 만들면 얼마나 좋을까? 천혜의 길지인 방천이 국제무역항으로 크게 발전하기를 희망하면서 전망대를 내려왔다.

근처에 있는 홍보관 3층에 오르니 바로 두만강이 유유히 흘러 동해 바다로 흘러들고 강 건너는 온성 땅에는 북한 사람들이 보인다. 아내는 이곳저곳을 돌아다니면서 사진 찍기에 정신이 없다. 백두산 전경을 담은 그림도 있다. 백두산 영봉과 천지, 장백폭포까지 그려져 있다. 홍보관을 나와 마을에 들어섰다. 군데군데 음식점이 있는데, 한 곳을 보니 민물고기탕 집이었다. 대절한 택시 기사와 함께 잉어탕을 먹기로 했다. 민물고기탕 집 사장이 하는 말이, 방천엔 소택지가 많이 있고 두만강도 있어서 민물고기 종류도 많고 큰 놈도 많다고 한다. 그러면서 소택지에 가면 물도 깊지 않고 고기가 많아서 낚시하기 좋다면서 며칠간 낚시하면서 쉬었다가 가란다. 집에 방이 몇 개 있으니 숙박비는 받지 않고 잉어, 붕어, 메기 등을 잡으면 자기가 사겠단다.

잠시 후 사장은 조용히 우리를 뒷문으로 불렀다. 북한 물건들이 많이 있는데 한국 사람들이 물건이 좋다면서 많이 사 간단다. 술 종류, 식품류, 공예품, 선전책자, 그림, 주방기구까지 없는 것이 없다. 우리는 내일 북경으로 떠나 서안까지 긴 여행을 할 거라 짐이 되어 살 수가 없고 귀국할 때 시간이 나면 들르겠다고 했다. 그사이 잉어탕이 나와서 몸보신 겸 점심으로 아주 맛있게 잘 먹고 주인과 인사를 나눈 후 훈춘으로 돌아왔다.

아내는 방천이 너무 인상 깊고 살고 싶은 마을이란다. “국제도시가 되면 방천으로 이사를 와서 북한과 러시아를 두루 돌아다니며 살 수 있으면 얼마나 좋을까?”라고 한다. 나는 위로 겸 한마디 했다. “지금은 국제화 시대야. 방천이 국제도시로 홍콩처럼 얼마든지 변할 수 있지. 희망을 걸어 보자고. 사실 나도 방랑벽이 있잖아. 우물 안 개구리의 삶에서 우물을 박차고 튀어나와 넓은 세계로 훨훨 날아다니면서 살고 싶어. 꿈이 있으면 언젠가는 실현된다잖아. 우리 함께 큰 꿈을 꾸어 봅시다.”

우리는 훈춘 버스터미널에서 바로 도문행 버스를 타고 다시 지인 집을 찾았다. 저녁 7시에 북경행 열차가 있다고 하기에 서둘러서 저녁을 먹고 도문 기차역으로 갔다. 북경행 열차표를 끊고 기차에 오르니 비로소 마음이 홀가분해진다. 이제부터는 북경 유람이다. 설레고 조금 흥분이 된다.

북경 유람기

왁자지껄 혼란스럽던 기차 안이 차츰 조용해지기 시작했다. 일등석이라 그런지 누웠더니 안락하고 편안했다. 간간이 잠이 깨어 창밖을 내다본들 덜컥덜컥 기차 달리는 소리뿐 어둡기만 하다. 간혹 가깝게 또는 멀리서 불빛이 보였다 사라진다. 아마도 도시를 지나고 있겠지. 잠이 오지 않는지 아내는 부스럭부스럭 연신 뒤척인다. 나도 덩달아 깊은 잠이 오지 않는다. 얼마나 시간이 흘렀을까, 날이 뿌옇게 밝아 오기 시작한다. 도착시간이 가까워서 그런지 통로에는 발걸음 소리가 분주해지고 떠드는 소리가 점점 커진다. 드디어 북경(北京)이다. 앞으로 이곳에서 부딪힐 일들을 생각하니 잠시 불안하고 당황스러운 마음이 들었다.

인파에 묻혀서 떠밀리듯이 북경역을 빠져나오니 역사 앞은 말 그대로 인산인해. 이리저리 부딪히면서 군중 속을 헤치고 빠져나오니 곳곳에서 현수막과 피켓을 들고 또는 종이에 글씨를 적어 들고 흔들면서 사람들을 부른다. 어떤 사람들은 우리에게 접근하여 무슨 소리인지 큰 소리로 마구 떠들어 댄다. 도저히 무슨 말인지 모르겠다. 무리무리 몇 명씩 사람들이 모이고 버스에 오르는 사람들, 또 무리 지어 피켓 든 사람들을 따라가는 무리들로 사방이 혼란스럽다. 한쪽으로 밀려나 이곳저곳 쳐다보니 천단, 만리장성, 고궁이라고 쓴 피켓이 보인다. 밑에는 작은 글씨로 2박 3일. 그리로 다가가 서툰 중국말로 한국에서 북경관광을 왔다고 하니 반가워하면서 앞에 버스가 있으니 가서 타고 있으란다. 가서 보니 5명이 앉아 있다. 버스 앞쪽에 자리를 잡고 나서 한동안 시간이 흐르고 떠들썩하더니, 네 사람이 또 오른다. 보아하니 우리 둘까지 모두 11명이다. 곧이어 여성 안내원이 나타나 떠들어 대는데 무슨 말인지 귀에 들어오지 않는다. 천단 소리가 자주 들리니 천단 관광을 먼저 하는 모양이다. 예상대로 목적지는 천단이다.

천단(天壇)은 중국에서 가장 신성한 곳으로 역대 왕조의 황제들이 제천의식의 하나로 하늘을 우러러보면서 태평성대를 기원하며 제사를 지내던 곳이다. 버스에서 내려 보니 중앙이 둥글고 크고 웅장한 둥근 건축물이 있다. 주변은 넓고 크고 광대한데 깨끗하고 모든 문물이 잘 정돈되어 있다. 주변은 신령스럽고 신비한 기운이 감도는데 그 기운이 하늘로부터 내려오는 듯하다. 외경스럽다. 위압감과 두려움이 교차하고 머리가 숙여진다. 나와 아내는 황제와 황후는 아니지만, 황제의 몸으로 황후의 모습으로 하늘에 고하면서 빌어 보았다. "하늘이시여. 나라와 사직 만 백성을 어여삐 굽어 살펴 주시옵소서. 우순풍조(雨順風調)하고 국태민안(國泰民安)하여 모든 생명이 풍요롭고 평안하게 살아가게 해 주십시오."

천단을 우러러 고개 숙여 두 손 모아 하늘에 기도하고, 주위를 보니 많은 사람들이 우리처럼 소원을 비는 모습이 너무도 경건해 보였다. 옆에 있는 아내는 아직도 두 손을 이마에 대고 골똘하게 기도에 열중하고 있었다. 아내에게 무슨 기도와 소원을 빌었느냐고 물어보았다. 아내는 기도와 소원은 물어보는 것이 아니라면서 내 손을 잡더니 조심스럽게 "하늘이 모든 것을 창조하고 만들었으니 모든 것이 하늘의 자손이 아닙니까? 더욱더 사랑하고 애정을 베풀어 달라고. 특히 지구촌의 모든 존재들, 인간들과 생명체들, 그리고 우리 한민족과 우리 가족들을 무탈하게 보살펴 주세요." 라고 빌었단다. 기도와 소원 내용이 훌륭하다고 했더니 내 허리를 꽉 껴안는다.

천단 구조물은 기저를 흰 대리석으로 크고 둥글게 원형을 쌓아 놓고 그 위에 하늘처럼 둥근 모습으로 건조되어 있었다. 명(明)나라 영락제(永樂帝)가 북경 남교로 옮기고 그 뒤에 가정제(嘉靖帝)가 원구(圓丘)와 대향전(大享殿)을 지었단다. 가정제는 특히 도교의 신선술을 탐닉한 황제이기 때문에 궁중 거처도 천단처럼 꾸며 놓고 살았단다. 천단공원을 뒤로하고 우리 관광단은 유리창(琉璃廠) 골동품 거리와 왕푸징(王府井)을 돌아보고 숙소로 돌아왔다.

방 배치를 받고 숙소에서 준비한 음식으로 저녁 식사를 마치자 인솔 안내원이 일행을 각각 소개시킨다. 연길에서 온 친구 사이인 젊은 여자 두 사람, 하얼빈에서 온 두 부부와 아들, 퇴원해서 온 노인 부부와 아들 내외, 그리고 우리 부부까지. 한국 사람이라고 하니 모두가 친절하게 우리를 배려해 준다.

다음 날은 일찍 아침을 먹고 명13릉과 만리장성을 관광하겠단다. 아침에 일어나 숙소 주변 안개 낀 북경 거리를 산책하다가 들어와 식사를 마치고 버스에 올랐다. 한 시간 남짓 지났을까? 드넓은 광장이 나타나고 인파와 버스들이 순식간에 들어찬다. 지하 무덤에는 황제가 생전에 사용하던 생활용품들이 전시돼 있었는데 상상을 초월할 정도로 화려했다. 죽고 난 뒤 지하 무덤이 이러할진대 살아서는 어땠을까? 권력이란 무엇이고 황제란 어떤 존재인가? 여러 가지로 마음이 착잡했다. 안내원으로부터 허락받은 자유 관광은 한 시간. 30분 만에 끝내고 차에 오르니 이미 다른 팀들도 차에 올라와 있다. 명13릉 관광은 다들 별로 재미가 없었나보다.

버스는 다시 출발해 이리저리 구불구불 산모퉁이를 여러 번 휘감고 돌아 하염없이 위로 오른다. 드디어 거대한 팔달령 만리장성이 우리를 압도하듯 우뚝 선다. 골짜기에 넘쳐나는 사람들 모두 흥분되고 격양된 모습이다. 장성으로 오르는 계단 앞에는 사람들이 구름처럼 모여들고 그 앞 커다란 바위에 붉은 글씨로 적힌 '不到長城非好漢' 즉, '장성에 오르지 않으면 진정한 사나이가 아니다'라는 모택동(毛澤東)의 문장이 보인다.

무리 속에서 떠밀려 오르다 보니 어느새 만리장성에 올랐다. 장성은 왼쪽으로 멀리 흘러내리고 오른쪽으로는 치솟고 또 치솟고를 여러 차례 반복하며 멀리 까마득한 산등성이로 한없이 올라간다. 군데군데 성루가 세워져 있다. 참으로 장대하고 호쾌한 모습이다. 이 장성에 올라보기를 얼마나 고대하고 소망했던가. 중국의 역사, 지리, 정치, 문화를 꽤나 알고 있다고 자부해 왔던 나였지만 정작 중국의 상징인 만리장성을 이제야 오르다니 한편으로 쑥스럽기도 했고 또 한편으로는 만시지탄(晩時之歎)의 아쉬움이 느껴지기도 했다. 한 30분을 헐떡이며 정신없이 오르니 그제야 사람의 물결이 줄어들고 이곳 저곳에 빈 공간도 보였다.

팔짱을 낀 채 세 번째 성루에 몸을 기대자 저 멀리 서북쪽으로 산과 협곡, 평원이 일망무제로 아득히 시야에 들어온다. 지그시 눈을 감으니 북방의 흉노, 몽골족들의 거친 말발굽 소리와 칼을 휘두르며 외치는 와! 하는 함성과 함께 활시위 소리가 난무한다. 조용하던 장성이 별안간 피비린내 나는 전쟁터로 변한다. 남쪽 한족의 농경문화와 서북쪽 흉노족과 몽골의 초원문화, 그 두 문화가 서로 타협하며 조화를 이뤘다면 이 거대한 만리장성이 왜 필요했겠는가. 약탈과 방화, 살육과 파괴 속에서 죽어 나가는 민초들. 장성 축조로 국고는 탕진되어 민생은 도탄에 빠지고 노역과 채찍 속에서 신음하는 백성들. 가슴이 메어왔다.

말 4필이 횡으로 마구 달릴 수 있는 넓이에 사람 키의 4배 높이로 험준한 산을 넘고 계곡과 초원을 가로지르며 멀리 서쪽 가욕관(嘉峪關)에서부터 동쪽 산해관(山海關)까지 무려 1만 리다. 기원전 220년 진시황(秦始皇)이 축성하여 역대 왕조를 거치면서 보수되어 지금의 형태를 갖춘 세계 7대 불가사의 건축물. 흙과 돌로 축조되었지만 달에서도 인간 구조물로는 유일하게 보인다는 만리장성. 그 위용이 상상을 초월한다. 최근에는 동쪽 산해관에서 다시 동북 단동(丹東)까지 천리장성을 더하여 1만2천리 장성이라고 한다. 아내가 끼어든다. "3천리 금수강산이라는 우리나라는 백두산에서 한라산까지 3천리라는데 만리장성은 그것의 4배나 되네요. 우공이산(愚公移山)이라는 말이 있듯이, 중국 사람들의 불굴의 의지와 지구력, 참을성과 인내심은 세계에서 일등이지요. 이런 정신은 매사에 조급하고 쉽게 끓어오르는 우리 한국 사람들도 배워야 해요."

천천히 가자며 나의 팔을 잡아끄는 아내를 재촉했다. "우리가 많이 올라와서 그렇지, 다른 일행들은 지금쯤 버스를 타고 있을 거요. 서두릅시다." 장성을 뒤로하고 아래로 내려오니 기념품 가게가 즐비하다. 몇 가지 소품을 사 가지고 버스에 오르니 일행은 물론 기사와 안내원 모두가 우리를 기다리고 있었다. 너무 늦어 죄송하다고 아내와 나는 몇 번씩 머리를 조아리고 버스에 앉았다. 버스 안은 서로서로가 친구가 되어 왁자지껄 큰 소리로 이야기들을 나눈다. 말소리와 표정만 보고도 대충 대화 내용을 알아듣겠다. 노부모를 모시고 온 젊은 부부는 이제 천진(天津)을 거쳐 석가장(石家莊)에서 관광을 하고 고향인 태원(太原)으로 돌아간다면서 시내 한복판에서 내렸다. 우리는 전날 묵었던 숙소로 다시 돌아왔다.

다음 날 아침 숙소 로비에서 따뜻한 우롱차를 마시고 있는데, 하얼빈(哈爾濱)에서 온 젊은 부부와 어린이가 다가와서 인사를 한다. 이제는 서로가 구면이라 이웃사람 같았다. 고궁(故宮)과 이화원(頤和園), 원명원(圓明園) 관광 후에 어디를 가느냐고 묻는다. 북경 관광을 마치면 서안(西安)으로 가서 며칠 동안 둘러 볼 예정이라고 하니 그들은 참 좋은 계획이라고 한다. 외국인들이 꼭 방문할 곳이 바로 서안이란다. 서안은 중국 역사와 문화가 농축된 곳일 뿐만 아니라 사람들은 예의 바르고 친절하여 중국 사람들의 삶을 대변해 주는 훌륭한 도시라고 한다. 스스럼없이 자연스럽게 한 가족처럼 서로 따뜻한 온기를 느끼면서 여러 이야기를 나눴다.

질문 세례가 이어졌다. 고향은 어디이고 직업은 뭔지, 중국은 몇 번 왔는지 한국과 북조선은 언제 통일되는지, 미군은 왜 한국에 주둔하고 있는지 등 궁금한 게 많은 모양이다. 나는 더듬더듬 손짓 몸짓 해 가며 열심히 답변했다. 소학교 2~3학년쯤 된 어린아이는 신기한 듯 내 얼굴과 말하는 모습을 쳐다보고 부부는 연신 고개를 끄덕이면서 이해한다는 표정이다.

아침 식사를 마치고 나니 버스가 대기하고 있다. 버스는 얼마 후 천안문 옆 골목에 주차하고 우리는 천안문 광장으로 들어섰다. 아내는 천안문의 크기와 인파에 압도되어 당황한 듯 놀라는 표정이다. 저 멀리 천안문 망루에는 모택동 주석의 대형 초상화가 걸려 있고 그 아래에는 수만 명의 군중들이 이리저리 몰려다닌다.

우리가 있는 이곳 광장에는 수천 명이 꽃을 들고 두 겹 세 겹 줄지어 서 있다. 참으로 대단한 광경이다. 이 모두가 모택동의 시신을 보러 온 참배객들이란다. 우리도 근처에서 꽃을 사고 줄을 서서 기다리기를 한 시간쯤. 드디어 지하 궁전 안에 꽃들로 둘러싸인 채 누워 있는 모택동 시신을 보았다. 모택동이 누구인가? 중국의 근대화를 위한 신해혁명(辛亥革命)이 일어나 청조는 무너지고 혁명의 아버지 손문(孫文)에 의한 삼민주의 민주공화정이 들어서고 곧이어 장개석(蔣介石)과 모택동 간에 국공 대립이 형성됐고, 일본의 중국 침략으로 인하여 두 차례 국공합작이 성립됐다가 차례로 결렬되고 마침내 공산당의 승리로 1949년 10월 중화인민공화국이 탄생했다. 중화인민공화국의 초대 주석이자 절대 권력자로 등장한 사람이 바로 모택동이다. 공도 많았지만 과오도 많았다. 그러나 중국인민들에게는 절대적 존재로 신격화된 존재, 그가 바로 모택동이다.

우리는 모택동 시신을 참배하고 천안문을 통과하여 역대 황궁인 자금성(紫禁城)으로 들어갔다. 자금성은 중국의 정치와 권력의 중심이고 중국인들의 자존심이자 정신적 지주이다. 크고 정교하고 장대한 그리고 화려한 수많은 전각들. 아내는 놀라움에 연신 탄성을 지르며 어안이 벙벙해 정신이 없는 모양이다.

자금성 관광을 마치고 우리는 지근거리에 있는 이화원으로 갔다. 곤명지(昆明池)에 놓여 있는 구불구불 긴 회랑은 화려함의 극치이다. 아편 전쟁 후 서구 열강들의 중국 침탈, 그 암울한 정세 속에서도 절대 권력자 서태후는 비빈과 대신들을 대동하고 권력을 만끽했다. 호통과 위엄을 앞세우면서 이화원 궁원 속에서 파묻혀 살았겠지. 권력자, 지배자, 통치자는 마땅히 백성들을 위무하며 평안하게 하고 외세의 침략에 맞서 나라를 굳건히 지켜야 함에도 서태후는 안일에 빠져 세월을 보냈으니 청조의 멸망은 불을 보듯 뻔한 바람 앞의 등불이었다. 이화원 그 화려함 뒤에 숨어 도탄에 빠져 있는 민생들. 아비규환이 따로 없었을 당시를 생각하니 한숨만이 나온다.

우리는 이화원을 나와 원명원을 찾았다. 원명원은 중국 역사에서 변곡점의 역할을 했던 곳으로 강희제(康熙帝)가 만든

청 황실의 정원이었다. 1860년 영국과 프랑스 연합군이 북경을 침략할 당시 청 황실의 보물 창고인 원명원을 기습 파괴하고 보물들을 약탈했다. 원명원 약탈 소식에 강대국을 물리치고 몰아내자는 구국 운동이 불길처럼 일어났고 외세 배척운동의 정점이자 청의 몰락을 앞당긴 의화단(義和團)사건으로까지 이어졌다. 원명원 관광을 마치고 버스는 북경역 앞에 도착했고 2박 3일간의 북경 관광 일정이 끝났다.

인연이란, 만남이란 무엇인가? 인간의 한평생은 모든 것이 인연이고 만남과 헤어짐이다. 북경 관광 인연으로 만난 세 팀 모두 착하고 따뜻하고 인정이 많은 좋은 사람들이었다. 2박 3일 동안 같이 먹고 자고 함께 구경하면서 짧은 시간 동안 흠뻑 정이 들었던지 우리는 이별을 아쉬워하며 작별했다.

북경에서의 마지막 저녁이니 좀 색다른 식사를 하고 싶어 우리는 택시를 타고 북한 식당을 찾았다. 북경 시내에는 북한 식당이 몇 군데 있단다. 식당에 들어가니 벌써 여기저기 사람들이 앉아 있다. 한국 관광객 한 무리가 떠들썩하니 앉아 있고 중국 사람들과 김일성 배지를 단 북한 사람들도 보인다. 우리는 한쪽 구석진 곳에 자리를 잡았다. 잠시 후 수려한 미모의 한 아가씨가 한복을 단정히 입고 나와서 시원하고 세련된 목소리로 인사를 한다. 인사가 끝나자 〈아리랑〉을 시작으로 민요조의 노래들과 가곡, 그리고 북한의 혁명가곡 등 자연스러운 율동과 맑은 목소리로 불러 재낀다. 참으로 듣기 좋고 기분이 좋아 아는 노래 몇 곡은 우물우물 따라 불렀다. 역시 평양 미인이라더니 모두가 얼굴이 수려하고 기품이 있다. 이들은 모두 북한에서 일류 대학을 졸업하고 해외에 파견 나와 봉사하는 일꾼들이란다.

식사와 공연이 끝나고 우리는 식당 옆 넓은 공간과 2층에 있는 전시장으로 가서 그림과 다양한 예술품들을 감상했다. 아내는 호기심이 동했는지 안내원에게 이것저것 물어보면서 말수가 많아졌다. 우리는 화려한 채색화로 그려진 대동강 을밀대 그림을 사 가지고 나왔다. 호텔로 돌아가기 위하여 택시를 기다리고 있는데 별안간 아내가 팔짱을 끼는가 싶더니 내 허리를 덥석 껴안는다. "아니, 안 하던 짓을 하네." 하면서 아내를 쳐다보니 나를 빤히 쳐다보면서 "아무도 아는 사람이 없는데 무슨 상관이야. 내 남편인데." 한다. 참으로 뜻밖이다. 아내는 평소 근엄하고 허튼짓을 안 하는 사람인데 한마디로 나사가 풀린 모양이다. "참으로 사람은 오래 살고 볼 일이야. 허허허." 나는 중얼중얼하며 실소를 참지 못했다. 호텔로 돌아와 날짜를 세어 보니 벌써 보름이 훌쩍 넘었다. 이제 오늘 밤만 자면 내일부터는 서안이다.

서안 유람기

장안(長安)이라고 불렸던 서안(西安)은 나에게는 항상 꿈이었다. 한 번도 가 보지는 못했지만 너무도 익숙하며 정겨운 곳이었다. 벌써 마음이 설렌다. 침대에 누워서 장안을 그려 보았다. 서안은 산시(陝西)성의 성도로 중국 역사에서 주(周)나라 무왕(武王) 이후 11개 왕조의 도읍지로 서북으로는 종남산(終南山)이 있고 서남으로는 위수(渭水)가 흐르는 천해의 길지이다. 또한 실크로드의 출발점이다. 2천3백 년 동안 중국의 역사, 문화, 정치의 중심지로서 진시황릉(秦始皇陵), 병마용갱(兵馬俑坑), 여산(驪山)의 화청궁(華淸宮), 자은사(紫恩寺), 대안탑(大雁塔), 비림(碑林)을 볼 수 있는 곳이다. 종남산의 저녁 종소리는 장안성 재자가인(才子佳人)들의 가슴을 뒤흔들어 울려 놓고 위수 가에 곧은 낚시를 드리운 태공망 강태공이 주나라 문왕을 도와 8백 년 대업을 그려 놓은 곳이다. 천하통일 진시황은 아방궁을 높이 짓고 3천 궁녀의 시위를 받고, 당(唐)나라 명황(明皇)은 "화청궁 오는 소식 묻지를 마오. 산 가득 구름만이 앞을 가렸소." 한탄을 한 곳. 자은사, 대안탑을 축조한 현장법사(玄奘法師)는 삼법인(三法印), 사성제(四聖諦), 팔정도(八正道)로 사부대중(四部大衆)을 교화하고 10리 길 비림에는 시인 묵객과 문인들의 영혼이 묻혀 있는 곳.

장대한 동서 문물의 교류와 전파는 비단길 모래사막으로 날아들고 참으로 서안은 나에게는 마음속의 고향으로, 이상향으로 자리 잡은 곳이다. 아내가 툭 친다. 무엇을 그렇게 골똘히 생각하느냐고. 잠을 푹 자야 내일 서안행이 즐거워진단다. 오랜만에 숙면을 취했다. 머리가 맑아지고 기분이 좋았다. 아침 맑은 공기와 햇살이 창가에 비친다.

우리는 서둘러 호텔식을 끝내고 짐을 꾸려 공항에 도착해 서안행 비행기에 올랐다. 두 시간 남짓 걸려 서안 공항에 착륙했다. 공항을 나와 택시를 타고 산시 역사박물관 근처에서 내렸다. 서안에서 4, 5일 관광을 하면서 지내야 하니 숙소부터 정하기로 했다. 박물관 근처 이곳저곳을 돌아다니다 보니 경복궁이라는 음식점이 눈에 확 띈다. 경복궁이다. 놀라면서 들어가니 "어서 오시오." 한다. 분명 우리말이다. 얼마나 반갑고 정겹던지. 몸과 마음이 평안해지면서 안도의 한숨을 쉬었다. 초행길이다 보니 아내는 물론 나도 조금 긴장이 되고, 불안하고 초조했었다. 어디서 자고 밥을 먹나? 어떻게 관광을 하나? 등등 모든 걱정들이 시원하게 풀렸다. 우리 조선족 동포를 만났으니 이런 행운이 어디 있는가. 집주인은 하얼빈이 고향이고 이곳으로 이사를 와서 음식점을 개업했단다. 이런저런 이야기를 한동안 하다가 점심을 먹고 나니 집주인이 말한다. 집 근처에 잘 아는 호텔이 있으니 잠은 거기서 자고 밥은 자기 집에서 먹으면서 편한 마음으로 가고 싶은 데를 찾아다니면서 관광을 하라고 한다. 불감청이언정 고소원(不敢請 固所願)이라! 그리하여 서안의 모든 관광지 출발점이 경복궁이 되었다.

아침 늦게 경복궁에서 식사를 하고 서안 남쪽에 위치한 종남산을 찾았다. 종남산은 시내에서 20킬로미터 떨어져 있는데 고찰과 명승지가 많은 서안의 수호산이다. 위수와 함께 모든 서안 사람들의 자랑이고 긍지이며 자존심의 원천인 아버지의 산이자 영혼의 산이다. 중국 불교문화의 총본산이고 수많은 고승과 대덕들이 수도 정진하던 곳으로 당나라 시절에는 장안의 모든 백성들 중에서 종남산을 찾지 않는 사람이 없었다고 한다. 신라의 명승 의상대사도 이곳 종남산에서 30년간 수도 생활을 했었다고 하니 아내가 깜짝 놀란다. "당신이 자주 찾는 강원도 양양의 낙산사(洛山寺) 의상대, 홍련암 모두가 의상(義湘)대사가 창건한 절이야." 아내는 의상대사가 득도한 절을 찾아가자고 한다. "어느 절인지 그것까지는 나는 몰라. 문헌을 찾아보면 알겠지만." 아내는 못내 아쉽단다. 아내는 꽤 신앙이 깊은 불교 신자다. 자주 절을 찾아 부처님을 배알하고 기도도 드리고, 소원도 빌고 한다. 아내는 크게 합장 배례를 하고 종남산을 뒤로하고 시내로 돌아왔다.

경복궁에서 늦은 점심을 먹고 위수를 찾았다. 위수는 멀리 감숙(甘肅)성에서 발원하여 장안분지 평야를 만들어 놓고 장안성을 휘돌아 감돌면서 동으로 흘러 중국의 위대한 아버지의 강인 황하로 흘러간다. 고대 문명 발생지인 황하(黃河)문명을 창조한 강이다. 위대한 강 위수. 우리는 드디어 위수 품에 안겼다. 찾았노라, 보았노라, 그리고 웃고 소리쳤노라. 우리는 고요히 완만하게 동으로 흘러가는 위수 가에 앉았다. 물 한 모금 떠서 마시고 세수하고 발을 적시고 옛날 일들을 생각했다. 태공망(太公望). 강태공의 지혜와 재주, 그 원대한 포부가 위수 가에서 주나라 문왕(文王)을 만나지 못했으면 주나라 8백 년 대업이 가능했을까? 그리고 백성들의 〈격양가(擊壤歌)〉 소리가 과연 들렸을까? 나이 팔십에도 뜻을 굽히지 않고 위수 가에서 앉아 곧은 낚시를 드리우고 기다리는 갸륵한 정성과 그것을 받아 준 주 문왕의 지인지감의 능력. 이런 것을 가리켜 의기가 투합했다고 하는 것인가? 주 문왕과 태공망 두 사람의 탁월한 능력에 머리가 저절로 숙여진다. 지금 우리의 현실은 얼마나 어둡고 혼란스러운가? 태공망 같은 현인, 달인이 나타났으면 하고 빌어 본다. 이곳 위수에서 주 문왕과 태공망이 되어 보겠다고 자신을 채찍질하면서 배회한 사람들이 얼마나 많았겠는가.

나는 아내를 콕 찌르며 말했다. "나도 이제 나이가 칠십인데 이곳 위수에서 태공망처럼 주 문왕을 기다리면 안 될까?" 아내의 대답이다. "안 될 것도 없지요. 열심히 지혜를 발굴하고 재주를 키우면서 큰 포부를 가지면 하늘은 스스로 돕는 자를 돕는다고 하니 하늘이 굽어살펴 도와줄지 누가 알아요?" 한다. 내 속을 잘 아니 격려해 주려는 마음이 반이오, 반은 농담이라는 것을 나도 잘 안다. 우리는 위수 가 모래밭을 밟고 물결도 튕겨 보다가 서쪽 하늘에 저녁노을이 드리우기에 노을을 한동안 바라보다가 위수를 뒤로하고 호텔로 돌아왔다. 배낭을 호텔에 내려놓고 바로 옆 경복궁에서 저녁을 먹고 산책을 하다가 호텔로 돌아오니 벌써 9시가 넘었다.

다음 날 우리는 경복궁 주인이 알려 준 대로 장안대학 앞에서 버스를 타고 여산 화청궁을 찾았다. 여산은 시황제(진시황)가 몸에 난 부스럼을 고친 온천으로 유명할 뿐만 아니라 당나라 현종(玄宗)과 양귀비(楊貴妃)의 비극적인 사랑과 함께 범양(范陽) 절도사 안록산(安祿山)의 난으로 현종이 서쪽으로 몽진하는 역사적인 장소다. 또한 중국 현대사에서 화청궁은 1936년 장학량(張學良)이 장개석을 감금하고 국공합작을 이끌어 낸 변곡점이 된 곳이다. 화청궁은 궁궐이라고 부르기엔 너무나 작고 초라했다. 작은 목조 건물 몇 채가 있는 정원이다. 현종과 양귀비의 침실 궁, 양귀비의 욕실, 유물 전시관을 두루 살펴보면서 앞으로 나가자니 문득 앞에 흰 대리석 석상이 나타난다. 바로 양귀비의 석상이다.

백거이(白居易)의 「장한가(長恨歌)」에 나오는 양귀비는 '천

생여질 난자기(天生麗質 難自棄)'. 하늘이 내린 아름다움을 스스로 버릴 수 없을 정도의 절세미인이다. 석상의 양귀비 모습은 얼굴과 육체가 풍만하고 통통한 모습이다. 아내는 한동안 물끄러미 쳐다보더니, 팔등신도 아니고 S 자형도 아니고 뚱뚱하여 요즘 기준으로는 미인 축에 들 수 없단다. 중국 역사에 나오는 절세미인 네 사람이 있다고 하는데, 누구인지 아느냐고 묻는다. 나는 기다렸다는 듯 답했다. "첫째로, 춘추전국(春秋戰國)시대 우(虞)나라를 패망으로 이끈 서시(西施), 둘째로는 한나라 무제 때에 북방 흉노의 선우에게로 시집간 왕소군(王昭君), 셋째로는 동탁과 여포를 이간시킨 초선(貂蟬), 넷째가 바로 지금 여기 있는 양귀비지. 이들은 모두가 경국지색으로 나라를 혼란과 패망으로 이끈 장본인이며 자기 자신도 불행한 삶을 살았지. 양귀비도 서촉(西蜀) 몽진(蒙塵) 길에 6군의 질타를 받아 현종은 할 수 없이 비단 한 필을 내렸고 스스로 목숨을 끊어 자진케 한 비극적인 운명이었지. 그 후 현종은 안녹산의 난이 평정된 후에도 양귀비를 잊지 못하여 방술사가 만든 환영 속에서 정사를 돌보지 않아 민심은 이반되고 백성은 도탄에 빠졌지. 미인박명(美人薄命)이라고 자신의 생이 비참한 것은 그렇다 치고, 그로 인하여 국가와 백성들이 패망하고 도탄에 빠지니 그것이 문제이지. 걱정할 필요 없어요. 당신은 미인이 아니기 때문에 자신은 물론 남에게도 피해가 안 되는 사람이니까."

우리는 실소를 머금고 시내로 돌아오는 버스에 몸을 싣고 산시 역사박물관을 찾았다. 산시 역사박물관은 세계 7대 박물관 중 하나로 황하 문명의 유물, 유적은 말할 것도 없고 1만 2천 년 전의 구석기 문화, 7천 년 전의 신석기, 그리고 청동기 유물에 이르기까지 말 그대로 인류 문명사가 농축되어 집산된 곳이다. 그 규모와 다양성이 상상을 초월한다. 두 시간여 관람을 마치고 나오니 이미 늦은 오후라 경복궁에서 점심 겸 저녁 식사를 하고 호텔로 들어가 휴식을 취했다.

저녁에는 호텔에서 30분 거리에 있는 자은사와 대안탑을 관광하기로 했다. 경복궁 사장이 주의를 준다. 사람들이 많이 모여드니 조심하라고. 특히 돈주머니를 잘 간직하라고 한다. 과연 인산인해. 입구에서부터 사람들로 발 디딜 틈이 없다. 드넓은 광장에는 오색 불빛이 가득하고 피아노 치는 건반 소리와 함께 여러 형태의 분수가 꽃을 피운다. 이리저리 인파에 부딪히고 휩쓸리면서도 놀랍고 신비하여 연신 감탄을 연발했다. 대안탑 한쪽 모퉁이에 간신히 자리를 잡았다. 올려다보니 높이가 50여 미터로 웅장하고 기품이 넘친다. 당나라 현장(玄奘)법사가 서역에 가서 많은 불법과 경전을 가지고 돌아와 지은 절과 탑이 자은사와 대안탑이다. 아내와 나는 부처님과 현장법사에게 두 손 모아 합장 예를 올리고 감사 기도를 드렸다.

흩어져 가던 불심을 다시 불태우고 더욱 깊이 새기자고 굳게 맹세를 했다. "부처님, 현장법사님, 미혹하여 죄를 많이 지었습니다. 앞으로는 죄를 짓지 않고 선한 마음으로 자비를 행하고 인연을 깊이 새기고 깨달으면서 악연을 짓지 않고 살아가겠습니다. 부처님, 현장법사님, 많은 가르침을 주십시오." 그제야 답답했던 마음 한구석이 뻥 뚫리면서 가슴이 시원해졌다. 우리는 인파를 헤치고 겨우 빠져나왔다. 숙소로 돌아오는 길에 아내가 내일은 장안성에 올라가 보고 비림과 문화 거리를 찾아보자고 한다.

다음 날 아침 일찍 장안성 석루에 올랐다. 석루는 전날 여산 화청궁 갈 때 버스로 통과해 보았다. 웅장하고 위엄이 대단하다. 석루를 따라 성벽으로 내려가서 걷기를 시작했다. 한 10여 분 걷다 보니 이곳저곳 사람들이 지나가고 2~3명씩 앉아서 그림과 기념품을 팔고 있다. 한 곳에는 북경대학 미술 교수가 그렸다는 전지 한 장 크기의 목단 그림이 있다. 화려하고 섬세하게 그려진 목단 한 폭을 사 가지고 조금 더 걸어가니 성 밑으로 내려가는 길이 보였다. 성 밑으로 내려와 비림을 물으니 꽤 멀리 떨어져 있으니 택시를 타라고 한다. 택시에서 내려 비림을 물으니 한참을 더 걸어가야 한단다. 조금 걷다 보니 길이 몇 갈래로 나누어진다.

어느 쪽으로 갈까 망설이고 있자니 한 부인이 곁을 지나간다. 비림을 물으니 자기를 따라오라고 한다. 어디서 왔느냐 하여 한국에서 관광을 왔다고 하니 참으로 잘 왔다면서 중국 사람들의 생활과 문화, 역사를 보고 싶으면 서안을 찾아야 한단다. 진시황릉, 병마용, 화청궁을 관광했느냐고도 묻는다. 그리고는 자기가 근무하는 호텔은 다른 쪽에 있지만 시간이 있으니 우리를 비림까지 안내해 주겠단다. 그 부인은 서안은 좋은 땅이고 사람들이 선량하고 인정이 많아 관광하는 데 불편함이 없을 것이라면서 많은 것을 보고 서안을 항상 사랑해 달란다. 고마운 마음에 아내는 준비해 간 우편엽서를 부인에게 선물했다.

"중국의 정치를 알려면 북경을 보고, 경제를 알려면 상해를 보고, 문화를 알려면 서안을 가 봐야 한다던데. 정말로 서안은 문화의 도시답게 사람들이 친절하고 겸손하고 남을 배려할 줄 알고, 그러면서도 자긍심이 높은 품격 있는 도시 같아." 아내는 서안에 3일간 체류하면서 만난 사람들, 마주한 환경과 사물 모두 너무나 마음에 든단다. "이런 곳에서 사는 사람들은 참으로 행복하겠지?"라며 살고 싶어진단다.

곧바로 비림이다. 비림 정문을 통과해 들어가니 길게 많은 전각들이 보인다. 전각 안에는 수십, 수백 개의 크고 작은 그리고 다양한 글씨체로 조각된 비석들이 꽉 차 있다. 비석의 숲이란 말이 거짓이 아니다. 정치한 손재주와 예술혼들이 중국

문화와 조화되어 이렇게 현상화되었으니 그 저력과 깊이를 가늠할 수가 없다. 우리는 길가에 즐비하게 걸려 있는 그림들과 글씨를 감상하면서 화랑가를 이리저리 누비고 다녔다.

화랑거리 한 모퉁이를 돌아 조그마한 가게 앞에 서니 젊은 주인이 어디서 왔느냐고 묻는다. 한국에서 왔다고 하니 들어와서 차 한잔하면서 작품들을 감상하라고 한다. 테이블에 앉아서 엽차 한 잔을 마시면서 걸려 있는 서화는 물론 수북이 쌓여 있는 예술품들을 하나씩 꺼내 감상했다. 대부분은 자기 작품이라며 직접 그림과 글씨를 그리고 써 보이겠단다. 10분 넘게 수묵으로 매화와 연꽃을 그리고 화제까지 적는다. 수십 년간 서화를 창작하며 지도해 온 아내가 그의 작업을 집중해 보더니 대단한 솜씨이고 혼이 들어간 작품이란다. 이곳에서 서화를 배우고 싶다고 하니 무료로 가르쳐 줄 수 있단다. 다만 숙식만 본인이 해결하라고 한다. 아내는 한 6개월 정도 그의 서화 기법과 필체라도 배우면 좋겠단다. 그렇게 하라고 하니 아내는 나를 툭 치며 꼬집는다.

우리가 그의 작품 두 개에 낙관을 받고 300위안을 내놓으니 200위안이면 충분하다면서 100위안을 돌려준다. 비림과 화랑가를 누빈 지 벌써 세 시간. 배도 고프고 피곤하기도 해서 서둘러 경복궁으로 돌아와 식사를 하고 호텔로 들어가서 휴식을 취했다. 내일은 병마용갱과 진시황릉을 볼 차례다.

다음 날 우리는 경복궁에서 아침 식사를 끝내고 장안대학 앞에서 여산 병마용으로 가는 버스를 탔다. 여산 화청궁을 지나 조금 더 가더니 버스는 정지하고 사람들이 모두 내린다. 종점이다. 사람들을 따라 한 30여 분 지루하게 걸어가니 병마용갱의 커다란 건물이 앞을 막는다. 입장표를 사가지고 건물 안으로 들어갔다. 관람석에 들어서니 어딘가 을씨년스럽고 휑하니 찬 공기가 올라오면서 오싹한 한기가 느껴진다. 저 밑 지하에는 여러 줄로 늘어선 수백 수천 개의 병사들과 전차들이 보인다. 아! 참으로 대단한 광경이다. 그 분위기에 압도되어 천천히 살펴보니 실물 크기의 병사들과 전차들이 살아 움직이는 듯하다. 그 표정과 모습이 각각 다른데 지금이라도 무기를 들고 우리에게로 내달릴 것 같은 느낌이다. 분명 흙으로 조각된 작품인데 하나하나 생동감 있는 모습과 표정들이 참으로 놀랍고 신비하기까지 하다. 영혼의 숨결만 불어 놓으면 영락없이 살아 있는 병사이고 전차이다. 고개가 절로 흔들린다.

아직도 발굴되지 않은 병마용이 수천 개란다. 병마용은 세계 7대 불가사의 중 하나로 20세기 최대의 발굴 유적이다. 한 농부가 우물을 파다가 발견했단다. 진시황은 중국 역사상 최초의 통일 제국을 건설하고 최초로 황제로 등극한 절대자이다. 사후세계를 인정했던 진시황은 살아생전 저렇게 무모한 짓을 저질렀지만 결과적으로 병마용은 문화유산으로 길이길이 보존되어 인류 역사와 함께 흘러가겠지. 한편으로는 놀라웠고 또 한편으로는 씁쓸했다.

우리는 병마용갱을 뒤로하고 진시황릉을 찾았다. 말이 무덤이지 하나의 커다란 동산이다. 동서 길이가 485미터, 남북은 515미터, 높이는 무려 76미터. 동산이라기보다는 커다란 산이다. 30년에 걸쳐 70만 명의 백성을 동원하여 축조했다니 그저 입이 딱 벌어진다. 이 어마어마한 진시황릉 내부는 황제가 살아생전 사용했던 용품들과 보물들로 가득 채워졌단다. 사람들의 접근을 막기 위하여 수은으로 강을 만들어 놓았단다. 기원전 221년의 일이다. 진시황릉은 조심스러워서 발굴을 못 하고 있는데, 만약 발굴이 시작된다면 또 얼마나 놀라운 일들이 벌어질 것인가? 당시 백성들의 노랫가락이 생각난다.

> "천하통일 진시황은 아방궁을 높이 짓고 3천 궁녀 시위할 제 동남동역 500인을 삼신산불사약 구하러 보낸 뒤에 소식조차 돈절하여 미인의 손목 잡고 눈물 뿌리며 한탄할 제!"

아! 시황제(始皇帝). 그 이름 정(政). 절대 권력자는 천하통일 후 군현제로 중앙집권을 확립하고 도량형과 화폐, 문자를 통일하고 분서갱유(焚書坑儒)로 사상과 의식을 통제하고 만리장성을 축조하고 아방궁을 짓고 했으나, 백성들의 원망과 하늘의 노여움으로 진나라는 15년 만에 멸망하고 역사 속으로 사라졌다. 권력자, 지배자들은 백성들의 원망과 하늘의 노여움이 얼마나 무서운 것인지 새삼 깨달아야 한다.

우리는 허탈한 마음으로 해가 서산으로 기울기 시작하는 오후 6시경 버스를 타고 숙소로 돌아왔다. 이렇게 서안 관광도 끝을 맺었다. 내일은 북경을 경유해 연길을 거쳐 훈춘 장영자 세관을 통과해 자루비노항에서 동춘호를 타면 속초 집으로 돌아간다. 21일간 장기 여정의 마무리 저녁, 경복궁에서 주인장과 함께 백주로 반주를 하면서 식사를 했다. 인정 많고 자상했던 그와 많은 이야기를 나누었다. 다음 날 아침 짐을 꾸리고 호텔을 나와 경복궁으로 가서 작별인사를 했다. 아침 식사를 꼭 대접해 주고 싶단다. 그의 따뜻한 정을 뿌리칠 수 없어 즐거운 마음으로 융숭한 대접을 받고 서안 공항으로 갔다. 비행기가 두 시간 지체를 했으나, 연길에 도착하니 3시다. 시간은 충분했다. 훈춘 장영자 세관을 통과하여 자루비노행 버스를 타고 자루비노 세관을 통과해 동춘호에 오르니 몸은 천근만근. 그러나 마음은 홀가분하고 상쾌했다. 한숨 푹 자고 나면 내일 아침에 속초에 도착하겠지. 아침에 일어나 보니 아내가 안 보인다. 2층에 올라가니 아내는 벌써 뱃머리에 앉아서 캔 커피를 마시고 있다. 앞으로 두 시간 정도면 속초항에 도착한다. 날은 환하게 개이고 햇빛이 찬란하다. 드디어 속초항.

아내와 함께 동북을 넘어 북경과 서안까지 유람했던 5차 백두 여정은 이렇게 마무리됐다.

6차
성산 백두 여정

칠십에 마음을 좇다

세월은 쉼 없이 흘러 어느덧 내 나이 칠십이 되었다. 칠십이라. 스스로도 믿어지지가 않았다. 이제 중년쯤으로 왕성하게 사회 활동을 하고 있다고 생각했는데 칠십이면 진짜 노인 아닌가. 살아온 세월을 잠시 되돌아보았다. 득명(得名)하여 많은 사람들로부터 존경받은 것도 없고, 사회를 위하여 크게 공헌한 것도 없고, 국가와 민족을 위하여 크게 기여한 것도 없다. 그렇다고 나쁜 사람이라고 욕먹고 죄지은 것도, 사람들로부터 지탄받은 것도 없다. 그냥 그렇게 평범하게 살았다. 물론 득명하고 공헌하고 기여하고 싶은 욕망과 의지는 강고했다. 다만 지혜와 용기 그리고 능력이 모자라서 이룩하고 성취한 것은 없지만, 내 나름대로 열심히 최선을 다해서 살아온 것만은 부인할 수 없다. 그렇기 때문에 크게 후회하면서 미련을 갖지는 않았다. 다만 이따금씩 어째서 좀 더 지혜롭게 용기 있게 대응하지 못했던가 자책은 해 보았다. 인사유명(人死留名)이요, 호사유피(虎死留皮)라지만 큰 하늘의 도(道)로 볼 때 이 모든 것이 뜬구름이요, 공(空)이고 무(無)라고 생각하면 마음은 편안하다.

100년 인생이라고들 하면서 매 10년 꺾이는 해에는 특별한 의미를 부여하곤 한다. 서른이면 입지(立志), 마흔이면 불혹

(不惑), 쉰이면 지천명(知天命), 예순이면 이순(耳順), 일흔이면 종심소욕불류구(從心所慾不留矩)라 한다. 나이 칠십이 되면 마음 가는 대로 행동해도 크게 법도에서 벗어나지 않는다는 뜻이다. 그럼 나의 마음이 가는 데가 무엇이고 또 어딘가? 크고 작은 일부터 멀고 가까운 일에 이르기까지, 개인에 국한된 일부터 가정 대소사, 사회 속에서의 관계, 국가와 민족에 관한 열정과 소명까지, 나의 마음이 가는 곳은 아직 끝도 없이 많다. 그러나 지금 열거한 것들은 나의 막연한 소욕들로 내 마음대로 진행 성취할 수 있는 것은 하나도 없다. 다만 백두 여정의 소욕(所慾)만큼은 내 마음대로 결정하고 진행한다 해도 세상의 법도를 벗어나지 않으니 얼마나 값지고 귀한 것인가.

경동(京東)대학교 강단에 섰던 학기 말이었다. 〈철학과 삶〉이라는 강좌에서 단군신화의 내용과 민족사적 의의를 한참 강의하는데 한 학생이 손을 들더니 "교수님! 신화라는 게 옛날 사람들이 재미있게 꾸며 낸 허무맹랑한 이야깃거리가 아닙니까? 교수님이 백두산에 올라간 것처럼 말씀하시는데 저는 도저히 믿을 수 없습니다."라고 한다. 나는 빙그레 웃으며 백두산을 5번이나 다녀왔던 경험과 그때 느꼈던 감상을 자세히 설명해 주었다. 그러면서 나에게 백두산은 종교이자 정신적 지주라고 힘주어 말하자 그제야 학생들이 고개를 끄덕인다. 강의가 끝나고 몇몇 학생이 앞으로 나와 이것저것 질문을 하면서 자기들도 백두산에 올라가 보고 싶단다.

집으로 돌아와서도 백두산 생각이 계속 머릿속을 맴돌았다. 다음 주면 학기가 끝난다. 이참에 한 번 더 백두산을 다녀올까? 무엇보다 중요한 것은 백두산을 올라갈 수 있는 체력이고 그다음이 시간이고 돈이다. 아직 체력은 자신이 있고 시간도 많이 있고 돈도 몇백만 원 저축을 해 놓았으니 용기 있게 결단하자. 망설이다 보면 아무것도 못 한다. 아내도 가고 싶으면 가야 하지 않느냐고 오히려 격려한다. 용기 있게 6차 백두 여정을 결정하고 나니 어화 둥실 가슴이 확 터지면서 심장이 마구 방망이질을 한다.

이번 백두 여정은 집의 아이들이 혹시 걱정하고 부담을 느낄까 봐 나와 아내만 알고 진행했다. 상비약 몇 가지와 건조된 음식물 몇 가지 그것이 전부다. 중국 지인들에게도 연락하지 않고 그저 나 혼자 동춘호에 올랐다. 방을 배정받고 갑판 좌우를 쏘다니면서 속초 전경과 조도 앞바다를 쳐다보고 있자니 평소에 동춘호에서 자주 마주치던 젊은 상인이 나를 알아보고 반갑게 인사를 건넨다. "교수님, 이번에도 백두산 가시는 거죠?"어떻게 아느냐고 하니 "얼굴이 상기되어 있고, 어딘가 기분이 좋아 보이시니 틀림없지요. 제가 이래 봬도 눈치 하나는 끝내줍니다!" 라며 농을 친다. 나는 "참 귀신같으시네." 하며 맞장구를 쳐 줬다. 다음 날 아침 식사를 하려고 식권을 끊어서 식당에 들어가니 저쪽에 앉아 있던 그 젊은 친구가 같이 식사하자고 부른다. 일행이 3명이다. 함께 인사를 하고 식사를 끝낸 후 2층 뱃전으로 올라가 캔 커피를 마시면서 이야기를 나누었다.

한 사람이 내게 묻는다. 백두산이 그렇게 좋으냐고. 나는 웃음으로 답을 대신했다. "우리나라 애국가 가사 첫머리가 동해물과 백두산이 마르고 닳도록 하느님이 보우하사 우리나라 만세. 동춘호 타고 다니며 항상 동해 바다 위에서 마르고 닳도록 생활하면서도 정작 백두산은 한 번도 안 가 봤으니, 백두산이 저를 괘씸한 놈이라고 호통칠 것 같네요"라며 너스레를 떨었다. 진짜로 호통 듣기 전에 다음 항차에는 꼭 백두산을 찾아보겠단다. 아주 좋은 생각이라고 칭찬해 주면서 나는 힘주어 말했다. "우리 남북한 모든 사람들은 모두가 한민족이므로 결국은 모두가 백두산 자손들입니다. 백두산 자손들로서 마땅히 찾아뵙고 인사를 드리는 것이 도리이고 그렇게 하면 장사도 잘되어 큰돈을 벌고 집안에 행복이 가득할 것입니다."라고 하니 그들 모두가 파안대소하면서 즐거워한다.

다음 날 자루비노항에 입항하여 장영자 세관을 통과해 이전과 같은 코스로 훈춘, 도문을 거쳐 연길에 도착했다. 배에서 만난 일행들에게 점심을 같이하자고 하니 그들은 다른 선약이 있어 아쉽지만 다음을 기약하자며 사양했다. 자주 찾는 호텔로 들어가니 종업원 아가씨가 나를 알아보고 반갑게 인사를 한다. 점심 식사를 하겠다고 하니 방금 다 끝났단다. 할 수 없어 만두와 빵 몇 개만 사 달라고 30위안을 내어 주었다. 조금 후 커다란 접시에 빵과 만두를 수북하게 쌓아 가지고 물과 함께 식탁에 내려놓는다. 그러면서 10위안을 돌려준다. 수고비라고 10위안 다시 내놓으니 한사코 받지 않는다. 빵과 만두가 모두 부드럽고 맛이 있다. 반만 먹고 반은 봉지에 싸서 호텔 방으로 들어갔다. 아내에게 연길에 잘 도착했다고 전화를 했더니 몸조심하고 아무 걱정을 말란다. 마음이 편안했다. 집 떠나온 지 얼마나 됐다고 타지에서 새삼 집이 그리워진다.

다음 날 일찌감치 백두산행 버스표를 사 가지고 버스에 오르니 곧장 새벽안개를 헤치며 달리기 시작한다. 지그시 눈을 감고 오늘도 무사히 백두산에 오르게 해 주십시오. 마음속으로 기도를 하면서 달리는 차 안에서 부족한 잠을 청했다. 이 길도 워낙 여러 번 다녔기 때문에 눈에 선하다. 불현듯 잠에서 깨어 주변을 살펴보았더니 순간 어디가 어딘지 분간이 안 간다. 시간상으로 볼 때 세 시간 이상 달렸으니 아마 이제 곧 간이 휴게소가 나오겠지? 역시나 내 감이 맞았다. 간이 휴게소라고 해야 도로 옆 조그만 창고 같은 초라한 한 채의 건물이다. 상품이라곤 음료수, 생필품 그리고 그 지방 특산품인 말린 나물 몇 가지가 전부다.

화장실을 다녀와 버스 주변을 둘러보면서 몸 풀기 운동을 하고 있는데, 휴게소 뒤편에서 한 중년 노인이 등에 진 망태기를 내려놓고 앉는다. 무엇인가 주섬주섬 꺼내어 보이면서 노인은 이것이 백두산 산삼이라고 한다. 얼핏 쳐다보니 산삼은 아니고 만삼(蔓蔘)이다. 몸체가 어른 엄지손가락보다 크고 길이는 한 40센티미터는 족히 돼 보였다. 줄기는 주렁주렁 얽혀 있고 회백색의 조그마한 단지 꽃이 원추형의 작은 잎과 함께 많이 맺혀 있다. 상당히 오래 묵은 좋은 물건이다. 얼마냐고 물으니 50위안을 달라고 한다. 50위안이면 우리 돈으로 1만 원도 안 된다. 50위안에 수십 년 된 만삼을 사다니. 줄기는 떼어서 가방에 넣고 몸체는 화장실에 가서 깨끗이 씻어 가지고 버스에 올랐다. 만삼은 더덕과 닮았지만 약효가 더덕 이상이고 특히 임산부에게 아주 좋은 약초이다. 한국에서도 6~700미터 고지 한랭한 곳에서 자라는 식물로 귀하게 쓰이는 약초다. 특히 닭백숙 만들 때 같이 쓰면 좋다. 입이 심심하던 차에 만삼을 질겅질겅 씹고 또 씹고 하는 사이, 어느덧 버스는 이도백하에 도착했다.

큰 도로 옆 음식점에서 잠시 식사를 하고 필요한 물품도 사고 한 시간 쉬었다 출발하겠단다. 사람들이 우르르 몰려 내리면서 음식점으로 들어간다. 나는 버스에 앉아서 어제 저녁에 호텔 옆 가게에서 준비한 음식과 집에서부터 가져온 마른 포

몇 가지를 꺼내 먹었다. 다시 버스는 출발하고 백두산 정문 앞에 도착했다. 표를 끊고 정문을 통과하면 백두산 산행의 시작이다.

캐나다교민 부부와 함께

일행을 뒤에서 따라가는데 앞서가던 중년의 점잖은 부부가 걸음을 멈추면서 조심스럽게 한국에서 왔느냐고 우리말로 인사를 건넨다. 얼마나 반가운지 한국 어디서 왔느냐고 나는 되물었다. 그들 부부는 휴게소에서 산삼 사는 나를 보고 '한국에서 온 분이구나.' 싶어 대단히 반가웠단다. 그들은 캐나다에서 왔단다. 퀘벡으로 이민 가서 살다가 최근에 밴쿠버로 옮겨 서점을 경영하고 있단다. 앞으로 중국 북경에서 음식점을 경영하고 싶어 6개월 코스로 벌써 몇 차례씩 중국어 연수를 해 왔단다. 이번에도 중국어 공부차 왔다가 연수가 끝나고 시간이 있기에 백두산 여행을 하고 싶어서 어제 북경에서 연길로 왔단다. 나는 강원도 속초에서 왔으며 은퇴한 명예교수라고 소개했다. 지금까지 여러 번 백두산 여정이 있었지만 한국 사람은 처음 만났다. 한 식구 같고 형제 같아 우리는 자연스럽게 스스럼없이 동행하면서 이런저런 이야기를 주고받았다.

그들과의 만남은 예상치 못한 즐거움이었다. 그들의 중국어 실력은 상당했다. 하고 싶은 말은 거의 다 할 수 있고 중국 사람들의 대화도 모두 알아듣는단다. 거기에 비하면 나의 중국어 실력은 한참 아래였다. 하고 싶은 말은 입안에서만 맴돌고 중국 사람들의 대화도 간혹 귀에 들어올 뿐 대부분은 알아듣지 못한다. 오십 정도로 보이는 부부는 정색하고 정말로 연세가 칠십이냐고 다시 묻는다. 그렇다고 하니 너무 정정하다며 어떻게 백두산 여행을 혼자 하느냐, 두렵고 불안하지 않느냐면서 용기가 대단하시다며 존경스럽단다. 자기 아버지도 금년에 말띠로 나와 동갑인데 대구에서 공직생활을 끝내고 이제는 대구 교외에서 어머니와 함께 전원생활을 한다고 한다. 젊어서부터 등산을 좋아하시고 한국의 명산들은 모두 올랐고 금강산도 두 번이나 다녀왔단다. 백두산 등반이 꿈인데 미루다 보니 이제는 체력도 안 따라 주고 의지마저 사라져 버렸다고 한다. 나 같은 용기 있는 분을 진작 알았으면 함께 백두산에 모시고 왔을 텐데 하면서 안타까워한다. 이들 부부는 다음 날 북경으로 돌아가 짐을 싸서 서울을 경유해서 대구 고향에 계시는 부모님을 찾아뵐 거라고 했다. 그리고 다시 캐나다로 돌아가 모든 것을 정리해 중국 북경에 가서 살겠다고 한다. 내가 보기엔 정말로 대단한 건 다름 아닌 그들이다. 고국인 한국을 떠나 태평양 건너 캐나다로 이민을 가 퀘벡에서 밴쿠버로, 이제 태평양을 다시 건너 북경으로 가서 살겠다고 하니 얼마나 남다른 열정이고 용기인가. 나는 마음속으로 이들 부부에게 하늘의 은총과 보살핌이 가득하기를 빌어 주었다.

일행과 멀리 떨어진 채 우리는 한국의 정치 현실과 지역감정, 남북관계와 통일의 전망 등등 다양한 대화를 나눴다. 어찌하여 백두산의 반이 중국 땅이 되었는지 등등 다양한 주제들을 섭렵하다 보니 어느새 백두 영봉들과 천지 호수가 한눈에 들어온다. 발걸음은 빨라지고 드디어 '천지'라고 쓰인 작은 경계석 앞에서 걸음을 멈추었다. 두 부부는 병사봉, 비류봉, 천문봉 등 주변 영봉들을 몇 번이고 올려다보고 나서 천지 호수를 한동안 물끄러미 쳐다보더니, "참으로 대단하네요. 웅대하고 황홀하고 신비롭네요. 저 천지에서 형용할 수 없는 기운이 솟아올라 저 영봉들을 타고 하늘로 올라가는 것 같네요." 연신 감탄을 한다. 부인이 남편에게 말한다. "여보! 우리 기도해요."

나는 그들 부부와 몇 발자국 떨어져서 무릎 꿇고 기도했다. "백두천지님! 오늘 오는 길에 뜻하지 않게 좋은 친구들을 만났습니다. 친구들이 백두천지님을 우러러 보면서 감격하더니 기도하네요. 저의 기도와 함께 친구들의 기도도 기꺼운 마음으로 받아 주십시오. 여기 오기 전 학생들에게 백두천지님에 얽혀 있는 민족 신화를 강의했습니다. 처음에는 반신반의하던 학생들이 제 설명을 듣더니 나중엔 찾아뵈러 오겠답니다. 기특하고 사랑스럽지 않습니까? 저도 제자들의 모습을 보고 감격했습니다. 백두천지님! 생각만 해도 목이 메어 오고 눈물이 납니다. 7천만 모든 자손들에게 행운과 행복을 선물해 주십시오. 남북 대결과 분단을 화해와 통일로, 갈등과 대립을 화합과 협력으로, 시기와 질투를 사랑과 평화로 이끌어 주십시오. 그리고 저의 가족과 저의 소망도 성취되게 도와주십시오."

쿵쿵거리는 가슴이 조금 안정되었다. 일어나 보니 그들 부부는 아직도 기도를 하고 있다. 나는 천지수 한 모금을 손으로 떠서 마셨다. 하늘을 쳐다보니 쪽빛 기운이 영봉을 타고 천지로 솟구쳐 오른다. 기도를 끝내고 그들 부부도 쭈그리고 앉아서 천지 물을 떠서 마시며 세수를 한다.

나는 조용히 말했다. "백두와 천지는 우리 한민족의 아버지요, 어머니로 우리들을 잉태하고 기르고 살아가게 하는 근원지이며 영혼입니다. 백두산 천지에 오른 한국 사람들에게는 백두 천지는 아름답고 웅장하고 황홀하고 신비함을 넘어 그 무엇인가 우리의 생명으로 정신으로 승화된 외경스러운 존재입니다." 그들도 기도하는 내내 가슴이 뛰면서 목이 메어 오고 눈물이 흘렀다고 한다. 한국에 사는 사람들은 물론이고 외국나와 사는 모든 동포들도 백두 천지에 자주 올라 민족혼과 민족정신을 내면화하면서 한국인의 자긍심과 자존심을 지키고 배양하면 좋겠단다. 앞으로 교민들을 만나면 백두 천지를 꼭 등반해서 자기들이 보고 느낀 것을 경험해 보라고 권하고 싶다고 한다. 타국살이 동포들은 화려해 보이지만 실제로 삶의 현장에서 겪는 고통이 이만저만이 아니기 때문에 백두 천지를 오르면 심적으로 큰 위안을 받을 수 있을 것 같단다. 우리는 함께 사진을 찍고 각자 준비해 간 음식을 나누어 먹었다. 그리고는 천지 달문으로 자리를 옮겨 펄펄 용솟음치며 솟아오르는 천지 물을 마시고 작은 음료수 병에 담은 뒤 백두 천지를 뒤로 하고 하산했다.

두런두런 담소를 나누며 천천히 내려오다 보니 벌써 장백폭포이다. 노천 온천에서 잠시 앉아 쉬다가 삶은 계란을 몇 개를 샀다. 시간을 보니 버스 출발시간이 머지않아 빠른 걸음으로 내려와 버스를 타고 이도백하에 도착했다. 다음 날 다른 루트로 백두산에 다시 오를 계획이었던 나는 그곳에서 캐나다 부부와 아쉬운 작별을 했다. 캐나다 부부는 먼저 귀국해 대구의 부모님을 찾아뵙고 나서 속초로 와서 나와 함께 설악산 대청봉을 등반하기로 약속했다. 짧은 만남이었지만 그들과의 인연은 가슴속에 깊이 자리 잡았다. 외로움과 쓸쓸함을 곱씹으며 근처 호텔을 찾아 들어갔다.

오늘은 서파(西坡)를 했으니 내일은 남파(南坡)를 해야지. 백두천지님이 어떤 모습으로 나를 만나 줄까 이런저런 상념에 사로잡힌 채 휴식을 취했다. 백두 천지에 오르는 길은 동서남북 네 코스이다. 북파(北坡)와 서파는 이미 세 번씩이나 오르내렸다. 그러나 남파는 한 번도 가 보지 못했다. 동파(東坡)는 북한 땅을 거쳐 장군봉을 오르는 코스이기 때문에 현재 나에게는 불가능하다. 남파는 중국 땅이라 마음만 먹으면 얼마든지 가능하다.

아침에 일어나 호텔 밖을 나가 보니 날씨는 쾌청하고 구름 한 점 없다. 종업원에게 오늘 남파로 백두산 관광을 할 예정인데 어디서 버스를 타면 되느냐고 하니 어디서 왔냐고 묻는다. 한국에서 왔는데 서파와 북파는 각각 세 번씩 했으나, 남파를 못 했다고 말하니 메모지에 그림을 그려 가면서 자세히 안내해 준다. 한국 사람이 어떻게 6번이나 백두산을 올라갈 수가 있느냐고 능력이 대단하단다. 이도백하에 사는 사람도 안 가본 사람이 반은 된다면서 자기도 아직까지 안 가 보았단다. 가을에 한번 올라가 볼 예정이란다. 아침 식사는 6시 반에 시작한다고 알려 주었다. 아침을 먹고 거리도 구경할 겸 일찍 버스 정류장으로 갔더니 잠시 후 버스가 도착했다. 버스는 한없이 이곳저곳 들르면서 달리는데 벌써 한 시간째다. 기사가 뭐라고 중얼거리면서 이따금씩 뒤를 돌아본다. 승객은 나를 포함하여 모두 6명이다. 밖을 쳐다봤더니 계곡에는 안개가 피어오르고 시야가 흐려지기 시작한다. 괜히 마음이 불안하고 초조해진다.

자주 듣던 이야기가 생각났다. 백두 천지에 오를 때 세 번 중 한 번 정도는 안개와 구름으로 허탕을 친다고 한다. 어제까지 여섯 번 모두 백두천지님의 보살핌으로 허탕 쳐 본 적이 없으니 얼마나 큰 행운이었던가. 오늘도 무사히 외경스러운 모습을 볼 수 있겠지? 스스로 위안도 해 보고 속으로 빌어도 보았다. 그런데 안개는 더욱 짙어지고 밖에는 바람까지 불어 나뭇가지와 풀들이 사정없이 흔들린다. 마음이 무거워지고 머리가 혼란스럽다. '백두천지님 오늘은 왜 이러십니까? 남파행이 늦었다고 너무 서운해서 이러십니까? 제가 보기 싫고 괘씸해서 이러십니까? 잘못했습니다. 용서하시고 오늘도 저를 품에 안아 주십시오.' 마음속으로 빌고 또 빌었다.

드디어 버스는 정류장에 도착했다. 한 무리의 사람들이 웅성거리면서 내려온다. 그들이 내려온 길을 나는 역으로 오르기 시작했다. 안개는 더욱 심하게 낀다. 대략 2~300미터 올라가니 젊은 사람이 또 내려온다. 백두산과 천지를 보았느냐고 물으니 "뿌뿌(不不). 뿌지엔나(不見呢)." 못 보았단다. 나는 주춤거리다가 다시 좀 더 올라갔다. 이 정도 안개라면 희미하지만 볼 수는 있을 것만 같았다. 조금 더 오르니 계단이 시작된다. 계단에 앉아서 사탕 한 개를 꺼내어 입에 넣고 있는데, 위에서 떠드는 소리가 들리면서 몇 명의 사람들이 또 내려온다. 백두 천지가 보였냐고 또다시 물었더니 전혀 볼 수가 없어서 정상에서 한참을 기다렸지만 안개만 더욱 짙어져 포기하고 내려오는 길이란다. 그러면서 나를 보고 올라가지 말라고 한다. 정상에 관리인은 있느냐고 물었더니 관리인은 두 사람이나 있지만 시야가 10미터도 안 된다고 한다.

기왕 여기까지 왔는데 설령 볼 수가 없어도 남파 정상까지는 올라가 봐야지 하며 가파른 계단을 하나씩 밟아 올라갔다. 오르다 보니 간이 휴게소가 나타나고 계단은 더욱 가파르다. 조금 오르다가 쉬고 또 오르다가 쉬고 계단이 1천5백 개라는데 이제 반 정도 올랐을라나. 안개비까지 내리고 기분이 울적하고 심란해서 그런지 한 발 한 발 떼기조차 힘이 들었다. 출발한 지 한 시간이 넘었으니 정상이 머지않았겠지. 마음을 다잡고 희망을 가져 보았다. 한 5분쯤 더 오르니 안개구름이 바람을 타고 훌훌 하늘로 올라가고 시계가 탁 트인다 싶더니, 또 다시 안개가 몰려온다. 일진풍이 휙 쏴 불면서 안개가 사방으로 흩어진다. 계단은 끝이 나고 발밑을 내려다보니 희뿌연 땅이다. 이게 정상인가? 그러나 어디가 어디인지 분별할 수가 없다. 빙빙 돌면서 사방을 살펴봐도 짙은 안개만 자욱하다.

약간 오르막 같은 곳을 몇 발짝 더 오르니 투박하고 굵직한 남자의 목소리가 들린다. 두 사람이 무어라고 떠드는데 얼굴은 보이지 않는다. 불과 10여 미터 앞에 두 사람이 서 있다. 관리인들이었다. 이곳이 정상이냐고 물으니 그렇다고 한다. 맞다! 드디어 정상이다. 백두 영봉들과 천지는 안 보이지만 목적은 달성했다. 그렇게도 소망하며 오르고 싶었던 남파행을 비로소 성취했다. 안도의 한숨을 토해 내고 나니 가슴 속은 희열로 가득하고 심장은 펄떡펄떡 마구 뛰기 시작한다. 두 사람이 내게로 다가와 어디서 왔느냐고 묻는다. 한국에서 왔다고 하니 일행이 있느냐고 또 묻는다. 나 혼자 올라왔다고 하니 그들은 무엇인가 마구 떠들면서 나를 툭툭 친다. "용치(勇氣)! 용치(勇氣)! 한궈런(韓國人)!" 용기가 대단한 한국 사람이라고 하면서 내 얼굴을 빤히 쳐다본다. 몇 살이냐고 또 묻는다. 70세라고 하니 또다시 자기들끼리 큰 소리로 마구 떠들어 댔는데 무슨 말인지 도무지 알아들을 수가 없다. 관리인 두 사람은 나를 감시하는 듯 계속 따라다닌다. 신경이 쓰였지만 쫓아내지 않는 것만으로도 다행이었다. 나는 무릎을 꿇고 장군봉 쪽을 향하여 인사를 세 번 했다.

"백두천지님! 저를 남파로 이 자리에 오르게 해 주셔서 참으로 감사합니다. 백두천지님의 모습은 보여 주시지 않아도 제 마음과 머릿속에서는 이미 외경하고 거룩한 모습이 또렷하게 떠오릅니다. 고맙고 반갑습니다. 어제도 뵈었고 오늘 또 뵈오니 정말로 행복하고 자랑스럽습니다. 사방은 칠흑같이 어둡고 고요하여 정적만이 감돌 뿐입니다.

이참에 제가 백두천지님께 하소연 겸 푸념을 해 보겠습니다. 당신의 아들 단군, 단군의 자손인 한민족이 거룩하고 신성한 당신의 이 땅에서 나라를 세운 지 벌써 5천 년이 되었습니다. 그동안 우여곡절이 있었지만 단군조선, 위만조선, 고구려, 백제, 신라, 발해, 고려, 조선까지 이 모두가 당신의 자손들로 우리 한민족이 세운 단일 민족국가였습니다. 당신의 혼과 정기로 배태하여 만들어진 나라이므로 자주성과 독립성 그리고 사랑과 평화의 정신으로 무장된 나라들이었습니다. 모두가 당신이 내려 주신 홍익인간의 이념을 실천하고 발전시키면서 동북아를 호령하였습니다. 동서양 역사에서 5천 년의 긴 세월을 단일 민족으로 계승 발전시켜 온 국가와 민족이 또 어디 있습니까? 얼마나 자랑스럽고 통쾌합니까?

그런데 지난 세기 들어 우리 민족은 연이은 수난을 피하지 못했습니다. 무도야만한 일제의 강점, 뒤이은 동족상잔의 한국전쟁, 그리고 총부리를 겨눈 70년간의 분단이 이어졌습니다. 너무나 치욕스럽고 한탄스럽습니다. 동서냉전으로 분단됐던 지구상의 5개국 가운데 유독 우리만 지금껏 갈라선 채 대립하고 있습니다. 분단의 원인이야 지금 따져 무엇 하겠습니까? 무슨 수를 쓰든 분단을 극복하고 통일 민족국가를 세워야지요. 긴 세월 분단이 고착화되어 이제는 통일에 대한 회의는 물론 필요성까지 부정하는 사람들이 많아졌습니다. 남북이 서로 이념과 체제를 달리한다고 하지만 그 이념과 체제라는 것이 뭐 별것이 있습니까? 지금도 세계인은 이념과 체제를 달리하면서 상호 선의의 경쟁 속에서 각각 잘 살아가고 있지 않습니까? 자본주의와 사회주의라는 서로 다른 이념과 체제가 상호 보완 화합하면서 화이부동(和而不同) 할 수 있다고 봅니다. 민주주의, 공산주의라는 이념은 서구의 정치 논리이고 그들의 삶의 방식이지, 우리 한민족의 삶의 방식은 아니지 않습니까?

우리 한민족에게는 당신이 내려준 인류 최고의 가치 이념인 홍익인간의 이념이 있지 않습니까? 모든 사람들에게 크게 이롭고 유익한 삶을 만들어 주겠다는 홍익인간의 이념과 정신, 이것은 모든 인류가 바라고 희망하는 인류 최고의 가치이고 덕목이 아니겠습니까? 서구 세력이 득세한다고 해서 그들의 논리와 방법을 무조건 추종하고 따라야 할 필요는 없는 것입니다. 그들이 주장하고 있는 자유, 평등, 박애, 인권, 공동선, 실용주의 이러한 모든 가치와 덕목들은 홍익인간 한마디에 다 포함되어 있습니다. 7천만 한민족 모두가 홍익인간의 이념과 가치를 내면화하면서 실천하면 무엇인들 못하겠습니까? 당신의 초능력적 염력과 원력으로 7천만 한민족에게 준엄하게 명령하십시오. 나의 원대한 홍익인간의 이념과 가치를 숭상하고 실천하라고 호통을 쳐 주십시오. 홍익의 정신과 혼으로 분단을 극복하고 통일 민족국가를 창조하고 동북아는 물론 세계 모든 인류에게 평화를 선물하고 행복을 전달하는 천사가 되라고 말입니다."

한동안 푸념과 넋두리를 늘어놓고 일어나서 고개를 쳐드니 머리가 띵하며 가슴은 울렁거리며 주르륵 눈물이 흐른다. 눈물을 훔치며 뒤를 돌아보니 관리인들이 숙연한 태도를 지으면서 내 등을 툭툭 두들겨 준다. 난생 처음 본 외국인과도 이렇게 감정이 통하고 교감이 가능하구나. 나는 고맙다는 표정을 지으면서 그들의 손을 잡아 주었다. 여전히 안개구름은 걷힐 기미가 보이지 않았다. 관리인들 말이 안개는 오후까지 계속되어 백두 천지는 오늘은 볼 수 없단다. "백두천지님께서 오늘은 거룩하고 성스러운 모습을 보여 주기 싫으시다니 그냥 돌아가겠습니다. 다음에 오를 때는 환한 모습으로 파안대소하시면서 품에 안아 주십시오." 나는 중국 관리인을 한 사람 한 사람 안아 주고 하산을 시작했다.

올라갈 때는 한 발 한 발 계단 오르기가 그렇게 힘이 들고 무겁더니, 하산하는 발걸음은 가볍고 경쾌했다. 성큼성큼 발걸음을 재촉하니 어느덧 휴게소에 도착했다. 잠시 앉아서 물과 건포를 꺼내어 먹으며 정상에서 만난 관리인 두 사람과의 만남을 떠올리자니 아쉬운 대목이 몇 가지가 있다. 그들의 이름이라도 묻고 내 명함이라도 건넸으면 좋았을 걸. 지니고 있던 건포 몇 쪽이라도 맛 좀 보라고 내주었으면 좋았을 걸. 후회가 밀려왔지만 그렇다고 다시 올라갈 수도 없고 별안간 마음이 무거워졌다. 터덜터덜 버스 정류소로 내려왔지만 한 시간을 기다려도 차가 오지 않는다. 배도 고프고 몸도 나른하다. 빨리 돌아가 쉬고 싶다는 생각뿐이다. 점심때가 한참 지나서야 이도백하에 도착했다. 어제 쉬었던 호텔을 찾아들어 예약을 해 놓고 점심 겸 저녁 식사로 인근 음식점에서 산천어탕을 주문했다. 그 산천어는 송어의 일종으로 청갈색에 줄무늬 점박이가 선명했다. 맛은 별로였다.

호랑이를 찾아서

다음 날 아침 버스로 연길에 도착해 바로 훈춘행 버스로 갈아탔다. 자주 찾는 빈관에 들러 휴식을 취했다. 잠에서 깨어나 보니 저녁때가 되었다. 중국인 지인을 불러내 훈춘 서시장에서 청국장으로 저녁 식사를 함께했다. 벌써 백두산 남파를 끝내고 왔다니까 깜짝 놀란다. 그러면서 자기 집으로 가서 차 한잔하자고 한다. 나는 그것보다도 광장무(廣場舞)가 보고 싶다고 했다. 지인을 따라 광장으로 나가니 벌써 확성기를 틀어 놓고 많은 사람들이 줄지어 춤을 추고 있었다. 우리도 광장 뒤쪽에 자리를 잡고 따라서 춤을 추었다. 지인 부부는 음악에 맞추어 경쾌하게 춤을 춘다. 보아하니 많이 춰 본 솜씨다. 그들 말로는 이 춤은 건강을 유지하기 위한 춤이며 사교춤이란다. 현란하면서도 절도가 있었다. 그들과 함께 빈관 쪽으로 걸으면서 백두 천지 남파 이야기가 시작되었다. 안개구름으로 백두 천지는 못 보았다고 하니 그러면 올라가지 말고 되돌아왔어야지 괜히 큰 고생만 했다고 나를 위로한다.

속초행 동춘호는 모레나 돼야 뜨는데 내일 계획은 무엇이냐고 묻는다. 나는 춘화(春化)진을 가 보려 한다고 말했다. 춘화는 훈춘 동북쪽에 있는 러시아와의 접경 지역으로 작은 시골 마을이라 볼 만한 것이 없다고 한다. 조선족자치주 중에서 호랑이가 가장 많이 출몰하는 지역이 춘화가 아니냐고 하니 그렇다고 한다. 그래서 내가 호랑이를 만나러 춘화에 가는 거라고 하니 아무나 호랑이를 보는 줄 아느냐며 핀잔을 준다. 호랑이는 못 보겠지만 어떤 곳에 호랑이가 나타났는지는 볼 수 있지 않겠느냐고 맞받아쳤다. 그들 말이 택시로 왕복 두 시간 정도이고 마을을 돌아보는 데 두 시간, 그리하여 총 네 시간은 잡아야 하고 요금은 6~700위안이면 된다고 한다. 올라가다 보면 오른쪽으로 시내가 흐르고 시내 건너편은 모두가 산인데 산등성이에는 러시아 국기가 꽂혀 있고 러시아 병사들이 지키고 있다고 한다. 한마디로 중·러 접경지역이란다.

다음 날 아침 빈관에서 식사를 마치고 택시를 탔다. 쭉 뻗은 훈춘 시내를 벗어나니 계곡으로 접어드는데 길 왼쪽에는 훈춘으로 흘러 들어오는 작은 시냇물이 흐른다. 그 시냇물을 따라 계속 오르다 보면 길 오른쪽으로 군데군데 작은 마을이 몇 개가 보이고 더 가면 마지막으로 협곡이 나타난다. 거기가 바로 춘화이다. 오르다 보니 오른쪽 산 능선이 계곡 쪽으로 뻗어 내려오고 군데군데 러시아 국기와 군 초소가 보인다. 러시아 군 초소가 곁에 있는데도 위험해 보이지도 않고 겁도 나지 않는다. 그냥 조용하고 평화스러워 보였다. 하긴 중국과 러시아는 같은 사회주의 국가이고 동맹 관계이고 상호 친숙한 이웃이기 때문에 국경지대라 해도 충돌이 일어나고 긴장이 조성될 상황이 아니기 때문에 그런지 지극히 평화스러워 보였다. 드디어 춘화에 도착을 했다.

주변은 길게 큰 구릉지역인데 중심 도로를 중앙에 놓고 좌우에 집들이 길게 늘어서 있다. 가난한 농촌마을에 집들도 초라해 보였지만 사람들은 순박하고 친절했다. 호랑이를 본 사람을 찾으니 얼마 전에 목재소에서 일하는 사람이 보았다고 한다. 그 사람을 찾아보란다. 목재소를 찾아 들어가서 물어보았다. 호랑이를 직접 봤다는 사람은 마침 일이 있어 연길에 가서 지금은 없다고 목재소 주인이 말한다. 그러면서 자기는 한 번도 못 보았지만 이곳 사람들은 저녁때 동네 입구에서 또는 산모퉁이에서 자주 호랑이를 본다고 한다. 그리고 얼마 전에는 개울과 버드나무 숲에서 호랑이가 소도 잡아먹었단다. 호랑이가 무서워서 불안할 것 아니냐고 하니 춘화 사람들은 전혀 호랑이를 무서워하지 않는다고 한다. 왜냐하면, 백두산 호랑이는 영물이기 때문에 사람은 절대로 해치지 않는다고 한다. 아무도 호랑이를 겁내지 않고 불안해하지도 않는다고 한다. 나는 춘화 고을 변두리 지역을 이곳저곳 살펴보았다. 수량은 많지 않으나 긴 개울이 쭉 뻗어 흐르고 러시아 국경선과 중국 쪽 산 능선 사이에 푹 들어간 긴 구렁에 자리 잡고 있다. 길고 좁은 분지 형태로 산짐승들이 서식하기 좋은 조건이라 이들 산짐승들을 먹잇감으로 하는 호랑이가 자주 출몰하는 모양이다. 먹잇감이 풍부하다 보니 호랑이들은 웬만해선 사람은 해치지 않는단다. 이런 영물이자 세계적인 천연기념물인 호랑이가 바로 우리 한민족의 상징이라니 얼마나 자랑스러운가! 이렇게 좋은 환경과 생태계가 잘 보존된 곳에 더욱 많은 백두산 호랑이가 서식하기를 마음속으로 소망했다.

점심으로 토속음식을 먹어 볼까 싶어 허름한 간판이 달린 음식점으로 들어갔더니 마당에 닭들이 몇 마리 보인다. 주인에게 닭 한 마리를 잡아 백숙을 해 줄 수 있느냐고 했더니 한 시간쯤 걸린다고 한다. 시간은 많으니 푹 끓여 달라고 했다. 한참 만에 백숙이 들어왔다. 제일 큰 장닭을 잡은 모양이다. 그 양이 대단하다. 주인이 다리를 들고 가슴팍을 헤치면서 먹어 보라고 한다. 택시 기사와 다리 하나씩을 들고 뜯어 먹어 보니 질길 뿐만 아니라 제대로 삶아지지도 않았다. 먹을 수가 없어 쌀죽만 먹고 먹는 둥 마는 둥 일어나면서 100위안을 주니 80위안이면 된다고 한다. 그런데 고기는 안 먹었으니 50위안만 받겠다고 한다. 실랑이 끝에 100위안 지폐를 손에 쥐어 주었다. 미안해하면서 계면쩍은 모습이다. 괜찮다고 하면서 나는 작별 인사를 했다.

춘화를 등지고 훈춘에 도착하니 3시가 넘었다. 600위안으로 흥정했던 택시 기사에게 미안한 마음이 들어 800위안을 줬다. 호텔에 들어갔더니 중국인 부부의 메모가 있었다. 잠시 쉬다가 저녁을 함께하자는 내용이었다. 나는 즉시 전화를 걸었다. 저녁은 훈춘에 주재하는 속초시청 연락관과 함께하기로 하였으니 걱정 말라고 했다. 어제는 너무 고마웠고 내일 아침 일찍 장영자 세관을 거쳐 출국할 예정이니 이렇게 전화로 작별하자고. 몸도 마음도 피곤하여 일찌감치 자리에 누웠다.

다음 날 아침 자주 들르던 음식점에서 청국장으로 아침을 해결하고 장영자 세관으로 갔다. 세관에는 속초로 돌아가는 상인들과 동북지역 관광 팀 그리고 한국에 일하러 가는 중국 동포들로 북적거렸다, 출국심사대에는 검사 요원들이 아직 나와 있지 않았다.

한쪽에 짐을 놓고 자리를 잡고 있으니 동춘호에서 자주 보던 상인이 찾아와서 짐이 없냐고 묻는다. 배낭과 손에 든 것이 전부라고 하니 묵직한 가방을 건네주면서 속초 세관 통과할 때까지만 옮겨 달라고 한다. 참으로 난처했지만 딱히 거절할 수도 없어서 그렇게 하자고 했다. 세관을 통과해 버스에 오른 후 두세 군데 러시아 초소에서 검색을 받고 자루비노항 출국심사대를 거쳐 배에 올랐다. 몸은 피곤하나 마음이 평안하고 가벼웠다. 객실 침대에 누워 있는데 짐을 부탁한 상인이 찾아와 저녁과 내일 아침 식권은 자기가 준비할 터이니 그리 알고 함께 식사하자고 한다. 나는 정중히 사양하고 침대에 누워서 이번 6차 백두 여정을 점검해 보았다.

용기에 대하여

돌이켜보면 학기 말에 민족 신화와 백두산에 대해 강의하다 한 학생으로부터 정말 백두산을 가 보았느냐는 질문을 받았던 게 계기가 됐다. 다소 충동적으로 여섯 번째 백두 여정을 계획했지만 건강과 체력이 걱정이었다. 주저하지 말고 과감하게 용기(勇氣) 내어 보자. 어쩌면 그 소소한 용기로 시작된 무모한 도전이었다. 실제로 백두 여정에서 만난 캐나다 교포 부부나 백두산 정상을 지키는 관리인들로부터 용기가 대단하다는 칭찬도 들었다.

그렇다면 나는 정말 용기 있는 사람인가? 아니면 용기 있는 척하는 사람인가? 용기에 관해서라면 지금까지 살아오면서 내 기억 속에 뚜렷하게 자리매김하는 몇 가지 에피소드가 있기는 하다. 용기 있는 행동들이라고 해 봤자 작고 조그마한 용기들이지 무어 경천동지할 만할 거창한 일들은 아니다.

용기란 무엇인가? 일생을 살아가면서 많은 사람들과 부딪히고 또 많은 사건들에 얽히다 보면 나서느냐 마느냐 선택의 기로에 서게 되는 경우가 적지 않다. 이때에 머뭇거리거나 주저하거나 두려워하거나 겁내지 않고 과감하게 행동하는 것. 또 불이익이나 위험을 감수하고 때로는 생명까지 걸고 과감하게 뛰어드는 행위. 이 모든 것들을 일컬어 우리들은 용기라고 부른다. 정의로운 행동에는 용기가 수반되기 마련이다. 용기와 정의는 함께 움직이며 상호 보완적이다. 용기는 항상 지혜가 필요하다. 지혜가 없으면 용기는 생기지 않는다. 지혜와 용기와 정의는 삼위일체로 어느 하나 빼놓을 수 없다. 지혜, 용기, 정의에 절제와 자비를 더한 이 다섯 가지 덕목들이야말로 동서고금을 막론하고 모든 성인들과 현인들이 항상 강조하는 최고의 가치들이다. 용기 있는 사람, 정의로운 사람, 지혜로운 사람, 절제력 있는 사람, 자비로운 사람, 이들을 우리는 흠모하고 존경하기 마련이다. 누구나 한 번밖에 없는 인생인데 안중근, 윤봉길, 유관순 열사들처럼 국가와 민족을 위하여 생명을 초계와 같이 버릴 수 있는 그 큰 용기를 가질 수 있을까?

손주들아! 역사 속 위인들처럼 민족과 국가를 위한 거대한 용기를 실천하기는 힘들더라도 일상 속에서 남과 자신을 위한 조그마한 용기를 내는 데 주저함이 없다면 그것만으로도 주변의 인정과 존경을 받을 수 있음을 명심하길 바란다. 나는 흔들리는 동춘호 객실에서 이런저런 상념에 사로잡히다 잠이 들었다.

다음 날 환하게 날이 밝아 오기가 무섭게 뱃머리로 나갔다. 벌써 이곳저곳에서 사람들이 보건체조와 조깅을 한다. 그들을 따라서 나도 보건체조를 하고 객실로 돌아왔다. 어젯밤에 잠을 설쳐서 그런지 몸이 나른하고 찌뿌둥해 다시 잠을 청했다. 얼마 후 사람들의 떠드는 소리가 들려 나가 보니 저 앞에 육지가 보이고 희미한 가운데서도 뚜렷하게 멀리 백두대간의 영봉들이 보인다. 신선봉, 황철봉, 저항령, 소청봉, 대청봉까지 차례로 환하게 눈에 들어왔다. 이제 다 왔구나. 점점 속초시가지도 편편히 보이기 시작한다. 객실로 들어가 가방을 챙기고 부탁을 받은 짐 가방을 들고 밖으로 나갔다. 선원들과 상인들은 이리저리 분주하게 돌아다니며 하선 준비를 한다. 나는 가방 하나는 등에 메고 손가방은 어깨에 메고 하선 통로 맨 앞에 섰다.

드디어 밖의 문이 열리고 동춘호를 뒤로하고 출입국 관리소에서 입국 심사를 받고 밖으로 나왔다. 아내가 환하게 웃으면서 나를 반긴다. 한 아주머니가 다가와서 어깨에 멘 가방을 달라고 한다. 고맙다고 인사를 하면서 돈 2만 원을 건넨다. 이것이 무슨 짓이냐고 정중히 거절하니 아주머니가 또다시 감사하다고 인사를 한다. 우리는 동춘호 광장을 벗어나 해경대 앞에서 택시를 타고 집으로 돌아왔다. 집보다 더 편안하고 행복한 곳은 없는 것 같다. 이것으로 6차 백두 천지 여정도 마무리되었다.

7차
성산 백두 여정

희수에 도전하다

무심한 시간은 다시 흘러 2017년이 되었다. 내 나이는 어느덧 희수(稀壽), 다시 말해 77세가 바로 코앞이었다. 88세는 미수(米壽), 99세는 백수(白壽)라 한다. 옛날에는 희수, 미수, 백수가 되면 가족 친지들과 지인들이 모여 앉아 음식을 나눠 먹으면서 더 오래 살라고 축수(祝壽)를 해 주었다. 요즘은 의술도 발달하고 영양섭취와 건강관리도 잘하기 때문에 지난 세기에 비해 인간의 수명이 20년은 더 늘고 제 나이보다 젊어졌다. 주변을 봐도 80, 90, 100세까지 장수하는 사람들이 많지만 예전에는 '인생칠십고래희(人生七十古來稀)'라고 칠십까지 사는 사람들도 드물었다. 집 아이들도 그렇고 지인들조차 희수연을 안 할 것이냐고 자주 묻곤 했다. 요즘 시대에 희수야 누구나 청년인데 나중에 여든여덟이 되면 미수나 해 볼까? 그렇게 말막음을 하면서도 뭔가 의미 있게 보내야지 하면서 이것저것 혼자 생각을 해 보았다.

중국의 시성(詩聖) 두보(杜甫)는 인생은 누구나 먼 여행길을 걸어가는 나그네라고 했다. 내게도 방랑기가 있어 그런지 불쑥불쑥 미지의 먼 세계로 떠나고 싶을 때가 한두 번이 아니었다. 그렇다. 찾았다. 희수 기념으로 멀리 여행을 떠나 보자. 중국 운남에서 차마고도(茶馬古道)를 타고 티베트 라사로 가

볼까? 난주에서 돈황(敦煌)을 거쳐 신장(新疆) 카슈카르 비단 길을 찾아볼까? 내몽고 후룬베이얼에서 만주리(滿洲里) 3국 접경을 넘어 몽골 대초원을 지나 울란바토르 여행이나 해 볼까? 극동 블라디보스토크에서 시베리아 횡단열차를 타고 모스크바를 거쳐 서구 문명의 본산지 유럽 쪽으로 가 볼까? 아니면 멕시코 마야 문명과 페루 잉카 문명을 보고 마추픽추에 올라가 볼까? 세계 지도를 꺼내 놓고 여행사에 전화도 해 보며 며칠 동안 골몰했다. 그런데 현실적으로 이 모두가 내게는 허황된 꿈이자 망상이었다. 미련하고 사치한 생각을 버리고 분수를 지키자. 현실로 돌아오니 나의 영혼이자 마음속 고향인 백두 천지가 유일한 선택지로 남았다. 희수 기념으로 백두 천지를 찾기로 했다. 이번에는 속초에서 동춘호를 타고 중국을 가는 대신 인천으로 가서 중국 단동행 여객선을 타고 동항(東港)으로 들어가기로 했다. 압록강 변을 따라 그 옛날 고구려, 발해 등 조상님들의 터전과 발자취를 찾아보고 연길로 들어가 의형제 아우를 만나 보고 백두 천지에 다시 오르는 여정을 짰다.

10월은 안개구름도 적고 결빙도 안 되고 눈발도 없을 때이니 가장 적기가 아닌가. 나는 아침 일찍 속초에서 인천행 버스를 타고 인천국제여객터미널에 도착해 오후에 단동 동항으로 가는 여객선을 탔다. 동해 바다는 수십 번 남북으로 항해를 해 보았지만 서해 바다는 처음이다. 황해라고 해서, 바다 물빛이 누런 황토 빛으로 꽉 찬 줄 알았지만 그렇지 않았다. 인천에서 단동 동항까지 20여 시간. 속초에서 자루비노까지 거리와 비슷한 모양이다.

다음 날 아침, 날은 맑고 햇살은 눈부시다. 뱃전에 올라 보니 동항 입항이 가까웠는지 바다에는 크고 작은 시설물과 함께 여러 군데 배가 떠 있다. 내해를 지나는 기분이다. 동항에서 입국 수속을 밟고 버스에 올라 한 시간 정도 후 단동역 앞 광장에 도착하니 9시가 지났다. 한 10여 분간 택시를 타니 드디어 압록강 변 압록강철교 앞에 섰다. 푸르고 푸른 압록강이 유유히 서쪽으로 흐른다. 처음 보는 압록강이다. 푸르고 푸른 쪽빛 물결이 우리 머리보다 더 푸르다. 시 한 수가 머리에 떠오른다.

滾滾鴨綠西逝水 浪花無心生滅盡
흘러 흘러 압록강은 서쪽으로 흐르는데 물보라 꽃만 무심히 피었다 지네.
白面書生江渚上 仰視皇天白日速
글줄만 읽던 풋내기가 머리 들어 하늘을 보니 시간만 빠르게 흘러가네.

저 멀리 아물아물 신의주 땅이 보이고 강가에는 나들이하는 북한 주민들이 오가고 조그마한 나룻배들이 띄엄띄엄 떠 있다. 한가롭고 여유 있는 평화로운 풍경이었다. 한동안 압록강 건너 풍경을 이리저리 살펴보다가 나는 압록강을 가로질러 놓여 있는 육중한 철교 위로 올라갔다. 신의주를 바라보면서 한참을 걸어가는데 저 앞에 서 있던 감시원이 더 이상은 갈 수 없다고 한다. 철교 난간에 몸을 기대고 서서 도도하게 서쪽으로 흘러 들어가는 압록강을 바라보니 저 멀리 강폭은 크게 넓어져 마치 바다처럼 보인다. 남쪽 신의주 벌판은 압록강 변을 따라 끝없이 펼쳐진다. 불과 몇백 미터만 가면 밟을 수 있는데, 못 간다고 하니 착잡하다. 단동이나 신의주나 옛날 단군조선부터 위만조선, 고구려, 발해까지 모두 우리 터전이고 영토였는데.

철교를 내려와 압록강 변을 한동안 서성이면서 배회했다. 길가에 있는 음식점을 찾아 점심을 먹고 압록강 상류로 올라가기 위해 택시를 탔다, 구불구불 30여 분 올라가니 압록강 변으로 뻗어 내려온 산줄기가 보이고 크게 돌기된 산줄기는 강변 모래톱과 연결된다. 상당히 힘차 보이고 우람했다. 큰 성터와 성체가 보인다. 이것이 유명한 천리장성이다. 이 장성은 흘러 흘러 산해관과 연결되어 있어 이곳이 1만2천리 만리장성의 시발점이란다. 내가 알기로는 이 천리장성은 발해 왕조가 축조한 성이다. 쭉 둘러보고 다시 상류로 올라갔다.

상류로 오를수록 압록강 폭은 점점 좁아지고 조그마한 모래섬이 강 한 가운데 자리 잡고 있는데 그곳엔 숲이 있고 낮은 건물들도 보인다. 모래섬 주변에는 작은 배도 있고 보트도 있다. 물빛은 더욱더 쪽빛으로 푸르고 푸르며 깨끗하고 청결하다. 이 명경지수는 백두산에서 흘러온 물이겠지. 한 모금 떠서 마시고 손 씻고 세수하는데 느낌이 백두산 천지 물과 똑같았다. 보트는 강을 가로질러 북한쪽 강변으로 마구 달린다. 바로 지척이다. 사람들이 서성이기도 하고, 앉아 있기도 한데 "안녕하세요. 한국에서 왔습니다." 손을 흔드니 그들도 손을 흔들어 주면서 무어라고 떠들어 대는데 잘 들리진 않는다. 북한 강변 둑과는 불과 3~40미터 정도이다. 보트는 상류 쪽으로 좀 더 오르다가 뒤돌아 출발점 원위치로 돌아왔다. 200위안이다. 단동역 광장 버스터미널로 돌아와 연길행 버스를 타려고 하니 저녁때나 출발한다고 한다. 잠시 생각을 해 보았다. 밤차로 연길행을 하면 시간이야 절약되겠지만, 선조들의 터전과 강산을 볼 수가 없지 않은가. 차라리 이곳 단동에서 숙박하고 내일 아침 버스를 타야겠다. 관수, 환인, 통화, 백산, 무송, 돈화 등 모든 터전과 강산을 볼 수 있잖은가. 결정을 하고 나서 역전 광장 옆 작은 여관을 찾아 들었다.

자꾸 마음이 설레면서 잠이 오지 않아 지도를 꺼냈다. 단군

조선 이후 위만조선, 고구려, 발해 왕조에 이르는 10세기 초까지는 남북 만주와 연해주가 모두 우리 강토였다. 지금의 지명으로 하자면 서쪽으로는 요동 반도로 흘러 들어가는 요하부터 심양까지, 북으로는 장춘, 하얼빈, 흑룡강으로, 동으로는 연해주 블라디보스토크, 우수리스크까지 그 광대무변한 땅이 우리 선조들의 강토가 아닌가. 지금도 선조들의 말 달리던 소리와 활시위 소리가 들리는 듯하다. 오늘의 우리 현실과 처지가 너무도 부끄럽고 한스럽고 처량하다.

나는 문뜩 연길에 사는 의형제 아우가 생각 나 곧바로 전화를 걸었다. 어디냐고 묻기에 단동이라고 하니 깜짝 놀라면서 단체 관광을 왔느냐고 묻는다. 혼자 단동에 왔고 내일 연길로 들어간다고 하니 마중을 나오겠단다. 마중은 무슨 마중, 내일 버스가 언제 도착할지도 모르고 어차피 내가 아우 집을 알고 있으니 찾아가면 된다고 전화를 끊었다. 단동역 광장에 나가 보니 이곳저곳에 포장마차가 섰고 사람들이 바람을 쏘이면서 돌아다닌다. 양고기 꼬치 냄새가 난다. 들어가니 청년 남녀가 들어오라고 반긴다. 꼬치 두 줄과 오뎅 몇 점을 먹고 나니 몸이 나른해져 온다. 여관으로 돌아와 일찌감치 잠을 청했다.

다음 날 아침 일어나 밖으로 나오니 날씨는 쾌청하고 바람까지 솔솔 분다. 광장 한 모퉁이에서 꽈배기와 오뎅 국물로 식사를 마치고 연길행 버스에 몸을 실었다. 버스는 어느 사이 단동 시내를 벗어나 구불구불 산협을 돌아들고 쭉 뻗은 계곡 길로 접어 들어가는가 하면 또다시 구불구불 산협을 돌아간다. 도로 주변으로 띄엄띄엄 조그마한 농촌 가옥들이 나타났다 사라지기를 반복한다. 어느 한군데 탁 트인 평원과 쭉 뻗은 도로가 없었다. 일망무제(一望無際), 너른 평원과 끝없는 들판 위에 군데군데 마을이 보이는 풍경을 기대했건만 완전히 예상 밖이다. 통화, 무송, 백산도 마찬가지다. 어쨌든 선조들은 이곳을 무대로 4천 년 넘게 살아왔다. 지금부터 1천 년 전 중국에 이 땅을 넘겨주기까지 긴 세월 동안 선조들의 삶을 그려 보면서 눈을 감고 명상을 했다.

돈화를 지나니 속이 출출하다. 찐빵과 속초에서 가지고 온 육포로 점심을 대신하니 몸이 나른하다. 그럴 수밖에 없는 것이 내내 오면서 밖에 펼쳐지는 산천과 들판 군데군데 나타나는 집들을 헤아리느라 신경을 곤두세웠더니 눈도 피로하고 잠이 쏟아진다. 이제 두 시간 남짓이면 연길에 도착한다. 마음이 가벼워져 잠을 청했지만 깊은 잠이 오지 않는다. 창밖을 보다 눈을 감고를 반복하는 동안 안도를 지났다. 나는 안도를 최소한 10번은 다녔다. 사방이 산으로 둘러싸인 작은 분지로 맑은 강이 시내를 감싸고돈다. 사람들은 후덕하고 인심도 좋다. 따뜻하고 깨끗한 농촌 도시이다. 이곳 안도에서 큰 산허리를 굽이굽이 감돌아 계곡을 빠져나가면 쭉 뻗은 들판이 나오고 들판을 조금 더 달려가면 바로 연길이다.

연길 아우네

드디어 연길에 도착했다. 택시를 잡으려고 하는데 특유의 우렁찬 목소리가 들려온다. "형님! 따거(大哥)!" 나의 의형제 아우이다. 어깨의 등짐을 빼앗아 들더니 차로 가잔다. 제수씨는 차에 있단다. 참으로 반갑고 진심으로 고마웠다. 이런저런 이야기를 하다 보니 새벽시장 입구에 있는 아우네 집에 도착했다.

우롱차를 마시다 형님 전화를 받고 바로 방부터 정리했다고 하면서 제일 큰 안방을 쓰라고 한다. "무슨 말이야. 작은 방이면 충분해." 하니 아우의 말이 중국에서는 형님은 부모와 같으니 집을 비우라면 집도 내주어야 한단다. 절대 복종이고 큰 마음으로 모셔야 한단다. 크게 한바탕 웃고 나는 작은 방으로 들어갔다. 속초에서 준비해 간 마른 오징어와 김, 화장품을 내어놓으니 왜 이런 것을 가지고 왔느냐고 야단이다. "나는 몰라. 집사람이 준비한 거야. 나는 전달만 하는 사람이고 심부름꾼이야." 하니 아우 내외는 고맙다면서 받는다.

편안한 마음으로 침대에 누워 있으니 아우가 방으로 들어와

"형님! 우리는 밖에 볼일이 있어 나가야 되니 내 집이라고 생각하면서 편안한 마음으로 한숨 잠을 주무세요." 한다. 얼마나 곤하게 잠을 잤는지 깨어나 보니 밖이 벌써 어둡다. 몸과 마음이 참으로 가벼웠다. 조금 후에 아우 내외가 돌아오는데 밖에서 볼일도 보았고 겸해서 저녁 준비를 몇 가지 사 가지고 왔단다. 아우와 나는 호두를 까먹으면서 중국의 정치 지도자들을 화제로 잠시 이야기를 나누자니 제수씨가 저녁을 먹자고 한다. 고기와 해물, 청국장 등으로 풍성하고 맛이 있다. 중국을 드나들면서 이렇게 풍성하고 맛이 있는 식사는 처음이다.

식사 후 좀 걷자고 하여 밖으로 나가 새벽시장 터와 하천 변을 산책했다. 집으로 돌아와서 따뜻한 우롱차를 마시면서 연길의 조선족 동포들의 삶에 관해서 많은 이야기를 나눴다. 제수씨가 오늘은 피로할 테니 그만 이야기하고 일찍 취침하는 것이 좋겠다고 권한다. 아우도 내일은 아침 늦게까지 푹 자고 자기 사무실에 가서 놀다가 목욕을 하고 점심은 좋은 것으로 먹자고 한다.

이튿날 아침 식사 후 아우를 따라 나섰다. 사무실은 나도 여러 번 가 보았다. 결재를 하면서 몇 사람에게 전화하고 불러들여 업무 지시를 한다. 한 시간쯤 지나 목욕탕으로 가서 시원하게 목욕을 마치고 점심을 먹으러 갔다. 연길서 알아주는 음식점이란다. 게를 주 메뉴로 한 다양한 해물 요리인데 맛이 있고 영양가도 많다고 한다. 점심을 먹고 나자마자 아우는 저녁 식사는 건축 사업하는 친구와 함께 고기 집에서 먹기로 예약해 놓았단다. 친구들이 형님을 보고 싶어 하니 이참에 인사도 시켜 주겠단다. 그렇게 하자고 하고 그 사이 나는 책방에 다녀오겠다고 했다. 책방에 데려다 주겠다는 아우를 말리며 "아무 걱정 말아요. 나도 연길 구석구석 대충 알고 있으니 걱정 말고 나에게 자유를 좀 줘요."라고 말했다.

아우와 헤어져 책방을 찾았다. 백두산의 자연환경과 생태계에 관한 책 한 권을 사고 백두산의 역사와 문화, 주변 민족들의 종교와 신앙을 다룬 책을 찾았지만 마땅한 게 보이지 않았다. 물어서 다른 서점을 찾아갔다. 역시나 그곳에서도 찾지를 못했다. 약속한 5시까지는 시간이 많이 남아서 연길 공원을 둘러보기로 했다. 공원에는 사람들이 많지 않았다. 벤치에 앉아서 사 온 책을 보고 있노라니 조그마한 수레를 끌고 다니면서 대추를 파는 아주머니가 보였다. 심심하던 차에 대추 한 바구니를 사서 먹기 시작했다. 대추가 크고 달고 연하여 먹기에 제격이다. 군데군데 앉아서 담소하는 사람들, 몇 명씩 무리 지어 산책하는 사람들, 아이 손을 잡고 이리저리 배회하는 할머니들, 손을 잡고 흔들면서 느릿느릿 걸어가는 젊은 청춘들, 긴 의자에 앉아 있는 노부부, 나무 그늘 아래 집에서 들고 온 작은 의자를 놓고 앉아서 무엇인가 진지하게 얘기를 나누는 동네 노인들까지. 모두들 편안하고 한가해 보였다. 중국 사람들 특유의 여유롭고 달관된 모습이다. 서두르거나 조급해 보이지 않는다.

나도 저런 유유자적함을 배워 보자며 긴 의자에 누워 하늘을 쳐다보면서 대추를 우걱우걱 씹어 먹었다. 얼마나 자유롭고 편안하던지. 아무런 생각 없이 하늘을 쳐다보니 흰 구름은 말없이 흘러 흩어지고 간간히 들려오는 바람 소리는 조용히 얼굴을 스쳐 지나간다. 손은 자연스럽게 입으로 들어가고 입에서는 간간이 푸푸 하면서 대추씨가 튀어나온다. 이것이 어쩌면 무아의 경지, 무위자연을 설파했던 장자 선생의 소요유(逍遙遊)가 아닐까? 꼭 산수 간을 어슬렁어슬렁 걸으며 속세를 벗어나야만 소요유인가? 물욕과 세속적 가치를 초월하여 무아의 경지에서 스스로 편안함과 행복을 느끼면 이것이 바로 소요유이고 달관이지. 중국 사람들은 무위자연 속으로 자기 자신을 던져 놓는 묘한 능력이 있는 것 같다. 물론 노자와 장자 이래 2천500년 이상 도교적 삶의 방식이 중국 사람들의 정신과 생활 속에 굳어진 것도 있겠지만, 그들 특유의 애애(靄靄)한 성격 탓이라 생각한다. 현대 물질문명과 과학기술 속에서 급박하게 돌아가는 우리의 삶. 찌들고 쪼그라들고 찢기고 파괴되어 진정한 자유가 무엇인지, 행복이 무엇인지, 삶의 희열과 즐거움이 무엇인지 모르는 오늘날 우리네 일그러진 군상들. 우리 스스로 자문해 보자. 무위(無爲), 무아(無我), 무사(無私), 무욕(無欲)의 질박함 속에서 진정한 자유를 맛보며 희열과 행복 속에서 살아가는 지혜, 그 지혜가 필요한 때가 되지 않았는가?

한동안 누워서 멍하니 있자니 어느 사이 잠이 곤하게 들었나 보다. 의자 옆구리를 툭툭 치는 소리에 눈을 뜨고 보니 한 아주머니가 파안대소하면서 의자 밑을 가리킨다. 대추가 쏟아져 있다. 아이쿠! 하면서 주섬주섬 대추를 주워 봉지에 넣고 있는데, 멀리 저쪽으로 굴러 떨어져 나간 대추를 아주머니가 허리를 굽히면서 주워 준다. 고맙다면서 이제 나는 대추를 더는 못 먹겠으니 아주머니가 가지고 가시라고 하니 한사코 손사래를 친다. 재차 권하니 그럼 손주에게 주겠다며 웃으면서 받아 가지고 간다. 나는 왠지 기분이 좋아지고 유쾌하다. 서둘러서 아우 사무실을 찾았다.

아우를 따라 음식점에 들어갔더니 아우 친구 두 사람이 와서 앉아 있다. 간단히 인사를 나누고 연길과 중국 이야기를 시작으로 한국과 속초 이야기까지 많은 이야기를 나눴다. 그들 두 사람은 몇 번씩 서울과 제주도 관광을 했고 이듬해 평창올림픽 때는 연길 골프클럽에서 부부 동반으로 평창을 찾을 계획이라고 한다. 한국이 대단히 발전했고 특히 의료시설과 첨단기술은 세계에서도 수준급이라고 한다. 그리고 한국 사람들은 친절하고 예의 바르고 국제 감각이 탁월하다고 칭찬이 대단하다. 과연 그러한가? 실제로 그렇다면 얼마나 다행스러운가.

그들은 이어서 중국도 도광양회(韜光養晦)로 힘을 비축하고 키워서 불가능하다는 칭장(青藏)철도도 완성했고 우주개발도 미소와 함께 3대 강국이 되었단다. 반도체 기술이 좀 약해서 그렇지, 인공지능, 로봇 산업과 배터리 산업도 다른 나라에 뒤지지 않는다고 한다. 백주를 반주로 하는 저녁 식사이니 거나하게 취하는 모양이다. 자랑이 더욱더 많아진다. 인류의 4대 발명품인 종이 인쇄술, 화약, 나침반이 모두가 중국에서 발명한 것이고, 세계 7대 불가사의 건축물 중 만리장성, 병마용, 대운하가, 그리고 세계 4대 종교 중 유교와 도교가 중국에서 만들어졌단다. 4대 문명에 꼽는 요하문명과 황하문명에서 보듯 과거에는 중국이 세계의 중심지이고 인류 문명을 선도했다고 한다. 중국인들은 지혜롭고 창조적이고 지구력과 인내심이 뛰어나기 때문에 머지않아 다시 세계의 중심으로 우뚝 서서 미래의 인류 문명을 선도할 것이라고 장담한다. 형님은 어떻게 생각하느냐고 동의를 구하기에 맞는 말이라고 동조해 줬더니 세 사람 모두가 손뼉을 치면서 크게 웃는다.

그들과 즐거운 저녁 식사를 끝내고 아우네 집으로 돌아왔다. 아침에 일어나 아우를 따라 새벽시장에 갔다. 우리는 2박

3일 일정으로 백두산 여정을 잡고 새벽시장에서 음식거리를 준비했다. 아우는 많은 양의 육고기와 반찬거리를 사 가지고 등 가방 두 개에 꽉 채운다. "이것들은 우리가 반도 못 먹어." 하니 "형님, 걱정 말아요. 남으면 사람들 주면 됩니다."라고 한다. 자기가 어렸을 때 살던 고향과 돈 벌던 곳, 학교 선생 하던 곳 모두가 백두산 가는 도중에 있으니 모처럼 둘러보고 가잔다. 저녁때 이도백하에 도착하기만 하면 된단다. 다음 날 남파로 백두산에 오르겠다고 하니 나더러 혼자 오르라면서 그동안 자기들은 백산시에서 볼일 본 뒤 하산하는 나를 태우고 남파 부근에 있는 간이 비행장 근처 숙소로 안내하겠다고 한다. 마지막 날에는 아침을 먹고 백두산 스키장을 둘러보고 이도백하를 거쳐 연길로 돌아자고 한다. 아우 부부는 가방 몇 개를 차에 싣고 나더니, "형님, 짐을 꾸리시오. 출발합시다." 한다.

연길을 떠난 지 30분 남짓 완만한 산등을 넘어가는데 왼쪽으로는 용정과 비암산이 보인다. 산등을 넘고 구불구불 조금 더 가자니 비암산 저쪽에서 쭉 뻗어 나온 넓은 평야가 보이고 도로 옆에 조그마한 마을이 보인다. 마을 입구에 차를 세우더니, 차에서 좀 내리자고 한다. "저기 왼쪽에 미루나무가 보이지, 형님. 그 미루나무 근방에 옛날에는 집이 세 채가 있었는데, 거기가 내가 태어나고 어린 시절을 보내던 고향이오. 많이 변했네. 집터조차 안 보이네."라며 아우는 한참 그쪽을 쳐다본다. 저쪽 쭉 뻗은 들판이 바로 화룡 70리 평야로 18살까지 아버지와 함께 그곳에서 농사를 도우며 살다가 19살에 보통학교 교사가 되면서 고향을 떠났단다. 아우는 감회가 깊어서인지 특유의 우렁찬 목소리도 잦아들고 목이 메는지 헛기침을 하면서 몸을 뒤로 돌린다. 고향이란 무엇인가. 고향 앞에서면 그 활달하고 씩씩한 사람도 작아지고 감수성 많은 소년이 되는 모양이다. 분위기를 바꾸려고 아우의 어깨를 툭툭 치면서 "우리 아우가 이렇게 좋은 산천에서 태어났으니 이렇게 큰 대인이 되었나 보네. 아우님 안 그런가?" 했더니 "자기 이제 보니 완전히 시골 촌놈이었구나?" 제수씨가 웃으며 내 말을 받는다.

다시 출발해 한동안 가자니 도로 왼쪽 멀리 평원 뒤로 큰 도시가 보이는데 아우가 송강이라고 소개한다. 저기서 자기가 처음으로 교사 생활을 했었다며 꿈과 함께 많은 추억이 깃든 곳이란다. 송강을 뒤로하고 한 30여 분간 달리다 보니 앞쪽으로 우람하고 큰 산이 나타난다. 그 산에서 뻗어 내려온 긴 협곡 사이로 실개천이 흐른다. "형님, 저 산이 백두산에서 뻗어 내려온 산이에요. 그리고 개천 건너편에 창고 같은 건물이 보이지 않소? 그곳이 제재소 터이고 거기가 바로 내가 많은 돈을 번 곳이에요." 한다. 아우는 교사 생활을 하다가 돈을 벌기 위해 사업을 시작했는데 그게 바로 제재소 사업이었단다. 당시 연길에서는 큰 건축 붐이 일어나고 목재가 동이 났단다. 건축업자들은 길게 줄을 서서 제재소에서 나온 송판을 사 갔단다. 아우는 잠시 차를 세워 놓고 제재소 터를 보겠단다. "도로 길옆 도랑 건너 허름한 함석판으로 지은 오래된 창고가 있었고 그 옆에는 당시 목재가 쌓여 있었고. 저곳은 송판을 쌓아 놓았던 곳이고 창고 건물 저 화장실 같은 흙벽돌집 집에서 먹고 자면서 제재소를 돌리고 원목 목재는 계곡에서 실어 내리고 정신없이 돈을 많이 벌었지." 아우는 그때 번 돈으로 연길에 집과 건물들을 사면서 큰 부자가 되었단다. 지금은 폐허가 되어 아무도 찾는 사람이 없지만, 그때는 사람들로 들끓었단다. 그 당시 나이가 20대 중반에 무서운 것이 없었고 모두가 내 세상 같았단다. "참으로 유쾌하고 즐거운 추억의 제재소 잘 계시오." 하면서 그만 가자고 한다.

다시 긴 계곡을 안고 달리다 보니 다시 큰 산이 나타나고 산을 휘돌아 구불구불 오르는데 도로가 숲에는 산사 열매가 주렁주렁 달려 있다. 저 산사 열매가 아주 귀한 한약재이니 차를 세우고 좀 따 가자니까 "형님 한약방에 가면 수두룩하오. 필요하면 사면 됩니다." 하고 그냥 산등성이를 달려 올라간다. 안개가 자욱하게 피어오르기 시작하더니 점점 짙어진다. 유리문을 내리고 손을 내놓으니 촉촉한 안개비이다. 한참을 계속이 모퉁이 저 모퉁이 휘감아 돌면서 오르니 서서히 안개는 벗어지고 좌우에 산들이 보이면서 시야가 확 트인다.

"이제 조금 더 오르면 정상이오. 그 정상에는 작은 전망대가 있는데, 거기에 올라가면 앞이 훤하게 일망무제로 터집니다. 원시림이라 사람들은 못 들어갑니다." 드디어 쭉 뻗은 정상 도로 옆에는 시골 원두막처럼 만들어 놓은 전망대가 있다. 도로에는 차도 없고 전망대에는 사람도 없다. 우리는 준비해간 간식들을 챙겨가지고 전망대에 올랐다. 높은 지역에 위치해서 그런지 높이 5, 6미터, 넓이 3, 4평이지만 일망무제로 가물가물한 게 앞산들이 총총히 끝이 안 보인다. 가까운 앞산에는 자작나무, 떡갈나무, 침엽수림 등 수목 경연장이다. 나무들이 총생(叢生)하여 속살은 보이지 않는다. 참으로 장관이고 숲의 바다다. 원시림 속에는 호랑이, 곰, 단비, 사슴, 늑대, 여우 등 없는 짐승이 없고 각종 희귀 약초가 가득하단다. 우리는 간식들을 펼쳐 놓고 맛있게 먹으면서 백두산에 관한 많은 이야기를 나누었다.

이 산을 중심으로 송강과 이도백하가 나누어진단다. 지금까지 온 곳은 송강이고 앞으로 가면 이도백하란다. 한동안 쉬다가 차에 올랐다. 도로가에는 군데군데 침엽수인 구상나무, 전나무가 보이고 모든 나무는 울긋불긋 형형색색 단풍 바다다. 간간이 낙엽이 떨어진 앙상한 나무도 보인다. 이 큰 산을 빙글빙글 때로는 쭉 뻗어 내리는 그 길을 한동안 내려가니 구불구불 계곡과 들판 사이에 조그마한 마을들이 여기저기에 보인다. 이제 한 시간쯤 가면 이도백하란다. 제수씨가 육포를 한 움큼 쥐어 준다. 한국 육포보다 맛이 더 좋다. 조금 더 가다가 차를 세운다. 계곡물이 맑고 깨끗하면서 수량이 상당하다. 이 계곡 위로 한 1킬로미터 더 올라가면 넓은 소가 있는데, 팔뚝만 한 산천어가 지천이란다. 작년에 연길에서 몇 명 친구들이 함께 와서 낚시를 했다고 한다. 밖에 날씨가 좀 쌀쌀하다고 하니 이도백하에 가면 추울 거라고 한다.

조금 후에 이도백하에 들어섰다. 나는 이쪽 자리는 몇 번 와봐서 대충은 안다. 그런데 이도백하를 지났는데도 자꾸 남쪽으로 구불구불 달린다. 작은 마을이 나오고 모퉁이를 돌고 또 돌고를 몇 차례 제법 큰 마을이 나타난다. 이곳 마을에 친구와 함께 공동으로 투자한 휴양시설이 있단다. 들어가 보니 여름에 와서 놀다 가며 청소를 하지 않아서 그런지 좀 지저분했다. 대충 치우고 준비해 간 고기를 삶고 음식을 데우자니 벌써 해가 진다. 2층 방에서 밖을 내다보니 주변의 평원이 한없이 넓어 끝이 보이지 않는다. 백두산 남쪽 부근에 이렇게 넓고 큰 평원이 있으리라고는 미처 생각을 못 했다. 중국 정부가 국제 규모의 휴양 시설을 조성하겠다고 하여 이곳에 많은 사람들이 투자를 했단다. 저녁을 먹고 밖으로 나가니 기온이 쌀쌀하고 찬바람이 불어온다. 마치 초겨울 날씨다. 보일러를 돌리니 방안이 금방 따뜻하다.

다음 날 아침 일찍 잠이 깨었으나 뒤척이기만 하고 일어나지는 않았다. 옆방의 아우 부부는 아직 일어나지 않은 모양이다. 조금 후 노크 소리가 들리고 "형님 일어났소?" 한다. 점퍼로 갈아입고 밖으로 나가 주변을 산책하니 공기가 더없이 맑고 깨끗하여 가슴이 탁 트인다. 하늘에는 구름 한 점 없고 쾌청하다. "백두산이 어느 쪽이야?" 하니 "저쪽인데 여기서 백리는 될 거요. 멀어서 보이지는 않소." 한다. 오늘 남파 여정은 백두천지님이 반겨 주실 모양이다. 고맙고 감사합니다. 7년 전에는 안개구름으로 정상에 올랐으나 백두천지님을 뵙지 못했는데 오늘은 이렇게 쾌청하니 마냥 흥분되고 기분이 좋다고 하니 아우가 "형님, 체력이 좋아야 하니 오늘 아침에는 고기를 많이 자시오." 한다. 제수씨가 물 한 병과 육포, 소시지, 만두와 빵 등 먹을 것을 준비하여 작은 배낭에 넣어 준다. 나를 남파행 버스 정류소에 데려다주고 나서 자기들은 백산시로 가서 사람도 만나고 일도 보겠다고 했다. 그 후 온천욕을 하고 나서 5시경 이곳 정류장에 올 것이니 무리하지 말고 쉬엄쉬엄 천천히 올라갔다 오란다. 아우네와 작별하고 조금 지나자 바로 버스가 왔다. 약 한 시간쯤 후에 매표소에 당도하고, 표를 끊고 여러 무리의 사람들 틈에 끼어 남파로 오르기 시작했다. 군데군데 오래된 큰 자작나무가 보이는데 모두 잎은 하나도 없이 앙상하다. 드디어 계단석이 놓이고 한 발 한 발 오르며 살펴보니 좌우 구렁과 능선에는 풀과 나무는 보이지 않고 흙과 바윗돌뿐이다. 가끔 쉬면서 뒤돌아보니 멀리 평원 끝자락은 푸른 하늘과 맞닿아 있다. 계단 길은 산세에 따라서 구불구불 까마득하게 올려 보이고 이따금씩 일진풍이 휙 옷자락을 스친다. 산을 오르는 사람들은 거의가 젊은이들인데 무리무리 떼를 지어 오르며 떠드는 소리가 남방 말씨이다. 전혀 귀에 들어오지 않는다. 계단 가에 혹은 난간에 기대어 쉬고 또 쉬고를 여러 번 반복하면서 오르는데 지나가는 사람들이 나를 흘깃 쳐다본다. 저 늙은이가 왜 이 험한 곳을 올라오느라 고생을 하나 안타깝다는 표정들이다. 또 어떤 젊은이들은 "짜요우(加油)! 짜요우(加油)!" 하면서 가볍게 손도 흔들고 주먹까지 불끈 쥐어 보인다. 모두의 격려에 기분이 좋아지고 힘이 솟는다. 그래도 점점 힘이 들고 숨도 거칠어진다. 그래도 가야지. 얼마나 공들이고 꿈꿔 왔던가. 계단은 좁은 협곡으로 이어지는데 구불구불 올려다보니 아직도 끝이 안 보인다. 또 쉬고 또 쉬고 얼마 후에 계단석은 보이지 않는다.

아! 이제 정상이구나! 사람들이 앞에서 왁자지껄 떠들면서 이곳저곳에 무리 지어 움직인다. 빠른 걸음으로 재촉하여 사람들 틈을 이리저리 비끼고 빠져나가고 헤쳐가면서 몇 발짝 더 오르니 사방이 확 트이며 앞에 백두 영봉과 천지가 홀연히 나타난다. 천지와 영봉 하늘이 혼연일체가 되어 검푸른 모습으로 서기를 품어 낸다. 참으로 신비하고 장엄 황홀하구나. 나는 울먹이는 가슴을 진정시키면서 조용하게 눈을 감았다. 지난 일들을 떠올렸다.

"7년 전 이곳을 찾았을 때는 안개구름으로 가득하여 백두 천지와 단군 할아버님의 영신을 뵙지 못하였는데 오늘은 이렇게 성스럽고 위대한 모습을 보여 주시다니 참으로 감사하고 고맙습니다. 생각해 보니 제가 잘못을 하였습니다. 6번이나 찾아와서 우리 민족은 어떻고 분단과 통일은 어떻고 우리의 미래는 어떻고 등 온갖 넋두리와 하소연만 했었습니다. 깊이 반성하고 뉘우치겠습니다. 이번 여정에는 압록강 변을 따라 홍익인간의 이념이 실현됐던 그 신성한 터전을 돌아보고 있습니다. 돌아갈 때에는 목단강, 하얼빈, 장춘, 심양을 거쳐 단동 동항에서 배를 탑니다. 이곳 모두는 할아버님의 성스러웠던 땅 터전으로서 홍익의 이념이 실천궁행되었던 곳이 아닙니까? 물론 지금은 러시아 땅이지만 연해주 일대와 블라디보스토크, 우수리스크, 심지어는 하바롭스크까지 우리들의 성스러웠던 터전이 아닙니까? 앞으로 연해주 일원도 꼭 찾아보고 홍익 이념의 의제를 되새기겠습니다. 홍익인간. 인류 역사상 이보다 더 크고 훌륭한 이념이 또 어디 있습니까? 인간의 삶을 행복하고 평화롭게 하겠다는 생각. 이것이 바로 할아버님의 건국이념이고 철학이 아니겠습니까? 자유, 평등, 박애, 인권, 사랑, 정의, 이 모든 것들이 홍익 이념과 정신에 녹아 있지 않습니까?

하지만 그렇게도 강조되던 이념이 최근에는 소홀히 되고 구시대의 유물이라고 경시되고 있습니다. 우리의 성스러운 이념을 내팽개치고 서구적 가치와 사상에만 매몰되어 그것들을 모방 맹종하고만 있으니 참으로 부끄럽고 안타깝습니다. 자기 혼과 정신을 빼앗기면 남의 노예가 되고 멸시당하고 웃음거리가 된다는 것은 역사의 교훈이 아니겠습니까? 주저하고 머뭇거릴 때가 아닙니다. 민족과 국가의 지도자를 자처하는 사람들과 그 길을 가겠다는 사람들은 모두가 자기 자신부터 통렬하게 반성하고 비판해야만 합니다. 또한 그들을 선택하겠다는 국민들과 유권자들은 이제부터라도 냉철한 마음으로 옥석을 가려야만 합니다.

청소년과 청년들에게 국적 있는 교육을 시켜야만 합니다. 기술교육과 국제 감각도 중요하지만 더 중요하고 필수적인 교육이 바로 민족혼과 민족정신을 심어 주는 것입니다. 교육의 대전환이 시급합니다. 지금부터라도 민족혼, 민족정신 교육을 시작합시다. 백문이 불여일견입니다. 몸으로 부딪히는 교육이 필요합니다. 직접 백두 천지와 단군 할아버님의 성지를 찾는다면 벅찬 감격과 온몸에 전율을 느낄 것입니다. 자연스럽게 할아버님의 후손으로서 긍지와 자부심을 느끼면서 제세

이화, 홍익인간의 이념을 내면화하면서 민족혼, 민족정신으로 무장될 것입니다. 이것이 살아 있는 교육입니다. 저는 이름 없는 백면서생으로 교육현장에 몸담고 지금껏 살아왔습니다. 단군 할아버님! 오늘로서 7번째 찾아뵈었습니다. 많은 자손들에게 특히나 청소년과 청년들에게 이곳 성지를 찾아 할아버님의 혼과 정신을 내면화시키며 실천하게끔 큰 원력을 불어넣어 주십시오."

지성으로 소원을 빌고 작별을 하니 마음도 평안하고 몸도 가벼웠다. 하산하는 사람들 틈에 끼어 한 발 한 발 계단을 밟고 내려왔다. 30여 분을 한 번도 쉬지 않았다. 이제 계단도 끝났으니 좀 쉬어 가 볼까. 간이 휴게소 옆에 앉아 배낭을 풀어보니 몇 가지 음식물이 봉지봉지 쌓여 있다. 시장함에 허겁지겁 먹고 나니 갑자기 피로가 몰려와 비스듬히 누웠다. 눈은 감았으나 잠이 오지 않고 다시 벌떡 일어나 정류소 쪽으로 내려갔다. 아우는 아직 오지 않았다. 한 시간쯤 지나 도착한 아우 내외는 숙소로 가는 쪽에 작은 비행장이 있으니 둘러보고 가잔다. 간이 비행장인데 북조선으로 가는 비행기가 뜨고 내리는 모양인데 활주로도 작고 비행기도 아주 작았다. 비행장이 들어선 평원은 서남쪽으로 탁 트여 끝이 안 보이는 넓고 큰 평원이다. 활주로를 확장하고 부대시설만 갖추면 대형 비행장으로서 활용도가 얼마든지 있어 보였다. 이곳에 이렇게 큰 평원이 있다는 것은 상상이 되지 않는다. 대규모의 도시가 들어와도 손색이 없을 일망무제의 평원이다. 이 평원을 따라 옆으로 빠져 한동안 달리니 작은 마을이 나타나는데 그곳이 오늘 숙소란다.

관리인이 우리를 따뜻하게 반기면서 미리 보일러를 돌려 놓았으니 방이 따뜻할 것이라고 했다. 연길보다는 기온이 10도는 낮을 것이라고 했다. 준비해 간 음식물을 데워서 먹고 백두산에 대한 이야기를 주고받는데 "형님, 이번 백두산 여행이 7번째라며? 그렇게도 백두산이 좋소?" 한다. "아우님, 백두산은 나에게는 영혼이고 신앙이야. 백두산에 오르면 가슴이 떨리고 기쁨과 환희가 넘쳐 항상 뜨거운 눈물이 흐른다오." 하니 아우는 특유의 너털웃음으로 "허허. 그래도 이번이 마지막이지 뭐." 하길래 나는 힘줘서 말했다. "3년 후면 내 나이가 팔십이야. 팔순 기념으로 또 와야지." 하니 아우가 "형님, 참으로 대단하오. 완전히 백두산에 미쳤구려." 한다. 다음 날 아침에는 목욕을 하고 이도백하에 가서 아침을 먹잔다. 그 말대로 아침에 온천 지구에서 목욕을 하고 이도백하로 직행하여 조식을 마치고 공원에 있는 전망대에 올랐다. 3층 높이의 전망대 멀리 북서쪽에 흐릿하면서 아물아물 작은 산봉우리가 보인다. 그것이 백두산이다.

이도백하 사람들은 백두산이 보고 싶으면 이곳 전망대에 올라 백두산을 조망한단다. 나는 한동안 우러러 쳐다보다가 "백두천지님! 어제 남파로 거룩한 모습을 찾아뵈었는데 오늘 백두천지님 품을 떠나자니 또다시 미련이 남아 발걸음이 떨어지지 않습니다. 먼발치에서나마 간절한 마음으로 작별의 예를 올립니다." 무릎 꿇고 합장해 세 번 절하고 내려왔다. 고향을 떠나 객지로 떠나는 심정이다. 이제부터 이도백하를 떠나 연길로 돌아가야 한다. 4시간이면 연길이다. 점심은 연길 진달래집 냉면을 먹기로 했다. 시원하고 카랑카랑한 맛이 예전과 똑같았다. 내일은 목단강을 거쳐 하얼빈을 찾아보고 모레는 장춘으로 해서 심양을 거쳐서 단동으로 빠지겠다고 하니 아우가 뭐 하러 그렇게 먼 길을 돌아가느냐고 한다. "어제 백두천지님께 약속을 했지. 거기도 단군 할아버님의 터전이기 때문에 할아버지의 숨결과 체취를 느끼면서 민족혼과 민족정신을 배우겠다고 약속했어."라고 했더니 아우가 한마디 한다. "형님. 참으로 이상하오. 혼이고 정신이고 그것이 무슨 필요가 있소? 살아서 배불리 먹고 즐겁고 행복하면 그만이지. 왜 그렇게 복잡하게 살려고 해요? 한 이틀 이곳에서 나와 같이 놀다가 가오. 또 언제 올지 모르지 않소?" 한다. 간절하고 간곡한 마음이 아우의 본심이고 나에 대한 우정이다. 피를 나눈 친형제도 아닌데 부족한 나를 형님 대접해 준 아우는 의를 중시하고 실천하는 의로운 사람임에 틀림없다. 우리는 진달래집에서 나와 집으로 돌아왔다. "형님, 피로할 터이니 방에 들어가서 한숨 푹 주무시오. 내일은 원행을 한다니 건강을 잘 챙겨야 하오." 얼마나 지났을까, 저녁을 먹자고 아우가 문을 두드린다. 제수씨가 진수성찬을 준비했다. 식탁에서 아우는 목단강에 대해서 많은 이야기를 해 주었다. 다음 날 우리는 진심 어린 우정을 새기며 헤어졌다. "형님. 오고 싶을 때 아무 때나 또다시 오우!"

안중근을 느끼다

연길을 떠나 하얼빈행 버스에 몸을 실었다. 장춘과 심양은 한두 번 가 보았으나 하얼빈은 처음이다. 도중에 목단강을 지난다. 알다시피 목단강은 우리 역사에서 빼놓을 수 없는 곳이다. 지금도 우리 조선족 동포들이 많이 살고 있다. 7세기 발해 건국 이후 230년간 상경 용천부라 하여 발해의 도읍지였다. 군데군데 발해인의 힘찬 기상과 찬란한 문화가 깃든 민족혼의 보고이다. 시내 중심부로 흐르는 목단강은 송화강의 가장 큰 지류로 하얼빈시를 감돌아 흑룡강과 우수리강과 합류해 동해로 흘러 들어간다. 송화강과 함께 한민족의 혼과 정신이 녹아 흐르는 어머니의 강이다. 해동성국(海東盛國) 발해(渤海)는 서쪽으로는 요하, 동으로는 일본, 북으로는 흑룡강, 연해주까지 그리고 남으로는 압록강과 청천강 유역까지 거대한 왕국이었다. 그 중심지에 목단강이 있다. 유유히 흐르는 목단강을 뒤로하고 서북쪽으로 세 시간 남짓 달려 도착한 곳이 안중근 의사의 혼과 정신이 깃든 하얼빈이다. 이 광대한 평원이 단군 조선 이후 발해 멸망까지 우리 선조들의 중심 무대였다. 우리 선조들은 이곳에서 숲을 베고 논과 밭을 개간하고 찬란한 문화를 창조했지. 그 큰 웅지와 높은 기상에 고개가 절로 숙여진다. 옥야천리 기름진 터전을 만들어 우리들 후손에게 넘겨주지 않았던가. 그런데 1천 년 전 무슨 일이 있었기에 이 광대한 옥토를 거저 남의 손에 넘겨주었는가. 당시 역사를 냉철하게 뒤돌아보고 그 원인과 이유를 찾아내야만 하지 않겠는가. 이제 다시는 무지하고 무기력한 역사를 반복하지 않아야겠다고 다짐을 해 보았다.

이런저런 생각을 하는 동안 어느덧 버스는 1천만 명이 거친 숨결을 품어 내는 거대도시 하얼빈 속으로 빨려 들어갔다. 하얼빈 하면 우리 민족에게는 제일 먼저 떠오르는 것이 안중근 의사의 의거 아닌가. 한민족의 혼과 정신의 화신인 만고의 보국정충(報國精忠) 안중근. 나는 안 의사의 의거지와 동상을 찾기 위하여 하얼빈역 부근에 숙소를 정했다.

아침이 밝았다. 하얼빈을 찾는 한국 사람들이 매년 수십만 명이라고 한다. 그들 중 과연 몇 명이나 안 의사의 의거지와 동상을 찾았을까? 울컥 복받쳐 오르는 감정으로 뜨거운 눈물을 흘리는 사람이 몇 명이나 될까? 하얼빈의 세계적 축제인 빙등제를 관광하는 한국 사람들이 수천 명인데 그들 중 안 의사를 찾는 사람은 수백 명뿐이란다. 우리의 민족혼, 민족정신이 어찌 이리도 쇠잔해졌단 말인가?

숙소 주인에게서 설명을 들은 대로 큰길과 작은 도로가 연결된 지점에서 좌로 한 모퉁이 돌아드니 바로 안중근 의사의 유적지다. 죄스럽고 애달픈 마음에 눈물이 흐른다. 지나던 사람들이 힐끗힐끗 쳐다본다. 나는 개의치 않고 머리를 숙여 참배를 하고 나서 당시의 상황을 머릿속에 찬찬히 그려 보았다. 1909년 10월 26일 기세등등한 침략의 원흉 이토 히로부미(伊藤博文)가 열차에서 내려 거만한 모습으로 러시아 장병들의 사열을 받는 도중 별안간 울리는 총소리. "빵! 빵! 빵!" 이 소리는 하늘의 호통이요 우리 민족혼의 커다란 울림이었다. 잠시 후 안중근 의사의 통쾌한 웃음소리가 들린다. "이 천인공노할 왜놈아! 무간지옥(無間地獄)으로 떨어져라!" 이토는 즉사했고 하얼빈 총영사를 비롯한 졸개들도 여기저기 쓰러졌다.

"나는 대한국인 안중근이다! 대한민국을 침탈하고 동양평화를 해치는 이토를 처단하러 왔다!" 하면서 의연한 모습으로 체포되는 모습이 눈에 선하다. "그 기개와 절의, 당당함이여. 의사님이 계셔서 민족혼과 민족정신이 살아 숨 쉴 수 있는 겁니다. 참으로 위대하십니다. 저희 7천만 한민족 모두가 기개와 정신을 이어받아 남북 분단도 극복하고 통일 민족국가를 건설하여 세계만방에 우뚝 서겠습니다. 그리하여 70억 인류에게 손을 흔들면서 동양평화와 세계평화, 인류평화를 목청 높여 외치겠습니다." 자리를 옮겨 의사의 동상 앞에 섰다. 한참을 우러러보며 참배하고 또다시 봐도 범접할 수 없는 의연함과 당당함에 고개가 절로 숙여진다.

주변에 중국 사람들도 모여들면서 떠들어 댄다. "저분이 일본의 이토를 쓰러뜨린 한국의 대인이야. 그리고 동양평화를 부르짖은 평화주의자야. 저분을 존경해서 동상에 참배하는 사람도 많아." 나는 속으로 말했다. '마땅히 그래야지. 당시 일본이 대륙을 침략 유린할 때 당신네 수억의 중국인들은 총 한 방 쏴 보지 못하지 않았는가.'

안중근 의사는 황해도 해주 청풍리 출신으로 본관은 순흥 안(安)씨이며 어릴 적의 아명은 응칠(應七)이었다. 어린 시절 아버지에게서 한학을 배웠고 무술도 익히고 또 한편으로는 신학문을 접하면서 가톨릭에 입교했다. 그 후 일제 침략이 노골화하자 평양으로 이주하여 남포에 돈의학교(敦義學校)를 세워 인재를 양성하던 중 1905년 을사늑약이 체결되자 이에 격분하여 강원도에서 의병생활을 하다 연해주로 건너가 연해지구 의병사령관으로 무장독립투쟁을 벌였다. 1909년 해삼위에서 동지 11명과 동의단지회를 결성하고 죽음으로써 구국투쟁을 벌이겠다는 단지 맹세를 하였다. 그때 침략의 원흉 이토 히로부미가 러시아 재무상과 하얼빈에서 동청철도 등 현안 협의를 위해 하얼빈으로 간다는 소식을 접한다. 안 의사는 동지 우덕순(禹德淳)과 조도선(曺道先), 유동하(劉東夏)와 함께 이강(李剛)의 후원을 받아 행동에 나섰다.

감시를 피하기 위해 일본인으로 가장하여 하얼빈역에 숨어든 안 의사는 1909년 10월 26일 오전 9시 30분경 역 플랫폼에서 러시아군을 사열하던 이토를 사살했다. 의거 성공 후 현장에서 붙잡힌 안 의사는 여순 감옥으로 이감됐고 일제는 이듬해 2월 14일 안 의사에게 사형을 선고했다. 면회 온 아우 정근, 공근을 만나 절의에 찬 어조로 민족의 운명과 나아가서 동양평화를 강조한 뒤 안 의사는 1910년 3월 26일 순국하였다.

학자이기도 했던 안 의사는 글재주도 비범하여 수감 중 2백여 점의 유묵을 남겨 후세들에게 좌우명으로 삼게 했다. 글씨는 단정하면서도 기운 차 한 획 한 획 의기와 절의가 넘쳐난다. '百人堂中 有泰和'로 평화를 강조하고, '一日不讀書, 口中生荊棘'으로 지식과 지혜를 강조하고, '見利思義 見危授命'으로 의를 강조하고, '歲寒然後知 松柏之不彫'로 절개를 강조했다. 우리가 일상생활에서 지켜야 할 덕목들이 망라됐다. 그 유명한 『동양평화론』은 집필 중 순국으로 말미암아 미완으로 남았지만 정치적으로는 유럽공동체처럼, 경제적으로는 세계은행처럼 인류 공동이 반목과 대결 대신 합심 협력하자고 주장하였으니 그 식견과 예지 능력이 타의 추종을 불허한다.

나는 눈을 감고 읊조렸다. "나의 사랑하는 손주들아! 너희들도 평소 안중근 의사의 언행을 익히고 본받으며 큰일을 만났을 때 그의 절의와 기개가 발현될 수 있다는 것을 명심하고 또 명심하기 바란다. 그리하면 청사에 빛나는 만고의 충현(忠賢)으로 영원히 살아 있게 되는 것이다." 마지막으로 합장 기도한 후 역으로 가서 장춘행 기차표를 샀다. 시간이 많이 남아 아침 겸 점심을 근처 음식점에서 먹고 역 대합실에 자리를 잡고 앉았다. 백두산 화첩을 꺼내어 이것저것 살펴보니 백두산의 자연환경과 생태계가 참으로 다양하고 신비했다.

이제 출발시간. 사람들 틈에 서 이리저리 밀리면서 기차에 몸을 실었다. 기차는 거대 도시 하얼빈을 뒤로하고 광활한 대자연 만주 벌판으로 진입한다. 저 멀리 지평선 끝자락을 보고 달린다. 전후좌우 산맥과 산등성 하나 보이지 않고 그야말로 대평원이다. 이런 것을 옥야천리라고 하던가? 이 대평원을 누가 개척하고 개간하였는가? 1천 년 전까지 우리 선조들의 거친 숨결과 피와 땀으로 만들어 놓은 천리옥토 아닌가? 선조들의 강인한 개척정신과 불굴의 의지가 없었던들 이곳은 지금도 우거진 산림과 초원으로만 덮여 있었겠지. 다시 한번 선조들께 고개 숙여 경의를 표한다. 그런데 이러한 옥토가 1천 년 전 우리 손을 떠나 그 뒤로 몽골족의 원(元)나라로, 다시 한족의 명나라로, 또다시 만주족의 청나라로 주인들이 바뀌었다. 급기야 100년 전에는 일본 제국주의 침략으로 장춘(長春)은 신경(新京)으로, 심양(瀋陽)은 봉천(奉天)으로 이름이 바뀌면서 꼭두각시 위성정권인 만주국(滿洲國)으로 개국해 일제의 손으로 넘어갔지 않았는가. 지금은 중화인민공화국, 중국의 영토가 되었지만 이 땅이 언제 다시 원래의 주인인 우리의 손으로 돌아올 것인지 기약할 수 있을까? 실로 암담할 따름이다. 기차는 장춘에서 잠시 머물다가 심양으로 달리기 시작한다. 심양 또한 하얼빈과 장춘처럼 옥야천리로 고조선, 고구려, 발해의 숨결이 깊은 곳이다. 1천 년 전에 불행히도 우리의 손을 벗어나 이민족의 땅이 되었지. 저 멀리 요하를 건너 쳐들어오는 수(隋)나라의 양제(煬帝)와 당(唐)나라의 태종(太宗). 그 거대한 세력을 물리치고 굳건히 터전을 지킨 우리 선조들의 불굴의 기상 앞에 절로 머리가 숙여진다.

역사에 대하여

역사(歷史)란 무엇인가. 또한 역사는 어떻게 흘러가는가. 우연의 연속인가? 아니면 필연의 법칙이 있는가? 나 같은 어리석은 백면서생은 머리만 아플 뿐이다. 그 누가 한마디로 역사를 정의할 수 있겠는가? 그러나 일반적으로 역사를 정의하는 몇 가지 담론은 있다. 과거에서 현재에 이르기까지 인류 또는 민족, 국가의 변천과 흥망성쇄의 전 과정을 역사라고 할 때 그 역사를 바라보는 관점은 동양과 서양이 크게 다르지 않았다.

전한(前漢)시대『사기(史記)』를 집필한 사마천(司馬遷)을 필두로 한 동양의 역사학은 실제 있었던 사실에 기초하여 여기에 가치를 부여하면서 선악과 정사를 판단하는 '춘추필법(春秋筆法)'을 역사의 정도라고 봤다. 이밖에 '순환이론(循還理論)'과 '기승전결(起承轉結)' 혹은 '기승전합(起承轉合)'의 이론이 있다. 순환이론은 천도(天道), 즉 하늘의 뜻에 의해서 무조건적으로 돌고 돌아가는 것이 역사라고 한 반면, 기승전결 혹은 기승전합은 처음 사실을 기(起)라고 할 때, 그걸 계승하는 것을 승(承), 크게 한 번 뒤바뀌는 것을 전(轉)이라 하고, 이 전 과정을 거두어서 맺는 것을 결(結) 또는 합(合)이라고 했다.

서양의 역사관도 이름과 논리의 방법만 다를 뿐 동양의 역사관과 대동소이하다. 독일의 역사철학자 헤겔은 역사를 변증법적으로 정반합(正反合)에 의한 상승적 발전으로 봤다. 모든 존재와 사물, 형상, 과정들은 원초적으로 항상 모순점이 있기 때문에 이 모순을 제거하기 위하여 정반합의 과정을 거치고, 그 정반합은 또다시 정반합으로 계속해서 반복 투쟁하면서 조금씩 모순점을 제거하면서 좀 더 발전된 모습으로 전개된다고 했다. 영국의 역사학자 아널드 토인비는 『역사의 연구(Study of History)』에서 모든 문명의 역사는 성장기, 발전기, 소멸기로 나뉘는데 세계에는 지금까지 210여 개의 문명권이 존재했었고 특히 서구 문명은 지금 쇠퇴기라며 동양 문명이 흥융을 예견했다. 영국의 역사학자 에드워드 카는 역사를 현재와 과거와의 대화로 규정하면서 인간의 역사는 끊임없이 변화하고 그 변화 자체가 항상 진보라고 보았다. 이러한 변화는 사람들의 가치와 관점에 따라서 언제나 다르게 해석되며 또한 다르게 해석되어야만 한다고 말한다. 역사를 보는 눈은 항상 상대적일 수밖에 없고 절대적으로 객관적인 것은 있을 수 없다. 과거에 비추어 현재를 보고 현재를 비추어 미래를 전망한다는 것이다.

이상과 같이 동서양에서 역사를 보는 시각과 정의는 각각 다르지만 한 가지 분명한 것은 우리 인간은 지혜와 의지가 있는 존재이기 때문에 과거에 지나온 역사는 어쩔 수 없지만, 현재와 미래의 역사는 더 좋은 가치를 중심으로 창조 발전시킬 수 있다고 본다. 물론 하늘의 운행 법칙은 거역하거나 막을 수 없겠지만 말이다.

이런저런 생각으로 혼란스러운 머릿속을 정리하지도 못한

채 객실에서 억지로 잠을 청했다. 심양 역에 도착한 이후 줄곧 몸 상태가 좋지 않아서 역 앞에 숙소를 정하고 휴식에 들어갔다. 감기와 몸살이 겹쳐서 기침과 열도 나서 아예 저녁도 먹지 못했다. 아침에 일어나니 한결 몸 상태도 좋아지고 기분도 나아졌다. 다행이다. 배도 고프고 영양도 섭취해야겠기에 역전 뒷골목 이곳저곳을 뒤져보니 푸짐한 소고기 국밥집이 보였다. 시원하게 한 그릇 먹고 나니 몸도 가볍고 마음이 편안해졌다. 바로 단동행 버스를 탔다.

심양을 떠난 지 한 시간쯤. 버스는 산과 계곡을 이리저리 휘감으며 달리기 시작한다. 드디어 광활한 평원은 사라지고 산협과 계곡만이 구불구불 이어진다. 아, 이 길은 청 태종 홍타이지가 20만 병력을 휘몰아 조선을 유린했던 길이 아닌가. 끝내 삼전도에서 인조대왕은 홍타이지에게 머리를 세 번 조아리며 군신의 맹약을 한 국치의 길. 이 길은 소현세자와 봉림대군 그리고 수많은 비빈과 수만 명의 포로들이 청군의 채찍과 말발굽에 짓밟히면서 끌려갔던 수난의 길. 그 뒤로도 수많은 조선 남정네들과 여인네들이 노예로 팔려 갔던 고통의 길. 탄식과 한숨이 절로 나온다. 병자호란 이후 매년 동지사 일행이 청에 조공을 바치러 드나들던 길이었고, 청으로부터 문물을 받아들이는 선진문화의 길이기도 했다. 조선에서 생산되는 귀한 약재를 가지고 청국을 찾는 의료의 길이자 실사구시 실학자들이 드나들던 학문의 길이며 배움의 길이었다. 좋은 면과 어두운 면이 함께하는 소통의 장이 바로 길이다. 길은 늘 거기 있다. 그 길에 의미와 역사를 새기는 건 사람의 몫이다. 고난과 치욕의 이 길을 환희와 영광의 길로 만들 수는 없을까?

버스는 어느덧 단동으로 접어들고 압록강 하구 서쪽 하늘에는 저녁노을이 물들기 시작한다. 버스에서 내려 택시를 타고 압록강철교 부근 전에 묵었던 숙소를 다시 찾았다. 수구초심이라고 했던가. 사람은 자기가 찾아든 곳을 또 찾게 되는가 보다. 그래야 낯설지 않고 안정감이 든다. 주인이 나를 알아보고 또 왔느냐고 반가워한다. 저녁 식사를 마치고 압록강 변을 산책하면서 신의주 쪽을 조망하다가 숙소로 돌아와 아내에게 전화를 걸었다. 모두가 편안하게 잘들 지낸다는 소리를 들으니 마음이 한결 편안해진다. 다음 날 아침 늦게 일어났다. 모처럼 편안하게 단잠을 자고 나니 몸도 가볍고 마음이 상쾌하다. 사방에 내리쬐는 아침 햇살을 온몸으로 받으며 또다시 압록강철교 강가에 섰다. 하구 쪽에서 서남풍이 쏴 하고 불어오면서 흘러가는 물결을 때린다.

압록강 푸른 물이 바람결에 일렁일렁 작은 물결이 일어나더니, 큰 물결로 변하면서 강 가득히 물보라 꽃이 피어난다. 번쩍번쩍 일렁일렁. 참으로 장관이다. 불현듯 『삼국지(三國志)』 서문에 나오는 「단가행(短歌行)」이 떠오른다.

滾滾長江 東逝水	굽이치는 장강은 동쪽으로 흐르고
浪花 淘盡英雄	허다한 영웅들 물거품에 씻겨 사라졌네.
是非成敗 轉頭空	옳고 그름 이기고 지고 다 부질없어라.
靑山 依舊在	청산은 예와 다름없는데
幾度 夕陽紅	석양은 몇 번이나 붉었던가.
白髮漁樵 江渚上	머리 흰 어부와 나무꾼은 강가에서
慣看 秋月春風	가을 달 봄바람을 생각 없이 바라보네.
一壺濁酒 喜相逢	한 병 술로 기쁘게 서로 만나
古今 多少事	옛날부터 지금까지 크고 작은 일
都付 笑談中	모두 담소에 부쳐 버리네

어느새 나도 흥이 생긴다. 「단가행」에 빗대어서 몇 마디 노래를 불러 본다. "굽이굽이 압록강은 서로 흐르는데 얼마나 많은 호국간성(護國干城)이 물보라 꽃 속에 파묻혔는가. 인생사 옳고 그름 머리 돌려 보면 모두가 허망한 것들. 저 푸른 산과 황토 들판은 예나 지금이나 변함없는데 몇 번이나 저녁노을이 물들었던가. 노년의 백면서생과 민초들이 강가에 나와 가을바람 찬 서리를 몇 번이나 보았는가."

커피 한 잔 시켜 마시며 지난 일들을 생각하니 이 모두가 웃음거리뿐이다. 혼자 넋두리처럼 주워섬기며 웃고 나니 몇 사람이 주위에 모여 들면서 나를 물끄러미 쳐다본다. 나는 그들에게 목례를 건네고 강둑을 내려왔다. 바로 단동 역전으로 가서 동항(東港) 여객터미널 가는 버스를 탔다. 몇 가지 수속 절차를 끝내고 터미널로 들어가니 사람들이 많이 와서 승선 준비를 한다. 구내매점에서 빵과 소시지, 찐 물만두 그리고 물 한 병을 사 가지고 대합실에서 아침 겸 점심을 때웠다. 한국말 하는 사람들이 있어 찾아가 인사를 하니 자기들도 반갑단다. 그들은 영구(營口)를 통하여 인천을 다녔는데 오늘은 모처럼 동항으로 행로를 바꿨단다. 인천에서 작은 무역상을 하는데 때로는 배 타고 다니며 보따리 장사도 한단다. 큰돈은 못 벌어도 그냥 먹고는 살 만하다며 솔직히 돈 욕심은 없단다. 역마살이 끼어서 돌아다니는 것이 취미이고 즐거움이란다. 모두가 순해 보이고 착해 보인다. 내가 백두산 여행을 하고 돌아오는 길이라고 하니 그들은 관심을 보이며 여러 질문을 한다. 혼자 다니느냐, 겁나지 않느냐, 중국말은 할 줄 아느냐, 직업이 무엇이냐, 어디 살고, 나이는 얼마냐 등등. 이번이 7번째 백두산 여행이라고 하니 모두가 깜짝 놀란다. 77세 나이에 건강이 대단하고 용기도 수준급이라면서 칭찬이 끊이지 않는다.

드디어 승선시간. 4인 1실로 찾아 들어가니 중국 사람 둘이 침대에 누워 있다. 눈인사를 하고 짐을 내려놓고 방을 나와 여객선 구석구석을 살피고 갑판에 올라 동항을 둘러보니 내항만 길이가 수십 킬로미터이다. 내항을 빠져나가자 식당에서 식사가 제공되었다. 콩나물국에 김치와 생선 몇 토막인데 모처럼 입맛에 딱 맞는다. 침실로 들어왔다. 연길 아우에게 전화를 걸었다. 지금 동항에서 배를 타고 바다 한가운데 떠 있다고, 이번 차에 신세를 많이 졌고 많은 배려에 고마운 마음뿐이라고 아우에게 감사를 표했다. "형님, 그 정도는 기본이죠. 편안하게 잘 가시오. 그리고 오고 싶을 때 또다시 오우." "그래, 건강히 잘 지내게. 곧 다시 보러 옴세." 우리는 철석같이 재회를 약속했다.

하늘도 무심하고 야속하시지. 아우는 그로부터 두 해가 지나지 않아 심장마비로 쓰러져 유명을 달리했다. 이 글을 쓰는 지금도, 대인 중의 대인이었던 아우의 호방했던 말투와 활기 넘치던 모습을 떠올리면 목이 메어 오고 눈물이 흐른다. 아우님! 자네와 나의 20년 우정을 잊지 않겠네. 저 높은 천상에서 편안히 영생복락을 누리시게.

우정에 대하여

우정(友情)은 친구 사이의 의(義)를 말한다. 부모 팔아서 친구 산다는 말이 있듯이 우정은 그만큼 중요하다. 같은 부모의 피를 나눈 형제 간 의는 천륜으로 무조건적이며 자연발생적으로 생기는 것이지만 피를 같이 나누지 않은 남과 남 사이의 우정은 필연이 아닌 선택이므로 각자 노력 여하에 따라 형태와 깊이가 천차만별이다. 인류 역사상 오늘날처럼 사람과 사람들 사이의 교류와 소통이 빈번하고 상호 관계와 작용이 밀접한 세상은 없다. 그렇기 때문에 우정은 그만큼 더 중요해졌고 우리 삶에 미치는 영향도 더 커졌다. 어쩌면 지금 세상에서 가장 필요한 덕목이자 가치일지도 모르겠다. 이 덕목과 가치를 잘 지키려고 노력하는 사람은 그만큼 발전하고 행복하고 성공한 인생을 살 수 있을 것이다. 몇 가지 내면화하고 실천할 요체가 있으니 여기서 간단히 소개하고자 한다.

오랜 세월 금언서로 널리 읽힌 홍자성(洪自誠)의 『채근담(菜根譚)』이 있다. 그 책의 섭세(涉世)편에서는 "交友 須帶三分俠氣 作人 要存一點素心"이라 했다. 즉, 친구를 사귈 때에는 모름지기 삼 할의 의협심을 가져야 하고 사람이 되려면 마땅히 한 점의 순수한 마음을 지녀야 한다. 좋은 친구, 진짜 친구를 사귀려면 학교나 직장 혹은 동네에서, 심지어 요즘 인터넷이나 사이버 공간에서 만나는 많은 사람들에게도 사랑하는 마음, 배려하는 마음으로 서로 돕고 격려하며 길흉화복을 같이 나눌 줄 알아야 한다는 말이다. 상대방의 얼굴과 음성을 못 보고 못 듣는 공간에서의 만남은 더욱더 예의를 갖추고 상대방을 배려하는 마음가짐이 중요하다. 만나서 이야기하고 밥 먹고 취미와 오락을 같이한다고 해서 저절로 깊은 우정이 쌓이는 것은 아니다. 서로 간에 신뢰와 믿음을 주고받고 어려움과 고통을 같이 나누는 헌신과 희생, 그러한 애틋한 마음이 있어야 우정이 깊어지고 오래도록 지속되는 것이다. 이러한 마음가짐을 우리는 의리 혹은 의협심이라고 부른다. 큰 인물이 되려면 정제되고 순결한 마음, 즉 소심(素心)이 있어야만 한다. 아무리 머리가 좋고 공부 잘하고 똑똑하고 대인관계가 좋아도, 순결한 소심이 없으면 외적 사물에 오염되고 외부의 유혹에 빠지고 못된 사람과 얽혀서 결국에는 마음이 황폐화되고 몸이 더럽혀져서 낭떠러지로 추락하고 만다. 그리하여 패가망신하고 자손들까지 손가락질 받는 경우를 우리 주위에서 종종 봐 왔다.

하나만 더 소개하자. 수성(修省)편에서는 "性燥心粗者 一事無成, 心和氣平者 百福自集"이라 했다. 즉, 성질이 조급하고 마음이 거친 사람은 한 가지 일도 이룩할 수 없고 마음이 온화하고 기질이 평안한 사람은 백 가지 복록이 저절로 모인다. 마음을 다스리는 양심(養心)과 성격을 고치는 개성(改性)이 얼마나 중요한 덕목인지 말해 주는 문장이다. 성격과 기질은 타고나는 것이라고 하지만 노력 여하에 따라서는 후천적으로 얼마든지 고칠 수가 있다. 요즘 같은 복잡다단하고 혼란한 사회에서는 단순하고 쉬운 일이 하나도 없다. 모든 것이 서로 얽히고설켜 있어 무엇이 핵심이고 무엇이 중요한지 구별하기가 쉽지 않다. 모든 물질적 현상들과 조직들이 순간순간 변화하고 변질되는 상황 속에서는 더욱더 그렇다. 마음이 소홀하고 조악하면 일에 처하여 치밀하고 용의주도하지 못해 실패할 확률이 많다. 급하면 쉬어 가라는 말이 있지 않은가. 조급한 성격을 버리면 당황하지 아니하므로 일에 처하여 실패가 없게 되어 이를 성공시키기가 쉽다. 우정에 대한 이야기가 결국은 『채근담』까지 이어지며 장광설을 쏟아 내고 말았다.

사랑하는 손주들아! 마음이 따뜻하고 맑으며 의기와 신의가 있는 친구들을 많이 사귀어라. 서로 사랑하고 격려하면서 보듬어 주고 도와주면서 길흉화복을 같이 나눌 수 있는 그러한 우정. 이 고상하고 멋진 우정은 스스로 찾아오는 것이 아니고 많은 노력과 실천이 뒤따라야만 얻을 수 있는 것임을 명심하길 바란다. 맹자(孟子)는 호연지기(浩然之氣)에서, 장자(莊子)는 소요유(逍遙遊)에서 우정을 내면화하며 배양하는 방법과 방향을 잘 설명했다. 여기서 잠시 이야기해 보겠다.

맹자는 호연지기란 천지 간에 충만되어 있는 큰 원기로 공명정대한 도의의 근원이자 만물의 끊임없는 활력을 주는 강한 원동력이라고 했다. 사람도 본래 이 길을 타고났으나 인욕에 가려져 흐려지기 쉬우므로 노상 잘 키워야 한다고 말했다. "무엇을 호연지기라고 합니까?" 제자 공손추가 묻자 맹자가 답했다. "말로 설명하기가 어렵다. 호연지기는 지극히 크고 지극히 강한 것이다. 곧게 키우고 손상시키지 않으면 천지 간에 충만될 것이다. 호연지기는 인의 도덕과 짝지어 함양되는 것이다. 만약에 인의 도덕이 떨어지면 시들어 버린다. 호연지기는 의리가 쌓여 스스로 내 몸속에서 자라나는 것이지, 외형적으로 의리에 맞는 행동을 했다고 하여 취해지는 것이 아니다. 또 나의 행동이 나의 양심이나 의리에 비추어 부족함이 있어도 그 기는 시들어 버린다. 즉 호연지기는 우주, 천지, 인간을 일관하는 원리로 인의 도덕과 짝지어지는 것이다. 본래 인간의 마음속에 성리를 가지고 있듯이 이 호연지기도 타고난 기(氣) 속에서 자라기 마련이다. 즉. 호연지기를 키우는 양식은 의리(義理)와 인의(仁義) 도덕(道德)이다. 절대로 외형적으로 억지로 키워지거나 얻어지는 것이 아니다." 맹자는 고사(故事)를 들어서 설명한다. "호연지기를 키우기 위해서는 반드시 내면적으로 의리를 쌓도록 노력하고 마음속에 지니고 잊어버리지 말아야 한다. 한편으로 억지로 조장해서도 안 된다. 송나라에 한 사람이 있었는데, 그는 자기 집 논에 심은 모가 잘 자라지 않는 것을 걱정하고 한 포기 한 포기씩 뽑아서 올려주었다. 그리고 피곤한 모습으로 집에 돌아와서 가족들에게 말했다. 내가 논의 모를 빨리 자라게 도왔느니라. 그의 아들이 달려가서 보니 논의 모가 모두 말라 죽었다더라. 이 세상에서 기를 키우겠다고 하는 사람들은 거의가 모두 억지로 조장하려고 하고 도리어 모를 뽑지 않겠다는 사람들이 적으니라. 반면, 처음부터 쓸데없다고 포기하는 사람은 바로 모를 심고도 김을 매어 주지 않는 자라 하겠다. 기를 키움에 있어 억지로 조장하는 자는 모를 뽑는 자와 같다. 아무런 도움이 안 될 뿐만 아니라 도리어 해가 되느니라." 맹자가 말한 호연지기는 인의 도덕과 함께 내면화되면서 함양되어 인격화되는 것이지, 억지로 조정되는 것이 아니다. 이러한 호연지기를 함양하면 크고 훌륭한 사람으로 성장하여 국가와 민족에게 큰 보탬이 되지만 호연지기를 함양 내면화하지 못하면 소인배가 되어 자신은 물론 국가와 민족에게도 해를 끼치는 불필요하고 못난 사람이 되는 것이다. 특히 청소년기에는 인의 도덕을 내면화하면서 크고 강한 호연지기를 함양해야 한다.

장자가 말한 소요유란 속세의 모든 물욕과 자신에게서 생기는 여러 가지 욕망을 떨쳐 버리고 산과 강을 찾아 이리저리 배회하면서 자연 질서의 원리를 체득하며 즐기는, 그리하여 마음의 평화를 얻는 것이다. 즉 속세의 모든 사물과 사람들에게 예속되고 지배받지 않는 높은 경지의 세계로 초현실적인 생활상이다. 현실의 모든 가치와 욕망을 떨쳐 버릴 때 느끼는 높은 자유의 세계에서 환희와 희열을 맛보는 행위를 소요유라고 한다. 이렇게 소요유를 즐기면 마음과 정신이 광명정대해지고,

도덕성이 배양되고 인생 자체가 달관되어 타고난 자연성을 찾게 되는 것이다. 모든 아집과 욕망이 없어지므로 자연성 자체에 안주하게 되어 높은 행복을 느끼게 되는 소요유. 현대인들이 느끼는 스트레스와 찌듦, 답답함, 불안과 초조, 정신적인 혼란을 극복하고 마음의 평화와 자유를 느끼며 행복을 찾아는 여유 있는 삶이 바로 소요유이다. 요즘 도시인들이 숲속의 전원생활을 찾고 자연과 산수 간을 찾으면서 캠핑을 즐기는 것도 하나의 소요유이다.

소요유를 생활화하면 자신도 모르게 본래의 타고난 자연성으로 돌아가 모든 물욕과 아집에서 벗어나 호연지기가 함양된다. 호연지기가 함양되면 자신의 마음과 정신 속에 광명정대한 도덕성이 생기고 그로부터 인의와 정의, 믿음과 우정이 마음속부터 싹 터 일어나 자기도 모르게 실천되는 것이다. 비로소 고매한 인격체가 되어 많은 사람들의 칭송과 존경을 받게 된다.

다음 여정을 꿈꾸며

단동 동항에서 인천행 여객선이 출항한 지도 벌써 몇 시간이니 지금쯤 서해 바다 한가운데에 떠 있겠지. 여러 상념들을 떨쳐 버리고 2층 침대에 누워서 잠을 청했다. 아침에 일어나니 선실 좁은 복도로 오가는 사람들의 이야기 소리가 들려왔다. 긴 여행으로 피로가 겹쳐서인지 지난밤에는 단잠을 잤다. 몸도 마음도 홀가분하고 기분도 상쾌하여 갑판 위로 올라갔다. 안개가 짙게 끼어 어디가 어디인지 분간할 수가 없다. 일체 조망이 안 되어 심호흡과 복근 체조를 하고 다시 선실로 돌아와 침대에 누웠다. 시간상으로 보아 이제 인천항에 입항할 시간이다. 간단한 짐을 주섬주섬 챙겨 배낭에 넣고 앉아 있으니 뿌웅! 하는 소리와 함께 여객선은 서서히 항구로 들어선다. 간단한 입국절차를 마치고 시외버스터미널에 도착해 속초행 버스표부터 예매했다. 장어탕으로 식사를 했다. 인천에서 속초까지는 세 시간 반이다. 승객이 10명도 안 된다. 아내에게 속초행 버스를 탔다고 전화했다.

내 나이 77세를 기념해 나섰던 7차 성산 백두 여정도 무탈하게 끝마쳤다. 속초 집에 도착한 후 아이들과 몇 군데에 잘 다녀왔다고 귀국신고를 하고 나서 지도를 꺼내 놓고 이번 여정 코스를 복기해 보았다. 이곳저곳에서 겪은 이런저런 기억들이 새록새록 떠오른다. 저녁 식사를 하면서 아내에게 “3년 후면 80인데 그때는 8차 백두 여정을 꼭 할 거야.” 하니 아내는 그게 무슨 소리냐고 펄쩍 뛴다. 내일 어떻게 될지도 모르는데 허황된 이야기만 하니 꼭 철부지 어린애 같다며 곧이들으려고

도 안 한다.

내게는 분명한 목표가 생겼다. 80세에는 8차 백두 여정, 90세에는 9차 백두 여정, 그리고 100세에는 10차 백두 여정. 생각만으로도 흥분되고, 가슴속에서 희열이 올라온다. "이 생명 다하도록 백두천지님을 찾아가서 정성스럽게 모실 수 있도록 단군 할아버님 도와주십시오. 언젠가는 중국 땅이 아닌 우리 땅으로 백두 정상에 오르고 싶습니다. 우리 땅을 밟고 할아버님을 찾아왔습니다! 고하면서 환희의 눈물로 만세를 부르게 해 주십시오. 간절한 마음으로 빌고 또 빌겠습니다."

백두 천지 품으로

초판 1쇄 발행 2023년 5월 27일

지은이 임덕수
펴낸이 이기봉
편집 좋은땅 편집팀
펴낸곳 도서출판 좋은땅
주소 서울특별시 마포구 양화로12길 26 지월드빌딩 (서교동 395-7)
전화 02)374-8616~7
팩스 02)374-8614
이메일 gworldbook@naver.com
홈페이지 www.g-world.co.kr

ISBN 979-11-388-1935-0 (03810)

- 가격은 뒤표지에 있습니다.

- 파본은 구입하신 서점에서 교환해 드립니다.